Aktennotiz: Verstorben

ECON **Krimi**

Sarah Lacey

Aktennotiz: Verstorben

Aus dem Englischen
von Roland Fleissner

ECON Taschenbuch Verlag

Die Deutsche Bibliothek – CIP-Einheitsaufnahme

Lacey, Sarah:
Aktennotiz: Verstorben/Sarah Lacey. [Aus dem Englischen übers. von Roland Fleissner]. – Dt. Erstausgabe – 2. Aufl. – Düsseldorf; Wien:
ECON-Taschenbuch-Verl., 1993
(ETB; 25017: ECON Krimi)
ISBN 3-612-25017-5
NE: GT

Deutsche Erstausgabe

2. Auflage 1993

First published in Great Britain by Hodder & Stoughton
Titel des englischen Originals: File Under: Deceased
Aus dem Englischen übersetzt von Roland Fleissner

Umschlaggestaltung: Molesch/Niedertubbesing, Bielefeld
Titelillustration: Reiner Tintel
Satz: Formsatz GmbH, Diepholz
Druck und Bindearbeiten: Ebner Ulm
Printed in Germany
ISBN 3-612-25017-5

Für Trudy
und Heidelbeerkuchen

Man hat mir aufgetragen, ganz genau niederzuschreiben, was geschehen ist, angefangen mit dem Tag, an dem ich einen toten Mann an mich drückte, bis zu dem Ende ... doch bis dahin ist es ein weiter Weg, und bevor ich mich damit befasse, beginne ich wohl am besten mit ein paar Voraussetzungen. Ich heiße Leah Hunter, bin fünfundzwanzig Jahre jung, habe braune Haare und braune Augen und lebe als (freiwillige!) Single; aber es soll jetzt bitte keine(r) auf die Idee kommen, ich verabscheute die Männer, denn das trifft überhaupt nicht zu: Männer sind ganz in Ordnung – solange sie bleiben, wo sie hingehören. Ich bin in Yorkshire geboren (und lebe auch heute noch hier), einer Region Großbritanniens, in der »Puddings« und Kricket etwa gleich hoch im Ansehen rangieren; ab und zu gewinnt das eine oder das andere eine höhere öffentliche Wertschätzung.

Ich hatte mir ein verlängertes Wochenende genommen, Freitag bis Montag, und wollte in der Zeit eigentlich weiter nichts als ausspannen und das Dasein genießen. Die ersten Tage verliefen planmäßig, aber der Montag tanzte aus der Reihe, und zwar wegen dem Wetter. Als ich loszog, war weit und breit kein Wölkchen zu sehen, doch gegen Mittag zogen schwarze Wolkenschiffe in einer ganzen Armada herauf. Um zwei Uhr, als der Sturm schließlich losbrach, entschloß ich mich, vernünftig zu sein und mir einen Unterschlupf zu suchen, obwohl es – wie sich erweisen sollte – weitaus klüger gewesen wäre, wenn ich mich heimwärts gewandt hätte, selbst wenn ich dabei naßgeregnet worden wäre. Doch das konnte ich damals eben noch nicht wissen. Und ebensowenig wußte ich zu der Zeit, daß ich nicht viel später, nachdem es zu gießen aufgehört hatte, auf dem nassen Kies hocken und zusehen würde, wie der Mann, dessen Kopf ich auf meinen Schoß gebettet hatte, starb.

Eine Viertelstunde früher hatte die Leiche, die ich jetzt wiegte, noch durchaus gesund und munter gewirkt, eine Art Doppelgänger von Tom Cruise, nur eben blond.

Er hatte mir seinen Katalog geliehen, weil ich zu knausrig war, mir selbst einen zu kaufen. Nicht etwa daß ich gedacht hätte, ich würde das Ding brauchen. Schließlich war ich ja nur in diese verflixte »Kunstgalerie« geraten, um dem Regen zu entgehen. Aber wenn ich gewußt hätte, daß der Mann kurz danach das Zeitliche segnen würde, ich wäre bestimmt nicht so kontaktfreudig gewesen. Meine Mutter hat immer »so Vorahnungen«; ich wünschte, sie hätte mir diese Gabe vererbt!

Als das Unwetter dicke Tropfen gegen die Scheiben zu schießen begann, strömte eine mittelgroße Horde von Leuten herein, die sich in der Galerie zu kleinen Grüppchen scharten. Da war auch ein Chinese im grauen Busineßanzug und mit sorgfältig gerolltem Stockschirm. Ich erinnere mich, daß ich dachte: Na, da der ja gegen den Regen gewappnet ist, ist er wahrscheinlich der einzige Besucher hier, der sich tatsächlich die Bilder ansehen will.

Als der Regen aufhörte, folgte er uns nach draußen. Und er stand ganz in der Nähe, als mein Begleiter zusammensackte wie eine Marionette, und deshalb brüllte ich ihm zu, er solle einen Notarzt rufen.

Der Chinese lächelte höflich und trippelte davon.

Irgendwer ging in die Galerie zurück, und schließlich kam dann auch eine Ambulanz angebraust. Ich schaute zu, wie die zwei Sanitäter ein Wunder zu wirken und einen Toten wieder zum Leben zu erwecken versuchten, aber ich wußte die ganze Zeit über, daß es nicht funktionieren konnte. In meinem Unbewußten rührte sich der bestürzende Gedanke, daß dieser Mann da noch viel zu jung sei, um einfach so tot umzufallen. Schließlich gaben die Männer es auf und schoben ihn in den Rettungswagen. Im selben Augenblick, in dem das Blaulicht verschwand, brach die Sonne durch eine schwarze Wolke und malte an der Stelle, wo gerade noch der Rettungswagen gestanden hatte, Regenbögen auf eine ölige Pfütze.

Es gab wirklich keinen Grund mehr zur Eile, doch als der Rettungswagen an der Dowager Street um die Ecke auf die Hauptstraße einbog, begann das Martinshorn laut zu kreischen. Wahrscheinlich machte es den Männern nur einfach Spaß, sich aufzuspielen, denn ein paar Minuten mehr würden jetzt wirklich keinen Unterschied mehr machen.

Weiter oben am Randstein blinkte noch immer das Blaulicht eines Streifenwagens der Polizei, und vor dem Eingang zur Galerie stand ein Häuflein aufgeregter Menschen und redete auf eine Polizeibeamtin ein. Der Fahrer des Streifenwagens fragte mich etwas, doch es fiel mir schwer, mich zu konzentrieren, und die Frage drang nicht bis zu mir vor; er mußte sie wiederholen.

»Ich hab' gesagt, ich muß die Namen und die Adressen haben, Ihre und die von Ihrem Begleiter.«

»Leah Hunter, 17a Palmer's Run, und ich habe keinen Begleiter.«

Sein Kugelschreiber stieß in die Luft, in Richtung auf den verschwundenen Ambulanzwagen. »Aber Sie waren doch mit dem Mann da zusammen, oder?«

»Nein. Ich war nur zufällig zur falschen Zeit am falschen Ort. Was mich angeht, meine ich.« Ich schaute dem Mann in die Augen; sie waren grau und wirkten klug, und ich erkannte, daß sie nicht immer alles glauben würden, was sie sahen. »Wir sind einfach nur so ins Gespräch gekommen«, sagte ich erklärend. »Das ist alles. Er hat sich als John Thorne vorgestellt, aber wo er wohnte, weiß ich nicht.«

»Was machen Sie beruflich?«

»Steuerinspektorin.«

Er wirkte überrascht, aber das sind Männer bei solchen Gelegenheiten meistens. Ich sagte: »Also hören Sie, wir sind nur zusammen durch diese Ausstellung gewandert. Als es zu regnen aufgehört hat, kamen wir hier raus, und dann ist er zusammengesackt. Ich dachte erst, ihm ist übel oder er bekommt einen Anfall. Und dann merkte ich, daß er tot war.«

»Ja, gewiß«, pflichtete er mir höflich bei. »Haben Sie Wiederbelebungsversuche gemacht, bevor die Ambulanz kam?«

Das hatte ich nicht, und ich fühlte mich in diesem Augenblick deswegen schuldig. Es muß mir am Gesicht abzulesen gewesen sein. Der Beamte bohrte nicht weiter, sondern sagte freundlich: »Wahrscheinlich hätte es ihm sowieso nicht mehr helfen können.«

»Nein, bestimmt nicht.« Ich dachte an die blutigen Schaumblasen, die Thorne über die Lippen gequollen und über sein Kinn gelaufen waren. »Tot ist tot.« Der Polizeibeamte schaute mich irritiert an.

Seine Kollegin notierte sich die Namen und Adressen in

ein Notizbuch, und die Gruppe vor der Galerietür wurde kleiner. Aber es war nur ein einziger Mensch mir und Thorne nahe genug gewesen, um wirklich sehen zu können, was geschehen war. Und der Chinese war nicht mehr da.

Ich sagte: »Aber die Leute haben doch gar nichts Wichtiges gesehen; der eine Mann, der dabei war, ist fort.« Der Polizeibeamte schrieb sich meine Beschreibung auf, die wahrscheinlich nicht sehr brauchbar war, weil sie sicher auf jeden Chinesen in grauem Anzug gepaßt hätte. Aber ich hatte eben nicht weiter auf den Mann geachtet.

Der Beamte fragte: »Sind Sie sicher, es war ein Chinese, nicht etwa ein Japaner?« Ich dachte nach.

»Malaysier oder Vietnamese wäre möglich. Japaner, nein. Bei denen sind die Augen anders.«

Er setzte sich in seinen Streifenwagen und nahm das Funkmikro. Ich wandte mich zum Gehen. »He!« Er schoß wieder aus dem Wagen. »Sie können jetzt noch nicht weg!«

Schrecklich, daß manche Menschen immer gleich dermaßen mißtrauisch sein müssen! Ich zeigte mit der Hand auf die »öffentliche Bank« neben dem Eingang zur Galerie, die von der »dankbaren Witwe« eines gewissen Thomas W. Shepperton gestiftet worden war. Ich hatte mir schon früher ab und zu einmal Gedanken darüber gemacht, wofür die Witwe ihrem Seligen wohl so dankbar gewesen sein mochte. »Ich muß mich hinsetzen«, sagte ich.

Die Bank war naß, aber ich dachte mir, daß das jetzt auch nichts mehr machen könnte; ein dunkler Fleck am Po würde gut zu denen passen, die ich auf meinen Knien hatte. Auf der Jeans auf meinem linken Schenkel lag ein einzelnes blondes Haar. Es war von Thornes Kopf, und ich zupfte es weg. Ich dachte daran, daß ich einmal irgendwo gelesen hatte, daß man eine Arsenvergiftung auch anhand eines einzelnen Haares noch nachweisen kann.

Ich legte die Arme auf die Rücklehne und betrachtete mir den Police Constable, der eifrig in das Funkmikro sprach. Der Mann hatte mein Mitgefühl. Er hatte einen Fall mit ungeklärter Todesursache auf dem Hals, und allem Anschein nach war auch Mord nicht ausgeschlossen.

Dieser flüchtige und unerfreuliche Gedanke spann sich weiter. Wer würde als Hauptverdächtiger in Frage kommen? Wer war beim Eintritt des Todes bei dem Opfer? Die Polizistin streifte mich mit einem prüfenden Blick, und ich begriff, daß ich wahrscheinlich Antworten auf eine Vielzahl von Fragen würde finden müssen.

Sicher, es hat viel für sich, Phantasie zu besitzen; nur ist es bei mir leider so, daß meine Phantasie Dinge heraufbeschwört, die einfach zu weit gehen. Und dies hier war wieder einmal ein solcher Fall.

John Thorne hatte wahrscheinlich nur zu viele fette Fritten gefressen oder zu viele Sahnetörtchen, und vielleicht hatte er auch (obwohl ich davon nichts gerochen hatte) dazu noch gequalmt wie ein Schlot . . . und sich damit einfach einen Herzinfarkt eingehandelt . . . Ein ganz ordinärer, schlicht alltäglicher Infarkt . . . keine Unklarheiten . . . kein Fall für die Kripo.

Die beiden Polizeibeamten besprachen sich inzwischen und starrten mich dabei an. Dann kamen Sie zu mir herüber und meinten hinterhältig-freundlich, es mache mir doch nichts aus, sie ins Polizeirevier zu begleiten.

Und ob es mir etwas ausmachte. »Wozu soll das gut sein? Ich kannte den Mann doch gar nicht!« Sie beschlossen, es mit Charme zu versuchen, ehe sie zu den Handschellen griffen.

»Ach, das ist nur Routine, ein Protokoll aufnehmen und so. Wir werden Sie nicht lang festhalten.« Das klang alles ganz nett und glatt, aber in meinem Hirn zuckte etwas bei dem Wort »festhalten« zusammen, und ich begann mir ernsthaft Sorgen zu machen. Ich sah nämlich nicht ein, warum ich überhaupt »festgehalten« werden sollte.

Diesen Gefühlen verlieh ich deutlich Ausdruck.

Die Antwort ließ nicht auf sich warten, und sie war so, als schöben sich Krallen aus Samtpfötchen. »Vorschrift!« Und dann gingen wir zu dritt zum Streifenwagen.

Als wir nebeneinandersaßen, versuchte es die Polizistin erneut mit der sanften Tour. »Es wird bestimmt nicht schlimm. Ein paar Fragen, und da brauchen Sie sich wirklich keine Sorgen zu machen. Sie sind bestimmt ganz rasch wieder zu Hause.«

Ich begriff, sie meinte das als Trost. Aber es ging total daneben. Schließlich verspricht mir auch mein Zahnarzt jedesmal, daß es nicht weh tun wird.

Doch dann fiel mir ein, daß ich die Sache ja auch aus einem weit erfreulicheren Blickwinkel betrachten könnte, denn sie lieferte mir eine perfekte Entschuldigung, mich vor der Einladung zum Dinner bei meiner heftig-verheirateten älteren Schwester zu drücken. Gegen das Essen an sich hätte ich ja nichts einzuwenden gehabt, sehr wohl aber gegen den »männlichen Extragast«, den sie für mich irgendwo als Tischherrn ausgegraben haben würde. Unser Geschmack ist nun einmal himmelweit verschieden.

Ich sagte also großzügig: »Es macht mir nicht allzuviel aus. Ich hab's nicht eilig. Lassen Sie sich ruhig soviel Zeit, wie Sie brauchen . . .« Und ich lehnte mich in den Sitz zurück.

Aber in genau diesem Moment tauchte wieder Thornes Gesicht vor mir auf. Dieser verwirrte, verblüffte Ausdruck, bevor ihm die Knie nachgaben. Und dann, als ich mich zu ihm gekniet hatte, seinen Kopf von dem regennassen Schotter auf meine Schenkel hob . . . dieser Ausdruck von Schmerz und Entsetzen in seinen Augen . . . Nein, ich wollte daran nicht denken.

Ich rappelte mich verkrampft hoch und starrte durch die Scheibe auf die vorbeigleitenden Häuser hinaus. Der Mann hatte nichts mehr sagen können, er hatte keuchend nach Luft gerungen ... seine Augen waren voller Tod gewesen, hatten sich nach oben verdreht und *mich* angesehen. Und ich hatte mit ansehen müssen, wie der Mensch in den Abgrund stürzte.

Ich wünschte mir wirklich, ich könnte dieses Bild aus meiner Erinnerung streichen.

In meiner Familie geht die Sage, daß unsere Urgroßmutter, als sie im Sterben lag, einen Blick in den Himmel erhaschte und dann mit einem »Halleluja« auf den Lippen über die Schwelle ins Jenseitige getreten ist. Höchstwahrscheinlich hat *sie* dort all die hübschen Sächelchen gesehen, auf die man sie von der Wiege an zurechtgetrimmt hatte.

In Thornes Augen hingegen war keine derartige rosige Vision widergespiegelt, da war ich ganz sicher.

Unerwartet einfühlsam sagte die Polizistin: »Das ist manchmal so. Der Schock trifft einen, wenn man nicht mehr damit rechnet.«

»Es ist kein Schock«, sagte ich. »Ich hab' mich bloß wieder erinnert, wie er aussah, als er gestorben ist.«

»Aber genau das ist doch Schock. Zuerst ist alles ganz weg, und dann erinnert man sich wieder. Ist Ihnen was Neues eingefallen, was ich wissen sollte?«

»Nichts. Nichts, womit Sie weiterkommen könnten. Nur – dieser Ausdruck in seinen Augen ... Es muß das Herz gewesen sein, ich meine, gesunde Menschen fallen doch nicht so einfach plötzlich tot um, oder?«

»Außer, es hilft jemand ein bißchen nach dabei.«

Ich schaute ihr argwöhnisch ins Gesicht. Der Wagen hielt. »Und wer soll das gewesen sein?« fragte ich.

Sie gab mir darauf keine Antwort, sondern sagte: »Unser

Kantinentee ist nicht allzu grauenvoll, und Sie sehen aus, als könnten Sie ein Täßchen vertragen.« Sie stieg aus und wartete, bis auch ich ausgestiegen war. »Wo hat er denn gewohnt?« fragte sie beiläufig.

»Ich habe nicht die geringste Ahnung. Ich hab' Ihnen doch schon gesagt, ich kannte ihn überhaupt nicht. Aber der Versuch war gar nicht so schlecht«, gab ich großzügig zu, »für den Fall, daß ich ihn gekannt hätte.«

Ich war eine ganze Stunde lang auf dem Polizeirevier; die Zeit verfliegt halt so schnell, wenn man sich amüsiert. Der Detective Sergeant, den sie mir schickten, um mich zu verhören, war gar nicht so übel, und die Art, wie er mich anschaute, war auch nicht so ohne. Ich taxierte ihn gleichfalls von oben bis unten, und genau wie er zögerte ich ein wenig, bevor ich ihm wieder ins Gesicht blickte. Er tat, als habe er das nicht bemerkt, aber das Grübchen neben seinem Mund verriet ihn. Ein hübscher Mund war das! Ich dachte insgeheim: Wieso kann meine Schwester Em nicht mal so einen wie den da finden und zum Dinner einladen?

Und dann fiel mir ein, wie es dem letzten Mann gegangen war, den ich interessant gefunden hatte. Und ich hoffte ehrlich, daß dieser da – er hieß Detective Nicholls – gesundheitlich besser draufsein möge.

Als ich dann gehen durfte, bedankte er sich höflich bei mir und sagte, sie würden mich wahrscheinlich nicht noch einmal vernehmen müssen. Merkwürdigerweise war ich darüber ein bißchen enttäuscht. Ich schenkte ihm ein aufmunterndes Lächeln, und auch er lächelte zurück. Und dann klappte er seinen Aktenordner zu und verschwand.

Ich tigerte langsam heimwärts. Unterwegs schaute ich noch in dem Minimarkt, zwei Straßen weiter unten, vorbei, der noch so spät geöffnet war. Und als ich dann langsam zu meiner Mansardenwohnung hinaufstieg und die Tür aufschloß und wieder zumachte, war es spät genug, daß ich Em anrufen und ehrlichen Gewissens sagen konnte, ich würde leider unmöglich die dreißig Meilen bis Ledford noch rechtzeitig zu ihrem Dinner schaffen können.

Mir war von vornherein klar, daß sie meckern würde. Sie tat es. Und sie hatte doch diesen absolut zauberhaften netten Mann für mich aufgetan, der so ein Supertyp war mit Computern und so . . . Wahrscheinlich war der Mann so aufregend wie eine Computertastatur. Ich kenne meine Schwester und ihre enthusiastischen Versprechungen zur Genüge.

Es ist wirklich bedauerlich, daß sich unter dem Bodensatz von Maskulinität, den sie so unerbittlich immer wieder für mich aufkratzt, noch nie, kein einziges Mal, ein Exemplar befand wie dieser Detective auf der Polizeistation. Ich sagte also ciao zu Em, legte auf und gedachte des letzten in der Reihe von »wirklich netten« Männern, den sie für mich aufgegabelt hatte.

Der Mann war irgendwie in undurchsichtige Finanzgeschäfte verwickelt gewesen, und ich fand weder sein klobiges Goldarmband attraktiv noch seine Haare, die für einen Jenseitsvierziger ganz einfach zu lang waren.

Und als der Typ dann die unvermeidliche Stereotypfrage losließ »Und was tun *Sie* so den ganzen Tag?« – ließ ich einfach die Em zuliebe angeklebten falschen Wimpern flattern . . . und schlug voll zu.

»Ach, nicht viel, ich stöbere nur so Steuersünder auf«, sagte ich mit meinem süßesten Lächeln.

Em war damals gar nicht begeistert gewesen. Aber schließlich bin ich für sie ja von jeher eine herbe Enttäuschung. Was mich wirklich verblüfft, ist, daß sie es bisher noch immer nicht aufgegeben hat.

Ich duschte, wärmte mir diese Schnellfraßpfanne aus dem Minimarkt und legte mich schließlich mit einem Buch ins Bett. Viel später in der Nacht träumte ich dann von John Thorne: Wir befanden uns wieder auf diesem Kiesweg, und sein Kopf lag in meinem Schoß. Diesmal, in meinem Traum, waren seine Augen tot, aber sein Mund war lebendig und sprach . . . roter Schaum stieg auf wie Zuckerwatte, und ich entzifferte: *»Ich bin ermordet worden.«*

Pete Innes kam an meinen Schreibtisch. Er hat einen irgendwie komischen Gang, leicht nach vorn geneigt, als wäre er ein Tanzlehrer. Er ist nicht eigentlich geziert und gespreizt dabei, aber doch nah dran. Er fragte, ob ich einen amüsanten Tag verbracht hätte, und ehe ich darauf antworten konnte, knallte er mir einen dicken Ordner vor die Nase.

»Hier haben Sie ein Ersuchen um Amtshilfe vom Bullenladen, Love. Die hätten gern ein paar interne Informationen.«

Wie üblich krabbelte seine Hand wie eine rosige Spinne auf meiner Schulter herum, und er hatte sich wieder einmal an seinen Pastillen vergangen. Der Pfefferminzduft waberte in seinem Atem über mich herab, und ich mußte gegen das Verlangen ankämpfen, ihm eins auf die Finger zu geben.

»Fünfunddreißig und fällt um und ist tot . . .« Es schüttelte ihn, seine Finger zuckten. »Manchmal fang' ich wirklich an, mir Sorgen um mich zu machen.«

Wer die roten Verkehrsäderchen in seinen Augen sah, mußte zu der Erkenntnis gelangen, daß er auch allen Grund zur Besorgnis hatte. Er machte mir ein Angebot: »Leah-Love, Sie greifen also am besten gleich zu und nehmen mich, solang es möglich ist. Wer weiß, wie lang ich noch unter euch bin.«

»Nur die Edlen sterben jung, Pete. Es besteht also keine Gefahr.«

Das gefiel ihm, und nachdem er mir die Hand betatscht hatte, verzog er sich wieder.

Ich erlebte eine Art Déjà-vu, als ich auf die Akte blickte, die er mir dagelassen hatte. Auf dem Ordner stand *John Thorne,* und jemand hatte quer darüber gestempelt *Verstorben.*

Aus irgendeinem Grund überkam mich Thornes wegen ein Gefühl der Bedrücktheit. Steuerunterlagen sind – wie Bankauszüge – Privatsachen, oder sie sollten es doch sein. Aber der Tod ändert alles. Tote können nicht mehr wegen Verletzung ihrer Intimsphäre klagen.

Ich überlegte, wieso Pete ausgerechnet mir diese Akte aufgehalst hatte, da ich in der Regel abstruse Sonderfälle bearbeite, dann schlug ich sie auf und erkannte, daß Thorne durchaus zu dieser Kategorie gehört haben konnte, denn zu seinen Lebzeiten war er wie ein irres Kaninchen durch die Lande gerast. Ein paar Monate hier, ein paar dort, und wie ich feststellte, nicht immer im gleichen Beruf.

Lehrer, Reporter, Verkäufer, Fotograf und – da mußte ich zweimal hinschauen – Rausschmeißer in einem Stripteaseclub. Zum Zeitpunkt seines Todes war er als Wachmann beschäftigt gewesen.

Ich notierte mir für die Polizei sämtliche Orts- und Berufswechsel und machte auch eine Notiz, daß er der Regierung Ihrer Majestät nichts schuldete. Es freute mich, daß er in dieser Hinsicht mit reinem Gewissen in den Tod ging.

Dann begann ich mich zu fragen, wieso sich die Polizei

für seine beruflich-geschäftlichen Umstände interessierte. Ganz gewiß doch nicht nur deshalb, weil es sich um einen plötzlichen Todesfall handelte, denn sonst müßten wir hier in unserem Amt mit einer unablässigen Flut von solchen Amtshilfeersuchen fertig werden. Andauernd werden Menschen an ungewöhnlichen Orten von ihrem Schicksal ereilt.

Ich erlaubte meiner Phantasie die kleine spielerische Ausschweifung in den Bereich »Spionage/Spionageabwehr«, aber beide Konzepte sind seit *Glasnost* und *Perestroika* und der veränderten Weltsicht etwas aus der Mode gekommen. Trotzdem, da war immer noch dieser Chinese ...

Ich ließ meine Aktenauszüge abtippen und schickte sie dann per Boten an die Polizei. Ich hoffte, die Sache wäre damit für mich erledigt. Ich wollte nur allzugern alles betreffs Thorne vergessen, aber gegen drei kam unser Büroumläufer des Abendblatts bei mir an, und darin war ein doppelspaltiger Aufmacher über seinen Tod. Die letzte Zeile im Text traf mich wie eine kalte Dusche: *Bei den polizeilichen Ermittlungen ergaben sich Verdachtsmomente, die auf eine unnatürliche Todesursache hinweisen.*

Das wollte ich überhaupt nicht wissen; ich hätte mir gewünscht, daß es ein glatter, ganz »natürlicher« Tod gewesen wäre. Verdammt, ich war schließlich bei ihm gewesen, als es geschah ... also, was sollte das heißen, »Verdachtsmomente«? Ich blätterte nach hinten zu den Gerichtsspalten und konzentrierte mich auf die Absurditäten, zu denen die Leute sich versteigen und von denen das Finanzamt nichts erfahren soll. Von menschlichen Gaunereien zu lesen, das fand ich weniger beunruhigend, als über Thorne nachzudenken.

Bramfield ist keine besonders große Stadt; wenn man den Punkt, mit dem es auf Karten vermerkt ist, mit dem Klacks vergleicht, den etwa Manchester abkriegt, dann sieht Bramfield so aus, als hätte eine Fliege auf der Durchreise mal eben ein Bein gehoben. Aber ganz so winzig ist es auch wieder nicht. Die Hauptstraße ist etwa eine Meile lang und bildet auf halber Strecke ein klobiges »L«. Der Verkehr aus südlicher Richtung stößt direkt darauf, und – welche Überraschung! – am anderen Ende wird der arglose Autofahrer prompt wieder in die alte Richtung umgeleitet, wie in einer Escher-Zeichnung.

An dieser Straße liegen die größeren Ladengeschäfte und ein halbes Dutzend Kettenläden, ferner am Knie des »L« ein schickes neues Einkaufszentrum.

Außerdem gibt es noch vierzehn Nachtlokale, Weinkneipen und Disco-Bars und sporadisch dazwischen zehn gewöhnliche Pubs. Aus diesen Gründen ist das samstägliche Polizeiaufgebot vor Ort sowohl ehrfurchtgebietend wie furchteinflößend.

Nach Büroschluß begab ich mich nicht direkt nach Hause. Am Dienstag und Donnerstag ziehe ich immer in den Fitneßclub und spiele dort eine Weile mit den »Nautilus«-Apparaten, die sie dort im letzten Jahr installiert haben. Das sind blitzende, sehr amerikanisch aussehende Geräte, und sogar Schwachmusketiere von fünfundvierzig Kilo Körpergewicht können sich dort großartig vorkommen, wenn sie in all dem Chromstahl und Leder herumhängen.

Das ist auch wieder so ein Punkt, an dem Em und ich uns nicht einigen können. Sie verficht die Überzeugung, Frauen brauchten keine Bizepse und keine Ausbildung in Selbstverteidigung . . . nicht solange es noch die großen starken Männer gibt, die sie gefälligst zu beschützen haben.

Ich mochte Em nie an die vierunddreißig aktenkundig gewordenen Fälle von Vergewaltigung erinnern, die während der vergangenen zwölf Monate von großen starken Bramfielder Männern verübt worden sind. Meine Schwester war in dieser Hinsicht schon immer arg naiv; wahrscheinlich weil sie noch mit ihren Puppen spielte, als ich schon längst Ringkämpfe ausfocht.

Es war fast acht, als ich vor meinem Haus ankam, und als erstes fiel mir ein dort parkender Arbeitswagen der Telecom auf. Ich hatte tatsächlich jemand vom Störungsdienst erwartet, der mir erklären konnte, wieso ich von meinem Apparat aus zwar anrufen, aber keine Anrufe empfangen konnte. Aber daß die Leute Überstunden machen würden, damit hätte ich bestimmt nie gerechnet. Ich hatte Marcie, die im Stockwerk unter mir lebt, meinen Wohnungsschlüssel gegeben und klingelte jetzt bei ihr, um zu fragen, wie lange die Leute schon da waren.

Sie sagte: »Hallo, Leah!« und gab mir meinen Schlüssel zurück.

Ich schaute dumm auf den Schlüssel und fragte recht blöd: »Sind die denn schon weg?«

»Schon seit Stunden. So um drei rum.« Sie bückte sich und hievte sich das zweijährige Baby auf die Hüfte. »Wieso? Stimmt was nicht?«

»Nein, nein, alles in Ordnung. Danke, Marcie.«

»Gern geschehen. Jederzeit.«

Ich stieg zu mir hinauf. Ich hatte mit Klebeband einen Zettel an die Tür geheftet: »Telecom – Schlüssel ein Stock tiefer!« Der Zettel war weg. Ich schob meinen Schlüssel ins Schloß, sperrte auf und trat in mein ehedem so wohlgeordnetes Refugium. Es war zu einem Saustall verwandelt. Alles lag auf dem Boden verstreut, die Schubladen waren umgekippt worden, alle Wandschränke ausgeräumt. Ein kurzer Blick in Schlafzimmer und Küche – auch dort das gleiche Chaos. Wenn es schon mal Scheiße regnet, dann aber auch gleich kübelweise!

Unter einem Berg von Kleidungsstücken entdeckte ich mein Telefon und wählte den Notruf. Zu meiner Verblüffung kam ich tatsächlich durch. Dann setzte ich mich auf die oberste Treppenstufe und wartete auf die Freunde und Helfer.

Als diese dann anbrausten, kreischten ihre Bremsen so laut, daß ich sie bis zu mir in den dritten Stock herauf hörte. Ich stellte mir vor, daß sie auf zwei Reifen um die Ecken gebraust waren, so eine Art von »Dirty-Harry«-Spiel in der Provinz von Yorkshire. Ich malte mir das noch ein bißchen weiter aus – bis ich die Männer sah. Also keiner von den beiden war ein Clint Eastwood. Leider.

Alle beide in Uniform, der eine dürfte so gerade noch die Minimalgröße erreicht haben, der zweite war hart an der Grenze des nach Polizeiverordnung erlaubten Höchstgewichts. Also stand ich mit einem tiefen Seufzer auf. Von der Wohnungstür her betrachteten sie sich das Chaos.

»Sie können unbesorgt reinkommen«, sagte ich einladend. »Und machen Sie es sich gemütlich. Der Einbrecher hat auch nicht gezögert.«

Laurel fummelte sein Notizbuch aus irgendeiner Tasche, und Hardy zog die eine Braue nach oben.

»Alles durchgewühlt. Gründliche Arbeit.« Das klang, als fühlte der Mann sich verpflichtet, ein Sonderlob für gründliche Arbeit zu erteilen. Ich kaute auf meiner Unterlippe, und er schien zu glauben, ich täte das, um nicht loszuheulen. Das war natürlich ganz und gar daneben, denn mich machte einzig der Gedanke stinkwütend, daß ich diesen ganzen Schweinestall würde aufräumen müssen. Und das wollte ich wirklich nicht an den beiden Typen auslassen. Trotzdem betätschelte er mir beruhigend die Schulter.

»Das werden wir schon rauskriegen.«

»Ich danke Ihnen, Police Constable 158.«

»Renshaw«, verbesserte er. »Das da ist Police Constable Clift.«

Clift fragte: »Also, fehlt was?« Sein Stift ging in Schreibbereitschaft.

Ich sagte: »Ich weiß es nicht.« Ich kam mir recht blöd dabei vor. Er seufzte.

»Könnten Sie sich vielleicht mal umsehen, Love?«

Ich tat es. Dann kehrte ich wieder zu den beiden zurück. »Nichts«, sagte ich.

Die beiden schauten sich an, und dann sagte Cliff: »Also, Love, wenn nichts geklaut ist, dann war das vielleicht jemand, der was gegen Sie hat.«

Renshaw verschwand und stocherte irgendwo herum, und ich überdachte mir seine Bemerkung. Dann kam er wieder und nahm sich das Türschloß vor.

»Und wer sonst hat noch 'nen Schlüssel?« fragte er.

»Niemand.«

»Ich kann da aber nichts sehen, was nach 'nem Bruch aussieht.«

»Vielleicht hat ja der Mann von der Telecom hinterher nicht abgeschlossen, als er fertig war. Ich hatte Marcie, das ist meine Nachbarin unten, einen Schlüssel gegeben, damit er in die Wohnung reinkonnte.«

»Und? Ist er gekommen?«

»Ja, so um drei, sagt Marcie.« Und dann fiel mir etwas ein. »Aber das ist komisch, denn anscheinend hat er Schluß gemacht und seinen Wagen drunten stehenlassen. Der steht da immer noch ein Stückchen weiter oben.«

Wieder warfen sie einander Blicke zu, dann trampelten sie ohne ein weiteres Wort zu mir davon. Selbstverständlich folgte ich ihnen.

Der Mann von der Telecom-Störstelle war erst gar nicht aus seinem Wagen gestiegen, er saß noch drin. Er trug rotgepunktete Unterhosen und ein T-Shirt mit einer Tetley-Reklame auf der Brust, und irgendwer hatte ihm die Hände an die Knöchel gefesselt und ihm ein Taschentuch in den Mund gestopft.

Clift kletterte vom Heck in den Wagen und band den Mann los. Dann fragte er freundlich: »Na, geht's einigermaßen, Kumpel?«

Der Telecom-Typ keuchte: »Ich muß dringend mal pinkeln.«

Ich ließ die Männer bei diesem Geschäft allein, stieg wieder in meine Wohnung und setzte den Wasserkessel auf. Nach einer Weile kam Renshaw mir nach. Als er sah, daß ich begonnen hatte, meine Sachen wieder an den richtigen Platz zu verstauen, sagte er:

»Das lassen Sie mal besser, Love, wenn es Ihnen nichts ausmacht. Wir haben nämlich Unterstützung vom CID* angefordert. Und die wollen dann bestimmt alles genau so sehen, wie Sie es vorgefunden haben. Das ist ja jetzt nicht mehr bloß ein einfacher Bruch, nicht? Nötigung und körperliche Gewaltanwendung sind 'ne ernste Sache.«

»Sie meinen, Sie würden vielleicht tatsächlich den oder die Schuldigen zu erwischen versuchen?« fragte ich höflich, und er warf mir einen zweifelnden Blick zu. »Ich hab' uns Tee aufgesetzt, falls Sie 'ne Tasse mögen. Wie steht es mit den andern beiden?«

»Unterwegs ins Krankenhaus«, vertraute er mir an. »Der Telecommy hat eins über den Schädel gekriegt. Aber jetzt würde mich wirklich interessieren, was Sie hier oben versteckt haben, das den ganzen Aufwand rechtfertigen könnte, hier einzubrechen.«

»Das würde ich liebend gern selbst auch wissen«, versicherte ich ihm. »Beim Himmel, ja!«

---

* Criminal Investigation Department, entspricht der deutschen Kriminalpolizei (Anm. d. Ü.).

Dann machte ich uns beiden Sandwichs, und wir aßen wie gute alte Freunde, bis es an der Tür klingelte. Ich überließ das Aufmachen Renshaw und setzte frisches Teewasser auf. Es schien ein mittlerer Chor in meine Klause zu drängen. Als ich hinter mir Schritte in die Küche kommen hörte, drehte ich den Hahn ab und fragte: »Na, sind die vom CID gekommen?«

Eine Stimme, die nicht die von Renshaw war, sagte sanft: »Also, so große Mühe hätten Sie sich wirklich nicht zu machen brauchen, um mich wiederzusehen . . .« Ich fuhr herum, und da stand doch dieser Detective Sergeant Nicholls in meiner Küchentür, und auf einmal, fand ich, sah alles schon nicht mehr so übel aus.

Mit dem Männerchor hatte ich recht gehabt. Auf einmal lärmten Leute vom Spurensicherungsdienst und Fotografen durch meine arme zerwühlte Behausung.

»Also, was genau ist passiert?« fragte Nicholls.

Ich goß ihm Tee ein und fand auch noch ein leidlich unzertrampeltes Päckchen Schokobiskuits. Aus allem das Beste machen, das war schon immer mein Grundsatz.

Ich setzte mich ihm gegenüber an den Küchentisch. »Also das sagen *Sie* mir mal besser. Ich wollte weiter nichts, als das mein Telefon endlich in Ordnung gebracht wird.«

Ich kaute nachdenklich auf einem Keks herum. »Meine Tür hat ein Fünffachschloß, also nehme ich an, jemand hat meinen Zettel gelesen und dann gewartet, bis der Mann von Telecom kam.«

»Was bedeutet«, fuhr er logisch fort, »daß dieser Jemand glaubte, daß es hier bei Ihnen etwas gab, worauf zu warten sich lohnte. Aber Sie wissen nicht zufällig, was das sein könnte, nehme ich an?«

»Nein.«

Es war schließlich meine Wohnung, die auf den Kopf

gestellt worden war, und ich war es, die das alles wieder in Ordnung bringen und saubermachen mußte. Allmählich stieg mir die Galle hoch. Warum sollte ich plötzlich auch noch den Eindruck bekommen, daß man mich in die Rolle der Hauptverdächtigen zu drängen versuchte? Ich sagte, ziemlich bissig: »Unter dem Parkett sind Kunstschätze versteckt, was denn sonst?«

»Na also, Sie hätten es gleich sagen sollen«, erwiderte er. »Unter welchem Parkett?«

Ich schaute ihn eisig an. Natürlich sollte das ein Scherz sein, und er drehte gemeinerweise raffiniert meinen Sarkasmus herum und gegen mich. Aber er lachte nicht dabei. Also sagte ich: »Um Himmels willen, ich besitze wirklich nichts, was zu klauen sich lohnen würde . . . außer der Hi-Fi-Anlage, aber die hat er ja dagelassen.«

»Die wäre es auch nicht wert gewesen«, sagte er glatt und beleidigend. »Sind Sie wirklich sicher, daß nichts fehlt?«

»Die Silberlöffel habe ich noch nicht nachgezählt.«

Er begutachtete den Löffel, der in der Zuckerschale steckte, und grinste. Dann sagte er: »Ich danke Ihnen für die Auskünfte, die Sie uns am Nachmittag herübergeschickt haben. Das war doch Ihre Unterschrift, oder?«

»Auf den Auszügen der Steuerunterlagen, ja. Wozu brauchen Sie denn das Zeug überhaupt?«

Statt mir zu antworten, schoß er mir eine weitere Frage entgegen. »Und Mr. Thorne hat Ihnen nicht irgend etwas übergeben? Während Sie mit ihm in der Galerie waren? Oder dann draußen, auf dem Weg davor?«

»Ich dachte, wir hätten das alles schon ausgiebig durchgehechelt«, sagte ich klagend. »Nein, er hat mir nichts gegeben.« Ich verschränkte die Arme vor der Brust. Irgendwie kam ich mir ungerecht behandelt vor.

Aber dann fiel der Groschen. Falls dieser Detective

Nicholls annahm, ich hätte irgendwas von Thorne in meinem Besitz, dann mußte er logisch folgern, dieses Etwas, das Thorne gehört hatte, sei das Objekt gewesen, nach dem mein Einbrecher gesucht hatte.

Ich sagte: »Da ist was an diesem Thorne, was ich nicht weiß, ja? Etwas, das bei uns in seiner Akte nicht auftaucht. Warum seid *ihr* denn so interessiert an dem Mann?«

Er rutschte unbehaglich auf dem Stuhl herum, dann stand er auf. »Ich seh' mal besser nach, wie meine Leute vorankommen«, sagte er und floh in mein Wohnzimmer. Ein Wesen mit Puderpinsel und einer Rolle Klebefilm löste ihn ab.

»Kümmern Sie sich einfach gar nicht um mich«, befahl er mir fröhlich und machte sich sofort an der Geschirrschranktür zu schaffen. »Wenn Sie mögen, legen Sie ruhig die Beine hoch, und entspannen Sie sich.«

»Danke«, sagte ich. »Es ist erfreulich zu wissen, daß ich es mir bei mir zu Haus gemütlich machen darf.«

Marcie kam herauf und half mir beim Aufräumen. Sie litt an einem Schuldgefühl, das arme Schätzchen. Es war ganz schön viel zu Bruch gegangen, darunter auch eine Terrakottakatze, die bis dahin völlig unaggressiv auf einem Beistelltisch ihr Dasein zugebracht hatte; nichts Wertvolles, nur so ein Kitschrelikt aus den sechziger Jahren, das ich an einem Stand auf dem Trödelmarkt entdeckt hatte. Aber ich hatte mich nun mal an sie gewöhnt, und jetzt lagen da ihre Trümmer rätselhaft umher. Marcie half mir, die Scherben in einen Müllbeutel zu sammeln, und dabei schnatterte sie die ganze Zeit, wie blöd sie doch gewesen war und daß sie einfach hätte dabeibleiben müssen, als der Telecom-Kerl kam.

Ich holte sie brüsk auf den Boden der Tatsachen zurück: »Erstens war das keiner von Telecom. Und die Säcke, in denen sie immer die Leichen abtransportieren, sind auch aus schwarzem Plastik, Marcie.« Das brachte sie zum Schweigen. Sie kauerte auf dem Boden auf den Fersen und starrte zu mir herauf, während es ihr dämmerte.

»Aber – das war doch bloß so 'n normaler kleiner Wohnungsmarder!«

»Äh-äh, Irrtum! Kleine Einbruchdiebe klauen Sachen. *Meiner* hat bloß alles kurz und klein geschlagen, und wenn Sie dann auch noch dabeigewesen wären . . .«

Sie stopfte sich beide Zeigefinger in die Ohren. »Verschonen Sie mich mit so was!« flehte sie.

Als wir mit dem Gröbsten fertig waren, war der Plastiksack nahezu voll. Aber ich brachte ihn erst am folgenden Morgen hinunter zu den Mülltonnen. Aus irgendeinem Grund wollte ich nicht in der Dunkelheit auf den hinteren Hof gehen. Und das war eine Schicksalsfügung, denn wenn ich nicht gewartet hätte, bis es hell war, ich hätte den Ausstellungskatalog auf dem Müll vom Vortag überhaupt nicht bemerkt.

Es war natürlich nicht mein Katalog, denn er hatte Thorne gehört.

»Da, als Souvenir«, hatte er gesagt, als wir aus der Galerie traten. Und ich hatte das Heft einfach entgegengenommen, und dann war er umgekippt. Wahrscheinlich habe ich es dann in die Tasche meiner Jeans gesteckt, denn als ich die Hose in die Waschmaschine tun wollte, fiel das Heftchen heraus, und ich stopfte es gedankenlos in den Abfalleimer in meiner Küche. Mir fiel ein, daß ich der Polizei gegenüber mehrfach behauptet hatte, Thorne habe mir nichts übergeben.

Ich wischte also die nassen Teeblätter fort und nahm das Heft wieder mit nach oben. Gütiger Himmel, es war ja nichts weiter als eine miese lokale Kunstausstellung; irgendwer hatte den Katalog auf seinem Computer zusammengestoppelt und ihn dann fotokopieren lassen. Großenteils bestand das Ding sowieso aus Reklame für so wünschenswerte Dinge wie *Jack's Fisch- und Pommesbude* oder *Mildred's Hüte für besondere Anlässe.* Ich hatte Gelegenheit gehabt, einige dieser »besonderen« Hutkreationen zu sehen. Unsere Mrs. Shilling wäre vor Lachen tot umgefallen!

Als ich dann beim Frühstück das Heftchen durchblätterte, kam ich mir ebenfalls ziemlich lächerlich vor. Es war schlechthin einfach zu absurd, wenn ich mir einbildete, daß wegen diesem Zeug da jemand sich die Mühe machen sollte, meine Wohnung zu durchwühlen.

Wieder einmal geriet mein Imaginationsgetriebe in Bewegung: Mikrodots mit Code-Botschaften; ein ganzes Spionagenetz; im Mittelpunkt eine Kunstgalerie . . . und dann schüttelt mir George Smiley die Hand und versichert mir, daß ich England gerettet habe.

Ich spülte ab und ging ins Büro. Den Katalog hatte ich in meine Handtasche gesteckt. Ich würde ihn diesem Detective Nicholls zukommen lassen – sofern ich Zeit hatte oder es nicht vergaß.

Da in meiner Arbeit oftmals Probleme auftreten, die es nötig machen, daß ich länger im Büro sitze als bis zu dem alltäglichen Befreiungsseufzer um fünf Uhr, habe ich in der Regel eine ganze Menge Überstunden angesammelt, die ich mir entweder ausbezahlen lassen oder als Urlaub nehmen kann. Ich versuche immer, da halb und halb zu splitten; auf diese Weise bekomme ich ab und zu eine hübsche Zulage und habe trotzdem noch genügend Stunden gut, wenn ich einmal Lust habe, mir einen Tag freizunehmen. An diesem Tag stand mir um drei Uhr die langwierige, ekelhaft komplizierte Auseinandersetzung mit einem Markthändler über seine Steuerangaben bevor, und ich hatte die Extrastunde zu Mittag eigentlich dafür nutzen wollen, mich dagegen seelisch zu wappnen. Meine Sympathien lagen nämlich durchaus auf der Seite dieses Mannes; wenn ich auf der anderen Seite meines Schreibtischs säße, ich würde ja schließlich ebenfalls versuchen, möglichst wenig Steuern zu bezahlen.

Die Gewitterfront hatte sich verzogen, es war kühler geworden, doch es war immer noch sonnig-warm genug, und auf den spärlichen Grasflächen drängten sich die Sonnenanbeter. Als ich den Kiesweg zur Galerie hinaufging und an der Stelle vorbeikam, an der Thorne gestorben war, überkam mich ein seltsames Gefühl; jedoch ich war entschlossen, mich dort noch einmal, und gründlicher, umzusehen. Das einzige, wodurch sich der Katalog in meiner Handtasche von den zum Verkauf ausliegenden unterschied, waren die durch einen Kreis markierten Nummern zweier Bilder. Und an eines davon konnte ich mich noch deutlich erinnern – weil es besonders gräßlich war.

Der Künstler hatte sein ganzes schöpferisches Potential bereits im Titel ausgetobt: *Herbstwald an einem Regentag*.

Diesmal tat ich in einem Anfall von Großmut etwas für die örtliche Kunstszene und erstand einen eigenen Katalog. Die Frau hinter dem spillerbeinigen Resopaltischchen blickte mich dankbar an; Bramfields Bevölkerung ist nicht übermäßig kunstbeflissen – außer an Regentagen. Die Frau war nicht zu beneiden. Der Wandverputz war fast bis in Kopfhöhe in einem hepatitiskranken Ingwerbraun gehalten, und die Wand darüber prangte in einer geringfügig helleren Senfschattierung als die Teppichfliesen auf dem Boden. Allein schon beim Durchgehen überkam mich ein Brechreiz.

Das Verweilen vor dem Exponat Nr. 135 bestätigte meinen ersten Eindruck; es war mir unbegreiflich, warum irgend jemand das Bild so schön finden konnte, dafür echtes Geld auszugeben; doch irgendwer hatte das offenbar getan, wie ein roter Sticker am Bildrahmen oben rechts verkündete. Auch das zweite von Thorne im Katalog markierte Exponat war verkauft. Ich strengte meine Augen an und enträtselte aus der winzigen Legende, daß eine Person namens Pickles beide Werke erworben hatte.

Dieser Mr. Pickles (wer immer er sein mochte) litt anscheinend an Persönlichkeitsspaltung. Denn *Blauer Akt mit Nelke* paßte irgendwie nicht so recht zu einem nassen Tag in den herbstlichen Wäldern. Oder aber der Mann verstand mehr von Kunst als ich und spekulierte auf einen Mordsgewinn.

Dies war keine glückliche Wortassoziation. Ich ging weiter und betrachtete mir ein »Seestück«. Ich malte in meinem Katalog einen Kringel um die Nummer, und dann wiederholte ich das noch einmal bei einem Rummelplatzbild à la Grandma Moses, das flach und ohne Perspektive war, aber recht fröhlich. Beide Bilder trugen noch keinen roten Aufkleber.

Ich stopfte den Schreibstift wieder in meine Handtasche und stieß dabei tief unten in deren Abgründen auf ein altehrwürdiges Röhrchen mit Fruchtgummis, und auf dem Weg ins Freie bot ich dem einsamen Weib am Eingang davon an. Sie nahm sich ein Fruchtbonbon, untersuchte es genau, dann steckte sie es achselzuckend in den Mund. Sie sagte:

»Sie waren schon mal hier. Letzten Montag, stimmt's? Als es so geregnet hat und ... ehemm ...«

Ich beendete den Satz für sie: »... als da draußen ein Mann tot umfiel.«

»Ich hab' mir doch gedacht, daß ich mich nicht täusche«, sagte sie. »Das muß für Sie ein ziemlicher Schock gewesen sein.« Ich stimmte ihr zu. »Ich wäre ja schon gern rausgegangen, um zu helfen«, fügte sie schuldbewußt hinzu, »aber ich darf die Bilder nicht unbewacht lassen.«

»Auf gar keinen Fall«, murmelte ich. »Man kann nie wissen, was für Diebsgesindel sich herumtreibt.« Und dies war bei meiner Unbegabtheit in solchen Dingen doch eine recht gute prophetische Vorahnung, denn als ich aus der Tür trat, verpaßte mir jemand einen heftigen Stoß und versuchte, mir die Handtasche zu entreißen. Der Katalog, den ich noch hineinzustopfen versucht hatte, fiel dabei zu Boden, während wir eine Tanzposse um meinen Beutel ausführten wie der Bäcker und der Teufel um die arme Seele.

Der Gedanke schoß mir durch den Kopf, daß ich in meinem Kursus zur Selbstverteidigung doch eigentlich bessere Techniken gelernt hatte. Den Netzstrumpf über dem Gesicht meines Angreifers fand ich bezaubernd, und ich überlegte auch, ob ich laut schreien sollte. Außerdem dachte ich daran, wie lang meine Marks&Spencer-Tasche dem Streß noch gewachsen sein werde. Der Mann muß etwas ganz Ähnliches gedacht haben, denn er ließ los und schob die Hand in seine Tasche.

Mir fiel tatsächlich die dafür angesagte Gegenwehr ein.

Die Pirouette war sauber durchgeführt, und mein Lehrer wäre stolz auf mich gewesen. Als ich die Kniescheibe getroffen hatte und sein Bein unter ihm wegknickte, befand sich der Absatz meines Schuhs genau in der richtigen Position und traf auf etwas Weiches, das zufriedenstellend knirschend nachgab.

Ich wünschte, ich hätte dermaßen brüllen können. Dann nämlich wäre der Kerl vermutlich gleich zu Beginn unseres Tänzchens davongelaufen.

Ich drückte meine Tasche an mich wie ein geliebtes Baby und zog mich zurück. Die Straße wirkte auf mich wie gefroren, wie ein Standfoto in einem Film. An der Haltestelle bei der Zufahrt zur Galerie stand wartend ein Bus, und beim Einsteigen sah ich, wie mein Handtaschenräuber mit seiner freien Hand nach dem Ausstellungskatalog grapschte, den ich fallen gelassen hatte. Ich stieg nicht wieder aus, um mir die Broschüre zu holen. Der Typ hatte immerhin eine Art Trostpreis verdient.

Sicher, ich weiß, ich hätte zur Polizei gehen und die Geschichte melden sollen. Aber wenn ich das getan hätte, wäre ich wahrscheinlich dort den halben Nachmittag festgehalten worden, und ich hatte einen Termin, den ich nicht zu versäumen gedachte. Wie sich zeigen sollte, spielten meine Bedenken aber keine Rolle, denn die Polizei erfuhr sowieso von dem Überfall.

Als der Bus losfuhr, sah ich, daß die Frau aus der Galerie aus der Tür gestürzt kam und gaffte. Als sie den Netzstrumpfmaskierten herumkriechen sah, knallte sie eilig die Tür wieder zu, und ich gewann den Eindruck, daß die Ausstellung für den Rest des Tages geschlossen sein werde.

Es gibt den Spruch, daß jede Reklame besser ist als keine; wenn das so weiterging, würde die Galerie bald ausverkauft sein.

Anscheinend hatte die Bilderbewacherin, sobald sie sich hinter der verriegelten Tür in Sicherheit wähnte, die Polizei informiert, denn als ich mich später vor dem Besprechungszimmer per Handschlag von Ron, meinem listenreichen Steuerschwindler, freundschaftlich verabschiedete, hockte im Wartezimmer bereits dieser Detective Sergeant Nicholls, und noch dazu mit den Füßen auf dem Kaffeetisch.

»Sie brauchen einen Aufpasser«, sagte er. »Hat Ihnen das noch niemand gesagt?«

»Doch, meine Schwester«, antwortete ich brüsk, und er warf mir einen verdutzten Blick zu. Aber natürlich konnte er nichts dafür, daß er einen meiner wunden Punkte berührt hatte. Trotzdem, ich hatte keine Lust, es ihm zu erklären.

Er nahm die Beine vom Tisch und sagte streng: »Ich nehme an, Sie hatten nicht die Absicht, ein Wort über die Kleinigkeit zu verlieren, daß man Ihnen die Handtasche geraubt hat.«

Ich antwortete: »Doch, eigentlich wollte ich das schon.

Aber sie ist auch nicht geklaut worden, ich hab' sie immer noch in meinem Besitz, womit bewiesen wäre, daß ich wirklich keinen Beschützer brauche. Ich wäre schon noch auf dem Heimweg bei Ihnen vorbeigekommen, wenn Sie mir diese Chance gelassen hätten.«

»Und die Chancen, den Mann zu erwischen, wären weit besser gewesen, wenn Sie uns sofort in Kenntnis gesetzt hätten. Dann hätten wir wenigstens schon mal eine Täterbeschreibung.«

»Kein Problem«, sagte ich erhaben. »Der Mann ist ein Netzstrumpf-Fetischist, er hinkt jetzt, und höchstwahrscheinlich hat er sich heute bei Boots ein Suspensorium gekauft.«

Er schaute urplötzlich auf den Teppichboden. »Größe?« fragte er.

»Also, der *Mann* war zwischen eins achtzig und eins fünfundachtzig.«

»Und seine Stimme? Akzent? Yorkshire? Südengland? Ein Ausländer . . .?«

»Eindeutiges Falsett«, sagte ich.

Er schaute mich wieder an. Etwas zuckte in seinem Gesicht, und dann fing er an zu lachen. Schließlich fing er sich wieder und befahl mir, meine »Sachen zu holen«. Und dann ging ich gefügig und brav mit ihm zu seinem Polizeiwagen. Vielleicht gedachte er ja, mir diesmal zu sagen, was eigentlich los war.

Ich machte also eine weitere Zeugenaussage. Diesmal kannte ich mich bereits aus, und der »Tee« aus der Polizeikantine hatte auch schon so was wie ein vertrautes Aroma.

Nicholls sagte: »Es könnte die gleiche Person gewesen sein, die gestern Ihre Wohnung in einen Ramschladen verwandelt hat. Haben Sie daran schon mal gedacht?« Er sagte das in jenem herablassenden Ton, den Männer annehmen, wenn sie überzeugt sind, daß das kleine weibliche Dummerchen nicht das geringste von irgendwas kapiert. Ich war enttäuscht von dem Mann.

»Wenn wir schon dabei sind, Vertraulichkeiten auszutauschen«, sagte ich, »also, mir ist da völlig eigenständig, erstaunlicherweise, ein Gedanke in den Kopf gekommen. Etwa so: Das Ganze wäre nicht passiert, wenn es an dem Montag nicht geregnet hätte. Und angesichts dieses Faktums wäre es mir sehr angenehm, wenn ich erfahren dürfte, warum jemand es auf mich abgesehen hat. Was für eine Rolle, bitte schön, spielte dieser Thorne eigentlich? Als er noch lebte, meine ich. War er ein V-Mann? Ein Superagent? Ein ...«

»Er arbeitete als Wachmann für eine Sicherheitsfirma, das steht doch in *Ihren* Unterlagen.«

»Ja, genau seit sechs Wochen«, hielt ich dagegen. »Und wahrscheinlich ist er bloß deshalb so wild durch die Lande gezogen und hat seine Jobs so oft gewechselt, um sich vor Unterhaltszahlungen zu drücken.« Ich war bereits wieder sauer: Wenn ich schon innerhalb von drei Tagen in einen ungeklärten Todesfall, einen Wohnungseinbruch und einen Straßenraub verwickelt sein sollte, dann – verdammt – hatte ich ja wohl auch ein gewisses Recht, zu erfahren, warum! »Gegenseitige – Amtshilfe könnte doch eigentlich für beide Teile nur nützlich sein«, sagte ich nachdrücklich. »Und wenn ich schon in diesem Ringelpietz das dumme Schweinchen spielen soll, möchte ich doch verdammt gern wissen, *wer* da vorhat, mich zu braten.«

Wir funkelten uns an. Ich hatte früher mal einen Teddybären mit blauen Augen und einem ganz lieben Gesicht. Vielleicht fühlte ich mich deshalb so stark zu diesem Nicholls hingezogen; allerdings sprachen da noch ein paar andere Dinge zu seinen Gunsten, über die mein Schmusebärchen nicht verfügt hatte.

Es klang sehr argwöhnisch, als er fragte: »Sie halten nicht etwa wichtige Informationen zurück?«

»Selbstverständlich *nicht*!« Ich bestrahlte ihn mit meinem schönsten »Naivchen«-Lächeln. Eine kleine Lüge mehr oder weniger würde mich nicht gleich zur Hölle verdammen.

»Also – *wie* ist dieser Thorne gestorben?«

»Warum warten Sie nicht den offiziellen Autopsiebefund ab?«

»Weil, wie die Dinge jetzt stehen, mein Leben zu kurz dafür sein könnte. Wenn ich dann in einer obskuren finsteren Hintergasse ein klägliches Ende finde, dann wird es Ihnen leid tun, daß Sie mir nichts gesagt haben.« Natürlich beabsichtigte ich ganz und gar nicht, es so weit kommen zu lassen, aber ich ließ trotzdem meine Stimme ein ganz kleines bißchen beben.

Einen Moment lang sah es so aus, als wollte er nach meiner Hand greifen, um sie männlich-beruhigend festzuhalten. Statt dessen begann er in seinen Papieren herumzufummeln, während er über das nachdachte, was ich ihm soeben gesagt hatte.

»Und ich würde eigentlich gern wissen«, sagte er schließlich, »welche Rolle *Sie* in der Sache spielen . . . Und wenn und sobald ich mir darüber im klaren bin, werde ich Sie als erste informieren.« Die Ehrlichkeit in seiner Stimme waberte um seinen Kopf wie ein akustischer Heiligenschein, und ich vergaß darüber beinahe die halbe Drohung der Handschellen, falls er mir auf meinen Trick kommen würde. Er nahm die Handtasche (ordinär oben per Reißverschluß geschlossen) vom Tisch auf und betrachtete sie. Dann klang seine Stimme wieder ganz freundlich: »Ein Stier von einem Straßenganoven, zu Fall gebracht von einer halben Portion Steuerbehörde! Ich wollte, ich hätte das mit ansehen dürfen!«

»So riesig war er gar nicht«, entgegnete ich bescheiden und hoffte auf weitere bewundernde Äußerungen. Leider enttäuschte er mich diesbezüglich, denn er knallte nur einfach meine Tasche wieder auf den Tisch und sagte:

»Also, was immer Sie da drin herumschleppen, es ist alles noch da.«

Ich griff mir meine Tasche und setzte sie neben meinen Fuß auf den Boden.

»Soweit würde ich nicht gehen. Ich hab' zufällig einen Katalog verloren, und da der Mann den anscheinend gern haben wollte, dache ich mir, ich lass' ihn ihm.«

»Einen Katalog?«

»Ja, eins von diesen fotokopierten Dingern aus der Ausstellung. Thorne hatte mir seinen gegeben, aber den hatte ich bereits Montag nacht weggeworfen.«

Er beugte sich nach vorne, und seine Augen waren auf einmal gar nicht mehr teddybärig lieb. »Sie haben aber in Ihrer Aussage zu Protokoll gegeben, daß Thorne Ihnen nichts ausgehändigt hat.«

»Ich hab' es ganz einfach vergessen. Als er zusammenbrach, hatte ich das Ding in der Hand, und wahrscheinlich hab' ich es einfach eingesteckt, ohne was zu denken. Himmel, das kostet doch bloß zwanzig Pence. Ich hab' mir heut sogar selbst einen gekauft.«

»Und welchen haben Sie dort heute fallen gelassen?«

»Meinen.«

»Und der andere – wo ist der?«

»In meiner Tasche hier.« Ich kramte das Heftchen hervor. Er besah es sich sehr skeptisch. Zwar war der Teesatz weg, doch die Flecken waren noch sichtbar, und die Rückseite sah noch schlimmer aus. »Mülltonnen sind nun mal nicht besonders steril.«

Er schob den Katalog in eine Plastiktüte und sagte: »Danke. Mit etwas Glück wird man Sie wohl in Zukunft nicht weiter belästigen.«

Ich wollte, ich hätte seine Zuversicht teilen können. Wenn sich nämlich bei diesem Aggressorspiel alles um diesen Katalog drehte, dann mußte der *falsche* Katalog für mich die Lage eigentlich nur noch verschlimmern. Und dann huschte mir der Gedankenfloh durchs Hirn, daß es im Grunde auch nicht so verdammt viel schwerer herauszufinden sein konnte, was da los war, als Steuersündern auf die Schliche zu kommen. Auch da ging es wohl hauptsächlich darum, den richtigen Leuten die richtigen Fragen zu stellen.

Ich stand auf. Nicholls bremste mich: »Sie können noch

nicht gehen. Sie müssen sich erst noch unsre Schönheitengalerie ansehen.«

»Aber es ist fast sieben, und mein Magen kann jeden Augenblick zu knurren anfangen.«

Er lächelte einschmeichelnd. Vermutlich hat ihm seine Mama die Weisheit mit auf den Weg gegeben, daß man (Mann!) mit Honig mehr Fliegen fängt als mit Essig.

»Und wenn ich Ihnen nun anbiete, was für Ihren Magen zu tun, und Sie dann heimfahre?«

Das klang wie ein gutes Geschäft. Wenn ich McDonald's und die acht Fisch-und-Fritten-Höhlen von der Liste strich, hatte Bramfield noch indische, chinesische und italienische »Cuisine« zu bieten. Ich dachte mir, er würde sich für Italien entscheiden, was sich als Irrtum herausstellen sollte; wie die meisten »guten Geschäfte« entpuppte sich auch sein Angebot als Gegenteil; und die Küche der Kantine der Polizeistation verdiente noch nicht mal ein winziges Sternchen.

In den darauffolgenden zwei Tagen war ich sehr beschäftigt, doch es geschah weiter nichts Bedeutsames, und so wanderten »Thorne et al.« in die Grauzone meiner Erinnerung ab.

An Samstagen jogge ich morgens gemütlich in den Park, drehe ein paar Runden auf dem Ringweg und trabe dann gemütlich wieder heim. Das tue ich auch an »nassen« Tagen, allerdings nur, wenn es leicht regnet; heute aber goß es, als hätten sie das ganze Jahr lang drauf hingespart. Die prasselnden, vom äußeren Fenstersims hochprallenden Tropfen erinnerten mich wieder an diesen Chinesen mit dem Regenschirm.

Ich bereitete mir Kaffee und Toast, legte die Beine gemütlich hoch, frühstückte und las die Lokalzeitung. Auf der dritten Seite prangte ein Bild der »Kunstgalerie« mit einer dicken Balkenzeile: *VERHEXTE AUSSTELLUNG AB HEUTE*

GESCHLOSSEN und darunter, in kleinerer Type: *Nach Tod und Straßenüberfall – Kunstraub!*

Das Verbrechen ist offenbar eine Wachstumsbranche. Ich las auch den Rest und stellte beruhigt fest, daß keiner meinen Namen aufgeschnappt hatte. Zu dem Tod von Thorne und dem Überfall auf mich und meine Handtasche stand da nichts, was ich nicht bereits selbst besser gewußt hätte. Aber der »Kunstraub« war mir neu. Die Diebe hatten irgendwann in der Mittwochnacht ein Kellerfenster zerbrochen und waren eingestiegen. Es wurde nicht gesagt, welche Bilder gestohlen worden waren, aber ich hatte eine ziemlich klare Vorstellung, welche es gewesen sein mußten.

Und dann fiel mir noch etwas ein: daß nämlich die Bilder »abgeholt« worden waren, bevor Detective Nicholls Gelegenheit gehabt hatte, sie zu besichtigen. Und das versöhnte mich ein bißchen mit den von Fett triefenden Fritten und dem Plastikrührei in seiner Kantine.

Als es gegen elf immer noch in Strömen goß, gab ich meine Joggingabsichten auf und entschied mich statt dessen für einen Besuch im Fitneßclub.

Ich habe mir bei Dora am Ende der Straße ihre Garage gemietet und dort mein Wägelchen abgestellt. Dora rauscht auf die Siebzig zu und fährt nicht mehr selbst. Es ist ein Arrangement, das uns beiden sehr entgegenkommt. Sie winkte mir durch ihr Wohnzimmerfenster zu, als ich rückwärts aus der Auffahrt fuhr. Ihr Kopf war von einer ganzen Igelgroßfamilie von Lockenwicklern besiedelt. Ich winkte zurück, und der Motor bekam prompt eine Fehlzündung und hustete eine zusätzliche kleine Giftwolke luftverschmutzend in die Gegend.

Das einzig Blöde bei meinem Training im Fitneßclub ist die exklusiv-weibliche Gesellschaft. Hin und wieder wage ich mich mit dem Vorschlag heraus, daß es vielleicht ganz lustigförderlich sein könnte, sexual-integriert zu trainieren, doch leider blieb mir bislang da der Erfolg versagt. Dienstags, donnerstags und samstags sind die Vormittage für »Ladies only« reserviert; den Rest der Woche über – außer eine ist auf Steroidanabolika – ist uns der Zutritt verwehrt.

Normalerweise vermeide ich die Samstage, weil da ein anderes Publikum kommt. Am Dienstag und Donnerstag wird ganz ernsthaft geschuftet, aber am Samstagvormittag ist Hennenparade und Modenschau: Fahles Lila-Braun und Zitronengelb in Lycra-Stretch-Kreationen kämpfen erbittert gegen Tigerstreifen. Ich kümmerte mich nicht weiter um den Gesellschaftsschnepfentanz und tat, wozu ich hergekommen war.

Ziehen Sie jetzt aber nicht den vorschnellen Schluß, daß ich ein Muskelprotz bin, denn das stimmt ganz und gar nicht. Jedesmal wenn ich ins elterliche Haus komme, überfällt mich das mütterliche Genörgel, daß ich »zu dünn« sei. Dabei geht es mir doch wahrhaftig nur darum, daß ich nicht keuchend herumkreuchen will, wenn ich mal auf die Fünfzig zusteuere; schließlich kann man ja seinen Körper nicht wie einen Altwagen in Zahlung geben, also pflege ich den meinen eben entsprechend.

Nach der Arbeit gönnte ich mir eine Sauna und eine eiskalte Dusche und in der Cafeteria ein Sandwich und einen Kaffee. Und auf dem Heimweg beschloß ich, dieser Galerie einen erneuten Besuch abzustatten.

Im Foyer saß dieselbe weibliche Person noch immer hinter dem Tischchen. Ich fand, sie sah diesmal älter aus, doch das mag an der schlechten Beleuchtung gelegen haben. Es goß immer noch in Strömen, und das Tageslicht war von einem stumpfen Grau, das sich nicht besonders glücklich mit dem gelblichen Schimmer mischte, der von dem rachitischen Holzlüster an der Decke herabsickerte. Die Frau sah nicht erfreut aus, als sie mich erblickte. Immerhin, heute hatte sie Gesellschaft: einen schon bejahrteren Gentleman, der allerdings nicht so aussah, als wäre er fähig, eventuelle unliebsame Eindringlinge abzuwehren.

Wieder erwarb ich einen Katalog, und die Dame sagte: »Hoffentlich haben Sie heute mehr Glück . . .« Auch ich hoffte dies. Ich merkte, daß sie mir scharf nachblickte, als ich in den Hauptraum mit den Bildern weiterging. Dann sprach sie eindringlich auf ihren männlichen Schutz ein, und auch der drehte seinen Kopf in meine Richtung. Ich bedachte alle beide mit einem (wie ich hoffte) zuversichtlichen Lächeln und entschwand ihren Blicken.

Die Bilder sahen – jedenfalls großenteils – noch so aus wie zuvor, nämlich dilettantisch: die Farben exakt um einige Nuancen zu grell, die Perspektive haarscharf verhauen; eins oder zwei der Stücke hätten allerdings eine bessere Gesellschaft verdient gehabt. Jedoch ich war ja nicht gekommen, um Malkunst zu bewundern, sondern getrieben von jener sprichwörtlichen Neugier, welche die sprichwörtliche Katze ihr Fell kostet. Ich *mußte* einfach wissen, welche Bilder gestohlen worden waren. Allerdings glaubte ich bereits zu wissen, wo ich die Lücken finden würde.

Ich setzte mich auf einen der Betrachterstühle und prüfte in meinem neuen Katalog nach. Vier Ziffern waren mit weißem Stift eliminiert. Und Mr. Pickles (wer immer das sein mochte) war die beiden Bilder, für die er eine Anzahlung geleistet hatte, offenbar los. Die anderen beiden Werke waren natürlich jene, die ich in dem mir geraubten Katalog eingekreist hatte. Mein Straßenräuber mußte mit seiner Beute ziemliche Verwirrung angerichtet haben.

Es ist wirklich ein verdammt angenehmes Gefühl, recht zu behalten.

Bevor ich die Galerie verließ, machte ich im Foyer zu einem Schwätzchen halt. Die Empfangslady schien darüber nicht gerade erbaut zu sein, war jedoch zu wohlerzogen, das mit Worten auszudrücken.

»Das war ja nun wohl für Sie hier eine ziemlich üble Woche«, bemerkte ich. »So insgesamt.«

Ihre Augen bekamen einen leicht gehetzten Ausdruck. Zweimal ging die Tür auf, und drei weitere Kunstbeflissene strömten herein. Die Augen der Frau rissen sich von mir los und schauten ihnen nach.

»Ich erinnere mich irgendwie, daß zwei der Gemälde mit einer roten Markierung versehen waren«, plapperte ich weiter. »Mister Pickles wird sehr enttäuscht sein, aber natürlich ist es auch für den Künstler ziemlich eklig ... gleich zwei verkaufte Werke zu verlieren.« Ich hoffte, daß ich damit den richtigen Ton getroffen hatte; normalerweise bin ich nicht besonders geschickt in derlei Small talk. Offenbar war es mir aber geglückt, denn ihre Augen huschten wieder zu mir zurück.

»Ja, also, das ist schon so«, pflichtete sie mir bei. »Aber daß die beiden anderen Bilder gestohlen wurden, das hat erst so richtig für Aufregung gesorgt. Das Seebild sollte dann nämlich weitergehen, müssen Sie wissen, in die offizielle County-Ausstellung. Der arme Jim Raper ist ganz außer sich . . . es war das erste Mal, daß die etwas von ihm aufgenommen hatten. Und außerdem ist er natürlich Mitglied im Künstlerverein, und nicht so ein Außenseiter.«

»Ja, das macht die Sache natürlich noch schlimmer«, sagte ich heuchlerisch. »Aber waren denn die anderen beiden Bilder von Fremden?«

»Also, dies hier ist ja eine *öffentliche* Kunstausstellung, und jeder darf hier aufhängen, wenn er die Zulassungsgebühr bezahlt; das ist nicht wie zu Weihnachten, da ist es nur für die Mitglieder.« Sie beugte sich vertrauenseifrig über den Tisch zu mir, und auch ich rückte näher. »Beunruhigend ist bloß, daß wir von dem anderen Künstler eine ganz falsche Adresse haben, und die Polizei hat ihn bisher noch nicht von seinem Verlust benachrichtigen können.«

»Aber, wie scheußlich unangenehm.«

»Ja, genau. Und dann wissen wir jetzt auch nicht, wie das mit Mr. Pickles' deponierter Anzahlung werden soll.«

Ein weiterer potentieller Spekulant in Kunstwerken trat ein, und die Lady saß sofort wieder kerzengerade da. Ich wartete. Ihr Kollege tätigte den Blitzverkauf eines Katalogs und verschwand sofort darauf hinter der Tür mit der Aufschrift »Gentlemen«. Ich fragte: »Aber das heißt doch nicht etwa, daß Sie auch keine Adresse von Mr. Pickles haben?«

Sie türmte Kataloge zu einem säuberlichen Stapel, den sie dann in drei Häufchen teilte. Und diese baute sie wieder zu einem Turm auf, ohne mich dabei einmal anzusehen.

»Ach, was bin ich froh, wenn das alles hier vorbei ist«, brach es dann aus ihr heraus. »Das Ganze hat mich richtig nervös gemacht, eine schreckliche, eine wirklich ganz schreckliche Woche war das. Ich wundere mich, daß Sie noch einmal wiederkommen mochten, nach allem, was geschehen ist. Bitte, seien Sie vorsichtig, wenn Sie dann gehen.«

Genau das hatte ich eigentlich beabsichtigt; aber noch war ich nicht bereit, sie von mir zu befreien. Da gab es noch etwas, was ich wissen wollte. Als ich sie bat, mir von dem Künstler und dem Käufer der Bilder eine genaue Beschreibung zu liefern, zog sie sich verschreckt in ihr Damenschneckenhäuschen zurück.

»Ach, meine Liebe, ich weiß wirklich nichts. In der letzten Woche hatte Ellen hier die Aufsicht, nicht ich, und die Buchungseintragungen hat natürlich Jeremy gemacht, der Clubsekretär. Sie müßten da schon wirklich die beiden fragen.«

Die Tür zur Herrentoilette öffnete sich, und auf dem Gesicht meiner Gesprächspartnerin zeigte sich Erleichterung. »Passen Sie gut auf sich auf, meine Liebe«, hauchte sie und entschwebte durch die nebengelagerte Tür für »Ladies«.

Ich versuchte, zu ihrem Notdurftgefährten Blickkontakt herzustellen, aber der mißachtete mein Blinken und verzog sich in den Ausstellungsraum. Ich meinerseits reagierte auf den deutlichen Wink und verzog mich nach Hause.

Am Sonntag morgen hatte sich der Regen verzogen, doch der Himmel bot mir weiter nichts als ein schmutziges Grau; das machte mir jedoch nichts, nicht einmal die übriggebliebenen Regenpfützen störten mich.

Ich zog meinen schwarzen Jogginganzug und Turnschuhe an und strebte dem Park zu. Zahlreiche der anderen »Regulären«, denen ich normalerweise am Samstagvormittag begegne, hatten offenbar die gleiche Idee gehabt.

Am Jogging ist eines ganz merkwürdig: Du triffst in einer ganz kurzen Zeitspanne eine Menge Leute. Jemand holt dich ein, keucht eine Weile neben dir her, hechelt was über das Wetter und verzieht sich dann wieder in die Büsche. Mir gefällt das. Saubere, komplikationsfreie Kurzbeziehungen . . . Ich absolvierte meine zwei Runden und trabte danach gemächlich wieder heim.

Ich hatte mich bemüht, während des Laufens nicht zu denken. Auch das übe ich ziemlich eisern. Sorgenvoll an einem Problem herumzunagen, das bringt offenbar meistens auch nicht viel weiter, also benutze ich die Umkehrtaktik: Wenn du ein Problem nur lang genug ignorierst, kommt es mit der Lösung angekrochen, tippt dir auf die Schulter und bettelt fast um deine Aufmerksamkeit.

Aber an diesem Morgen waren anscheinend die Lösungen alle in mieser Kondition, denn sie hatten mich nicht nur nicht eingeholt, sondern ich konnte sie nicht einmal ganz in der Ferne hinter mir herjapsen hören.

Die Straßen waren inzwischen getrocknet, nur hier und dort hielten sich schüchtern ein paar Pfützchen auf den Gehsteigen, wo die Belagsteine abgesackt waren und sich Tümpel hatten bilden können. Unter dem tiefhängenden Wolkenhimmel sahen sie dunkel und glanzlos aus, aber in einer etwas größeren Lache genossen zwei Spatzen ein Freibad. Als ich angetrottet kam, unterbrachen sie ihre Lustbarkeiten, und ich fühlte mich schon als Spielverderber, doch als ich mich an der Ecke nach ihnen umsah, planschten sie bereits wieder fröhlich weiter.

Unterwegs kam ich an Familien-Doppelburgen aus den dreißiger Jahren und dem entsprechenden sonntäglichen Roastbeef-Gestank vorbei. Die männlichen Insassen dieser Burgen schienen zur Hälfte dem heimischen Küchendunst entflohen zu sein und wuschen ihr Auto, und ich verstieg mich zu einigen philosophischen Überlegungen darüber, wie es gekommen sein mochte, daß die ehedem so begehrten Eigenheime von gestern dermaßen an Marktwert verloren hatten. Zu der Zeit etwa, als meine Mutter geboren wurde, war hier die »Feine-Leute-Gegend« von Bramfield gewesen. Inzwischen hat sich die Geldprotz-Schickeria weiter hinaus, auf die andere Seite des Sees verzogen und hätschelt dort ihre BMWs, in denen eine ganze Drittweltfamilie bequem Obdach finden könnte.

Dann kam ich zum Palmer's Run mit den zu »Appartements« umfunktionierten alten viktorianischen Villen.

Seit diesem Einbruch in meine Wohnung hatten wir Mieter beschlossen, daß die Haustür stets abgeschlossen sein sollte. Das hätten wir wahrscheinlich sowieso prinzipiell so halten sollen, aber in solchen Dingen neigen wir wohl alle zu bequemer Nachlässigkeit. Diesmal war die Haustür abgeschlossen, und ich entriegelte sie und kletterte den Steilhang der Stufen hinauf, um zu duschen und mir was Frisches anzuziehen, ehe ich nach Scorsby Bridge fuhr.

Ich war schon ein paarmal dorthin gefahren, weil es einfach Spaß macht. Diesmal war auch noch berufliches Interesse im Spiel. Es dauerte eine Weile, ehe ich einen Parkplatz fand. Scorsby ist bei Sonntagsausflüglern beliebt, besonders im Sommer, und der Marktplatz war gerammelt voll von Verkaufsständen und Kauflustigen.

Nichts läßt Neid so üppig wuchern wie Erfolg. Und heiliger Himmel, wie es die weniger Erfolgreichen genießen, »Haltet den Dieb« zu brüllen.

Manchmal denke ich mir, ich habe den falschen Beruf, denn in meinem innersten Herzen verspüre ich so was wie eine klammheimliche Bewunderung für Ron. Ich schloß mich der Menge an, die sich an seinem Verkaufstisch drängte. Ron stand mit ausgebreiteten segnenden Armen da und hielt uns in jeder Hand eine Schokopackung entgegen.

»Na, das brauch' ich euch wohl nicht zu sagen, Leute, wieviel ihr dafür bei euch zu Haus im Laden anner Ecke oder im Supermarkt rüberwachsen lassen müßt. Ihr wärt glücklich, das wärt ihr, stimmt's, wenn ihr mit 'nem Fünfer pro Stück rauskommen würdet. Na – isses nicht so? Also – ich will von euch keinen Fünfer pro Paket, ich will noch nicht mal vier Pfund. Nein: Ich geb' es euch für drei Pfund für zwei Riesenpacks . . . Also, wer will sie haben?«

Eine Phalanx von Händen richtete sich auf. Ron machte ein sagenhaftes Geschäft. Ich drängelte mich nach vorn durch und hielt drei Pfund zu ihm hinauf. Er nahm sie, ohne eine Miene zu verziehen.

»Und du bist der Wonneklacks auf dem Kuchen meines Tages, Süße«, verkündete er unter dem verzückten Johlen der Menge laut. »Was, meine Herren? Was für ein bezauberndes Kätzchen, findet ihr nicht auch? – Na, jedenfalls wenn sie nicht in Katerstiefeln stecken würde . . .« Das Gelächter war laut. Ein besonders mutiger Witzbold aus der hintersten Reihe blökte: »Ausziehen!« Ron kniff dramatisch ein Auge zu und blickte mich mit dem anderen lüstern-grinsend an. Er beugte sich zu mir herunter: »Schreib mir doch einfach deine Adresse auf, holde Ewiggeliebte . . . vielleicht schau' ich dann morgen mal vorbei.«

»Ich rechne bestimmt damit«, sagte ich und bahnte mir mit gespreizten Ellbogen, den preisgünstigen Kauf am Busen, einen Weg durchs Gedränge. Als ich von außen dann einmal zurückschaute, war Ron bereits wieder auf Höhenflug und regnete eifrig sein Manna verkaufsträchtig unters Volk. Die dünnen schwarzen Haare hingen ihm halb in die Stirn, und sein vierzigjähriges Spitzbubengesicht verzauberte die kaufgierige Menge weiter, und blitzschnell setzte er ein gutes Dutzend Schokopacks für zwei Pfund ab.

Ich zwängte mich aus meiner Parklücke und fuhr Richtung Heimat. Ron würde sich wohl inzwischen den Kopf zerbrechen, wer mir da ein Wörtchen über seine sonntäglichen, in seiner Steuererklärung nicht aufgeführten Gewerbetätigkeiten zugeflüstert haben könnte.

In Bramfield zurück, zwang mich das Einbahnstraßensystem, an dem Haus vorbeizufahren, in dem Thorne gewohnt hatte, und ich hielt. Das Haus gehörte zu einer »Edwardianischen« Hangsiedlung, viel roter Backstein, Schiebefenster, kärgliche kleine Vorgärtchen, in denen handtuchgroße Rasenflecken prangten, aber sonst kaum etwas wuchs. Im Erdgeschoß hing in einem Fenster ein Karton mit der Aufschrift »Zimmer frei«.

Von der gegenüberliegenden Seite starrten ebensolche Hanghäuser bedrückend zurück, und ich war sicher, daß Thorne nicht wegen der Aussicht hier eingezogen war. Vielleicht hatte er hier ja nur untertauchen wollen.

Im Parterrefenster bewegte sich ein Netzvorhang, irgendwer stand dahinter und erwiderte mein Interesse. Ich stieg aus und schloß den Wagen ab. Mein betagter Mini hing auf der gewölbten Fahrbahn, als hätte er zu tief ins Glas geschaut. Ich gab ihm einen sanften Klaps und machte mich zur Tür des Hauses auf.

Die vier Steinstufen waren so steil, daß meine Nase sich in Höhe eines mächtigen Bierwanstes befand, als die witterungsgegerbte Tür plötzlich aufging. Ein T-Shirt schaffte es – trotz Übergröße – nicht ganz, die Wölbung zu bedecken. Ich schenkte dem unrasierten Schwabbelgesicht ein verzeihendes Lächeln, doch der Mann schien das nicht zu schätzen.

»Is' bereits vermietet!« knurrte er und schob die Tür wieder zu. Ein charmanter Mitmensch! Ich schätze ungehobelte Leute sehr, sie machen es einem so leicht, ebenfalls eklig zu ihnen zu sein. Also preßte ich weiter den Finger auf die Klingel, und tatsächlich, der Kerl kam wieder an die Tür. Diesmal verzichtete ich auf mein Lächeln.

»Steuerbehörde!« Ich ließ meinen Ausweis vor ihm aufblitzen. »Sind Sie der Besitzer?«

»Und was, wenn ich's bin?«

»Wie viele Räume, wie hoch sind die Mieten, wie viele Mieter . . . eine Liste davon. Es dauert nicht lang. Ich komme mal eben kurz mit rein, ja?« Ich setzte den Fuß auf die oberste Stufe, und er wich unwillkürlich zurück.

»Aber es ist doch Sonntag«, beschwerte er sich aggressiv. »Jetzt is' doch keine verdammte Geschäftszeit, was?« Er hakte die Daumen unter die Gürtelschlaufen seiner Hose und hievte, und für einen Augenblick verschwand seine Blöße.

»Es gibt eben Rennpferde und Ackergäule«, beschied ich ihn orakelhaft. »Was ist mit Ihrer jüngsten Steuererklärung, die könnte uns weiterhelfen. Ich nehme nicht an, daß Sie ausschließlich von den Mieteinkünften leben, Sie haben doch gewiß noch eine Arbeit und bezahlen da Lohnsteuer?« Er wich meinem Blick aus, und ich riskierte einen Schuß ins Blaue. »Ich darf doch wohl annehmen, daß es sich hier um einen eingetragenen Besitz handelt und daß er in allem den behördlichen Gesundheits- und Feuerschutzvorschriften entspricht?«

Er murrte: »Ich hab' vier Untermieter und fünf Zimmer. Zwei haben das oberste hinten raus, zwei ein Einzelzimmer vorn. Zwanzig pro Mann fürs Doppelzimmer, vierundzwanzig für die Singles. Wöchentlich.«

»Es macht Ihnen ja wohl nichts aus, wenn ich mir die Räume mal anschaue«, sagte ich. »Bloß so, für die Akten.«

Doch es machte ihm sehr wohl etwas aus, und sein ochsenhafter Blick verriet es deutlich. Ich war froh, daß sein Intelligenzquotient nicht seinem Leibesumfang entsprach. Er quälte seine Hose erneut hoch.

»Wenn's sein muß . . .«

Diesmal lächelte ich wieder. »Bitte, nach Ihnen.«

Das Detektivspielen stellte sich allmählich doch als recht simple Sache heraus. Ich folgte dem Mann, den Blick starr auf sein faszinierendes rückwärtiges Dekolleté gerichtet.

Zwar war es wenig wahrscheinlich, daß der Halsabschneider von einem Hausbesitzer sich so voller Mut tanken würde, daß er sich zu einer Beschwerde aufraffte, aber ich ging dennoch mit einem überdimensionalen Schuldgefühl am nächsten Tag ins Büro. Der Fettkloß hieß Barstow, und es würde mir schon ziemlich schwer fallen, meinem Vorgesetzten zu erklären, wieso ich meine Nase in seine Angelegenheiten stecken wollte.

Ich hatte mir das ganze Haus angesehen, einschließlich des ehedem von Thorne bewohnten Zimmers, das ja der Anlaß für diese ganze Aktion gewesen war. Für ein Untermietszimmer war es nicht einmal so übel, auch wenn der rotbraune Teppich eine Menge zu wünschen übrigließ. Der Raum war gründlich gesäubert worden, von dem verflossenen Bewohner lag auch nicht ein Härchen mehr herum.

Als ich aus dem Fenster blickte, boten sich mir drei Schlafzimmer gegenüber in schamloser Unbekümmertheit dar. Zwei davon waren uninteressant, doch im dritten waren Dinge im Gange, die ich mit einiger Neugier betrachtete, bis mich das heftige Keuchen hinter meinem Rücken daran erinnerte, daß ich nicht allein war. Also trat ich den Rückzug an. Ich unterstelle allerdings, daß sich der Keucher – sobald ich mich verzogen hatte – zum großen Finale wieder in seiner Fensterloge eingefunden hat.

Nun, es war ein neuer Tag, und in mir bohrte ein scharfer Drang, mich zu vergewissern, was sich da so alles in der Steuerakte dieses Mr. Barstow finden ließ – oder auch nicht. Es war ein durchaus altvertrautes Gefühl, das mich beherrschte: kein Bedauern darüber, etwas getan zu haben, sondern ganz schlicht die Furcht, dabei erwischt zu werden. Als ich noch klein war, überfielen mich derartige Gefühle recht häufig; wahrscheinlich weil ich sehr oft »verbotene Dinge« trieb.

Doch ich hatte wieder einmal Glück. Barstow hatte seine Mieteinnahmen nicht aufgeführt, nur die hundertfünfzig Mäuse, die er wöchentlich als Rausschmeißer in einer Kneipe verdiente, und sonst keinen Penny. Ich schickte ihm höflicherweise das Zusatzformular. Darüber würde er sich bestimmt freuen.

Es passiert mir immer wieder – jedesmal wenn ich mir besonders brav und tugendsam vorkomme, taucht einer auf und bringt meine Seifenblase zum Platzen. Diesmal war es Nicholls. Er wirkte ganz und gar nicht freundlich, und außerdem hatte er sich zu seinem Schutz auch noch diesen Detective Constable Clifford mitgebracht. Nicholls sah etwa fünf Jahre jünger aus als sein Kollege, und ich hätte gern gewußt, auf welche Weise er diesen in der Beförderungstretmühle überrundet hatte. Ich führte die beiden ins Besprechungszimmer und schloß die Tür hinter uns.

Nicholls begann steif und formell: »Gestern um vier Uhr dreißig suchten Sie das Haus Nr. 23 in der Marsden Street auf. Ich möchte den Zweck dieses Besuchs erfahren.«

Das war interessant. Was oder wen ließen die da überwachen – das Haus oder mich?

»Warum?«

»Ich habe den begründeten Verdacht, daß Sie relevante Informationen zurückhalten, die für die Aufklärung des Todes von –«

»Ich weiß, ich weiß!« unterbrach ich ihn. »Fangen Sie um Himmels willen nicht schon wieder damit an. Ich weiß nichts über Thorne, was ich Ihnen nicht bereits gesagt hätte. Wie kommt es eigentlich, daß Sie mir nicht glauben wollen?«

Er schnappte recht grob zurück: »Nun, in diesem Fall dürfte es Ihnen ja nichts ausmachen, uns zu erklären, warum Sie gestern in sein Zimmer gingen, und streiten Sie das bitte erst gar nicht ab, Sie wurden dabei beobachtet.«

Ich überlegte, wo sein Spitzel postiert gewesen sein könnte, und ließ die Straßenkulisse noch einmal im Geist an mir vorüberziehen. Ich war nur Barstow und einem seiner Mieter begegnet, sonst keinem aus der Straße. Das gymnastische Paar gegenüber strich ich von der Liste, denn die beiden hätten es nicht einmal bemerkt, wenn ich zwei Köpfe gehabt hätte.

Ich sagte mit einem Achselzucken: »Die Welt ist doch voller komischer Zufälle, nicht wahr? Ich hatte etwas mit Mr. Barstow zu besprechen – *Steuer*angelegenheiten!«

»An einem Sonntagnachmittag? Das ist doch wohl kaum die übliche Geschäftszeit.«

»Das ist fast wörtlich, was der Mann auch gesagt hat. Schon wieder so ein Zufall! Haben Sie mich auch nach Scorsby Bridge verfolgen lassen? Dort hatte ich nämlich ebenfalls beruflich zu tun.«

»Kann jemand Ihre Angabe bestätigen, weshalb Sie in der Marsden Street waren?«

»Mister Barstow.«

Sie wechselten Blicke, die mir verrieten, daß sie ihn nicht danach fragen würden. Ich setzte honigsüß noch eins drauf:

»Klar, Sie könnten auch meinen Chef ersuchen, sich die Akte mal genau anzuschauen. Aber natürlich müßten Sie dafür einen überzeugenden Grund vorbringen.«

Nicholls seufzte und nickte Clifford zu. »Wenn Sie vielleicht schon mal vorgehen und drunten im Wagen auf mich warten möchten. Ich komme in einer Minute nach.«

Clifford wirkte nicht beglückt, ging aber. Ich faltete die Hände sittsam im Schoß und wartete, ganz die geduldige Griselda. »Sie entwickeln sich allmählich zu einer richtigen Plage«, sagte Nicholls. Es klang klagend.

Ich beschoß ihn mit dem Verlaufnen-Hündchen-Blick. »Und ich hab' schon fast gedacht, wir zwei entwickeln eine so nette Beziehung.«

»*Wenn* das keine Mordermittlung wäre und *wenn* Sie nicht eine der verdächtigen Beteiligten wären«, gestand er, »dann *könnte* ich mich veranlaßt sehen, Ihnen etwas Besseres zu bieten als unsere Kantine . . . Aber wie die Dinge nun mal liegen . . . *Könnten* Sie vielleicht möglicherweise Ihre Nase nicht weiter in die polizeilichen Ermittlungen stecken?«

»Ja, aber natürlich kann ich das«, antwortete ich.

Es ist immer am besten, man bleibt bei der Wahrheit. Hätte er mich nämlich gefragt, ob ich, bitte schön, vielleicht *möchte*, wäre es schon komplizierter geworden. Ich war gerade erst so ein wenig auf den Geschmack beim Krimischnüffeln gekommen und wollte das Detektivspielen nicht ohne guten Grund gleich wieder aufgeben.

»Müssen Sie diesen Barstow noch einmal sprechen?«

»Ja, wenn er vergißt, seine Steuererklärung einzureichen.«

»Hoffentlich vergißt er's nicht!« sagte Nicholls. »Aber zweifellos werde ich Sie bald wieder sprechen müssen.«

»Da können Sie aber sicher sein«, pflichtete ich ihm bei und hielt ihm höflich die Tür auf. Als er gegangen war, nahm ich mir die Thorne-Akte noch einmal vor und stellte mir eine neue Liste auf: Daten, Namen, Orte, genau wie auf der Liste, die ich Nicholls hatte zugehen lassen.

Ich wußte noch nicht, was ich damit anfangen würde, aber als Startpunkt war es nicht schlechter als etwas anderes.

Mein Lieblingsmarketender tauchte kurz vor elf bei mir auf.

»Ron, Sie haben mich in Verlegenheit gebracht«, eröffnete ich streng. »Sie haben mich vor diesen ganzen Leuten lächerlich gemacht. Schämen Sie sich denn gar nicht?«

»Aber klar doch, tu' ich, Love ... Ehrlich, ich hab' keine Ahnung, wie mir so was passieren konnte ... bei so 'ner zarten Rose wie Ihnen. Es muß der Schock gewesen sein. Bestimmt. Was hatten Sie überhaupt dort zu suchen? An 'nem Sonntagnachmittag! Da hätten Se doch mit Ihrem Freund gemütlich federballern sollen ...«

»Ich finde in Ihren Unterlagen nichts über Ihre Verkaufstätigkeit auf dem Markt in Scorsby Bridge«, sagte ich tödlich-ernst. »Das ist Steuerbetrug, Ron. Ich dachte, wir hätten das alles schon letzte Woche geklärt.«

»Ja, also wissen Sie, deswegen bin ich ja eigentlich heute zu Ihnen gekommen. Um dadrüber mit Ihnen zu reden, klar? Das mit dem Sonntagsmarkt, das war nämlich wirklich bloß so 'ne Augenblickseingebung, ehrlich. Das ist bestimmt nicht regelmäßig. Also es war so: Ich wach' auf, und es ist ein schöner Tag, und ich hab' gar keinen Bock, mich mit meiner Alten rumzuplagen, und da denk' ich mir, okay, Ron, lad die Karre voll, und geh ein bißchen absahnen. Sie wissen doch, wie das so über einen kommt.«

Ron klang so erwartungsvoll, und mir brach fast das Herz, daß ich ihm den Stuhl unterm Hintern wegziehen mußte. Doch wenn er mir schon selber seinen Strick lieferte ...

»Und wie war das in der Woche davor?« fragte ich sanft.

»Aber – wie kommen Sie denn auf so 'ne Idee . . .« Ich schüttelte den Kopf, und er schwieg und überlegte. »Ganz gemeiner Neid«, sagte er nach einer Weile. »Ja, das isses. Die Ärsche könnten nicht mal Wasser an ein verdurstendes Kamel verkaufen, die meisten von denen. Die sollen doch daheim bleiben und mit ihren verdammten Klunkern spielen!«

»Ron, ich habe Ihre Steuererklärung bisher noch nicht abgezeichnet. Möchten Sie vielleicht, daß ich da noch irgendwelche Nachträge anfüge, etwa bisher noch nicht aufgeführte Einnahmen?«

»Ich werd's wohl nie schaffen, reich zu werden, was?« jammerte er. »Nicht, wo da immer so neugierige kleine Schnüffler wie Sie rumschwirren. Also, ich hab' das seit exakt acht Wochen so gemacht. Und das können Sie nachprüfen, wenn Sie dazu Lust haben.«

»Hab' ich bereits«, sagte ich. »Sie haben mir doch bestimmt eine Aufstellung Ihrer Umsätze mitgebracht.«

Er reichte mir einen braunen Umschlag herüber. »Gar kein guter Markt«, sagte er. »Als Sie da angetanzt gekommen sind, das war bloß mal so ein Moment, wo's besser lief.«

Ich schob seinen Umschlag ungeöffnet in die Akte.

»Ja, aber wollen Sie sich das nicht wenigstens mal anschauen?« fragte er. »Das hat mich die halbe Nacht gekostet, ehrlich. Und das hätt' ich für niemand sonst gemacht, bloß für Sie.«

»Versuchen Sie es doch mal mit einem Tatsachenbericht, Ron, statt mit Fiktion«, schlug ich vor. »Ich hab' gehört, so was ist angeblich leichter zu fabrizieren.« Aber ich lächelte ihn dabei an, um ihm zu verstehen zu geben, daß ich ihm nicht ernstlich böse sei. Da die Woche ja nur sieben Tage hat und ich ihn ausgerechnet am siebenten Tag erwischt hatte, glaubte ich nicht, daß ihm noch viele weitere Mogelmöglichkeiten offenstanden. »Wir bleiben in Verbindung«, sagte ich, »so oder so.«

Es nervt mich, daß ich den Typ doch immer wieder unterschätze!

Wir standen beide auf und reichten einander erneut in Freundschaft die Hand. Ron sagte: »Falls ich Ihnen mal irgendwie behilflich sein kann ... 'nen Kollegen verpfeifen zum Beispiel ... oder meinem Nächsten Gleiches mit Gleichem vergelten ... dann brauchen Sie's mir nur zu sagen.«

»Ja, das gehört alles zum Eiertanz«, erwiderte ich unbedacht.

»Wie wahr«, sagte er. »Wie leider allzu wahr. Wir haben eine ganze Menge gemeinsam, Sie und ich ... Halte dich an die bescheuerten, beschissenen Vorschriften ... und tritt nur den in die Eier, der es verdient hat. Genau so hab' ich mir das immer vorgestellt.«

Wieso hatte ich auf einmal das Gefühl, daß er das nicht nur metaphorisch gemeint haben könnte?

Nachdem ich einmal damit durchgekommen war, reizte es mich, den gleichen Trick noch einmal zu benutzen. Wahrscheinlich liegt hier auch eine Erklärung für die steigende Kriminalitätsrate: Bei deinem ersten Job haben sie dich nicht erwischt, also versuchst du es eben wieder . . . Die Gesellschaft kann sich glücklich schätzen, daß *ich* auf der Seite der Engel stehe.

Die Wach- und Schutzdienstfirma, für die Thorne zuletzt arbeitete, hatte ihr Hauptbüro in der ehemaligen »Gebetsstätte« einer Sekte, einer sogenannten »Chapel«, am Nordrand der Stadt. In Bramfield gibt es eine Menge derartiger ausgedienter »Kapellen«, und meiner Meinung nach ist das symptomatisch für die Zeit, in der wir leben. Diese hier protzte noch mit der alten festen Eichentür, und ich verstand auch sofort, warum man diese Tür beibehalten hatte. Sie war ganz sicher weitaus schwerer einzutreten als Türen aus unserem modernen Preßspanholz. Diese Pforte stand einladend offen. Links von dem Heiligtum, wo früher einmal die Kinderschule gewesen war, standen säuberlich geparkt die Wagen der Bewachungsfirma. Ich trat durch die offene Tür und befand mich in einem Empfangsraum, an dem die Modern-Design-Dekade keinerlei Spuren hinterlassen hatte. Vielleicht sollte ja diese schäbige Kargheit die Kunden mit Vertrauen erfüllen, aber dann hätten sie sich wirklich eine andere Empfangs»dame« leisten sollen.

Was da saß, glotzte mich an, als hätte ich sie aus abgrundtiefer seelenerschütternder Trance gerissen. Ärgerlich zog sie sich ihre Stereokopfhörer von den multigelöcherten Ohrmuscheln. Ihre Igelfrisur war seit mindestens zwei Jahren out, und die grelle Purpurcoloration lag kreischend im Clinch mit dem rötlichen Magenta der Wände.

Ich reichte ihr eine meiner offiziellen Karten mit meinem Namen darauf und ersuchte um ein Gespräch mit dem Direktor. Wenn dieser für die Personalstruktur zuständig war (inklusive Einstellung und Rausschmiß), dann war ich gespannt, wie *er* wohl aussehen würde. Das Empfangsgeschöpf drückte etliche Schalter auf dem Pult und sprach dann zu jemandem, den sie »Harry« nannte. Dann reichte sie mir meine Karte zurück und zeigte irgendwohin.

»Durch die Tür . . . Treppe rauf . . . dritte rechts.«

Nachdem sie damit alles geleistet hatte, wozu sie willens war, wanderten ihre Ohrwärmer wieder an ihren alten Platz. *Tsskkk-tssskkk* schepperte blechern die übersteuerte Lautstärke hinter mir her.

Einen Stock höher, hinter der dritten Tür rechts, stieß ich auf einen Sicherheitsmann in einer hübschen blauen Uniform. Jemand hatte ihm ein Halfter umgeschnallt, das beinahe so aussah, als ließe sich darin tatsächlich eine Waffe verstauen. Ich zückte erneut meine Karte, aber er machte sich nicht die Mühe, sie anzusehen, sondern nickte nur gelangweilt.

»Ja, weiß schon. Da drüben rein.«

»Drüben rein« war eine weitere Tür, doch dahinter fand ich dann tatsächlich Harry. Ich war mir bislang nie so ganz sicher gewesen, was ich von dieser Masche halten sollte, daß jeder jeden beim Vornamen anredet. Ich meine, bis zu einem gewissen Grad hat das ja seine Berechtigung – Gleichheitsprinzip und so, aber wenn alle bis runter zum Bürolehrling sich gegenseitig beim Vornamen nennen, dann dürfte es doch recht schwierig sein, jemandem, den man loswerden will, den »Tritt in den Arsch« zu geben. So dachte ich jedenfalls, bis ich Harry begegnet war. Und danach war mir klar, der Typ würde mit so was keine Probleme haben.

Er war Mitte Fünfzig, ein Sechsfußriese mit fleischbepackten Schultern. Als er aufstand, hielt er sich dermaßen stocksteif, daß ich sofort den Schluß zog: entweder früher beim Militär oder Expolizist. Er gab mir die Hand, seine Augen schätzten mein Lebendgewicht ab und gelangten offenbar zu dem Schluß, daß ich keine allzu große unmittelbare Bedrohung darstellte. Seine Haare waren ursprünglich wohl dunkelbraun, jetzt zu Pfeffer und Salz verblichen und kurz getrimmt. Irgendwann in seinem Leben mußte er mal was auf die Nase bekommen haben, denn der Bruch war ein wenig schief wieder verheilt. Aber von diesen Winzigkeiten abgesehen, er hätte in seinem grauen Nadelstreifenanzug durchaus ein Banker sein können.

Ich nahm auf dem mir angewiesenen Stuhl Platz, während er sich dem Studium meiner Karte widmete. Ich kam mir vor wie ein Sextaner im Büro des Schuldirektors.

Er sagte: »Ich hatte ja keine Ahnung, daß wir irgendwie Probleme mit dem Finanzamt haben.« Dann legte er behutsam meine Karte vor sich auf den Tisch.

»Sie haben ja auch keine«, sagte ich. »Ich möchte nur mit Ihnen über einen Ihrer früheren Angestellten sprechen, von dem wir keine vollständigen Unterlagen bekommen haben.«

»Wieso fragen Sie ihn nicht selber«, sagte Harry. »Das wäre doch am einfachsten.«

»Leider sind die Umstände ein wenig schwierig für so etwas. Er ist tot.«

Seine Brauen zuckten unmerklich, doch ansonsten zeigte er keinerlei Reaktion. »Der Mann war sechs Wochen lang bei Ihnen beschäftigt«, fügte ich hinzu.

»Ah ja, John Thorne«, sagte Harry und schnitt mit der Hand durch die Luft. »Aber wenn Sie sein Einsatzprogramm interessiert, tut es mir leid, da war die Polizei schneller.«

»Aber vielleicht erinnern Sie sich auch ohne die Unterlagen und können mir Auskunft geben über das, was mich besonders interessiert. Seinen letzten Job beispielsweise.«

»Rausschmeißer in irgendeiner Nachtkneipe in Manchester.«

»Ja, genau das haben wir auch.« Ich bemühte mich um einen gehetzten, hilflosen Ausdruck. »Aber es ist die Zeitspanne zwischen diesem letzten Arbeitsverhältnis und jetzt, die mir Schwierigkeiten bereitet ... diese fast sechs Monate, seit er dort aufhörte und hier bei Ihnen angefangen hat.«

»Da war er eben arbeitslos«, schlug Harry vor. »Millionen Leute sind das.«

Ich probierte es mit Sympathieheische. »Ja, und genau das wird auch mir blühen, wenn ich diese Geschichte hier nicht klarkriege. Alles, was immer Sie mir sagen können, hilft mir vielleicht weiter. Er hat doch bestimmt hier mit irgendwem geredet.«

»Ich werde mich mal umhören, und wenn ich auf was stoße, rufe ich Sie an.« Er schnippte mit einem kantig geschnittenen Fingernagel gegen meine Karte. »Ich hab' ja Ihre Durchwahl.«

»Wenn Sie Ihre Unterlagen im Computer haben, könnten Sie mir ja eine Kopie ausdrucken lassen. Das würde mir enorm weiterhelfen.«

»Ich wüßte nicht, wie. Sie haben doch gerade selbst gesagt, Sie hätten die gleichen Daten über ihn.«

»Aber nicht seine letzte Anschrift«, sagte ich hastig. »Wenn ich die hätte, könnte ich von da aus seine Sozialversicherungsbeiträge nachverfolgen.«

»Und wozu soll das denn gut sein, jetzt?« fragte er mit einiger Logik. »Der Mann ist doch tot.«

Das war nun wirklich ein Knackpunkt, und ich hätte das vorhersehen müssen. Ich murmelte: »Behördenvorschriften . . .« und hoffte, er werde das schlucken.

»Stimmt, es gibt viel zuviel von dem Quatsch«, sagte Harry. »Wenn man nicht aufpaßt, kann sich einer da ganz schön drin verheddern.« Er stand wieder auf, und ich begriff, daß ich jetzt rausgeworfen werden sollte. Also ging ich brav neben ihm her zur Tür und versuchte eine letzte Frage zu landen:

»Was für Sicherheitsdienst hat er denn grad gemacht, als er starb? Nur so Routine oder was Spezielles?«

Das veranlaßte Harry, abrupt innezuhalten. Er wirkte auf einmal sehr abweisend. Er musterte mich, und die Hand am Türknauf bewegte sich nicht.

»Was zum Kuckuck hat denn das mit seinen Steuersachen zu tun?«

»Och, eigentlich nichts weiter«, räumte ich ein. »Es ist einfach nur so berufliche Neugier.«

Er sagte: »Für jemand vom Finanzamt stellen Sie aber wirklich recht eigenartige Fragen.« Dann geleitete er mich nach unten bis zur Eingangstür und schaute mir nach, und mir war klar, daß er das nicht nur aus Höflichkeit tat. Als Detektiv hatte ich soeben zum zweitenmal eine Niete gezogen.

Aus dem ehemaligen Kinderindoktrinationsstall traten drei Männer und gingen vor mir her die Straße hinauf.

Genau wie Harry waren sie mächtig breit in den Schultern, aber nicht so groß wie er. Ich folgte ihnen. Ich versuchte im Moment nicht daran zu denken, daß mir jetzt kein Schachzug mehr blieb, es sei denn, ich nähme mir Urlaub und graste im ganzen schönen Großbritannien sämtliche Orte ab, an denen Thorne (angeblich) gearbeitet hatte. Aber dazu hatte ich eigentlich gar keine Lust. Vor allem schon deshalb nicht, weil ich meinen Urlaub lieber faul auf dem Rücken liegend am Strand verbringe.

Ich bog in die Rawcliffe Street und sah die drei Männer in einer Kneipe verschwinden. Als ich ebenfalls an den »Three Tuns« anlangte, wehten mir deftige Küchendüfte entgegen, was mich daran erinnerte, daß vernünftige Menschen die Mittagspause dazu nutzen, etwas zu essen.

Es war kein Tisch mehr frei, doch die drei Typen von der »Watchdog Security« saßen in einer Nische am Fenster, und an ihrem Tisch waren noch zwei leere Plätze. Ich schaffte meine Halbe Helles und den Teller mit Pastete und Erbsen zu ihnen hinüber und plazierte meinen Po auf einen der Stühle.

Eine unbehagliche Minute lang redeten sie nicht weiter, doch als sie merkten, daß ich mich ganz auf mein Essen konzentrierte und keine Anstalten traf, sie anzuquatschen, entschieden sie, ich sei wohl tatsächlich nur zur Nahrungsaufnahme gekommen, und wandten sich wieder dem Bramfielder Rugbyteam und besonders dessen Fly-half zu, dessen Impotenz im Spiel und generell sie intensiv durchhechelten. Als dieses Thema sie zu langweilen begann, wechselten sie zu dem gleichfalls faszinierenden Thema »Überstunden« und beklagten, was Harry doch für ein »Kneifarsch« sei, wenn es um die Bezahlung ging.

Ich riskierte es, sie mir genauer zu betrachten. Zwei der Typen waren Spätzwanziger, und keiner davon war mein

Ideal für eine feuchtfröhliche Nacht; der dritte war um vierzig und trug einen Goldring an der linken Hand. Er war es, der mit grimmiger Sachkundigkeit sagte:

»Da könnt ihr aber einen drauf lassen, daß Harry prompt vergißt, daß Thorne eigentlich noch 'ne verdammte Menge Knete für Überstunden zusteht. Was Ken-Boy hier angeht, dem zahlt er sie ja vielleicht aus, aber 'nem Toten schießt der bestimmt keinen Penny in die Lohntüte.«

»Na und? Wer würd' schon deswegen Stunk machen?«

»Dadrum geht's gar nich', Jimbo. Das hättst nämlich du sein können, der dabei draufging – oder Ken-Boy, und was dann?«

Jimbo überdachte dies, und der auf seinen rechten Unterarm tätowierte Union Jack flatterte, doch es war dann Ken, der antwortete. Ich konnte nicht sehen, ob er ebenfalls auf Körperkunst stand, denn er hatte ein langärmeliges Hemd an, aber aus seinen Worten ließ sich auf einen tiefen, wenn auch schlichten Glauben an ein jenseitiges Leben schließen.

»Jaa, also«, knödelte er, »wenn ich der welcher gewesen wär', und nich' die Pestbeule Thorne, da würd's der Harry gar nich' erst versuchen. Der weiß nämlich, daß ich kommen und ihm seine verdammten Blinker einschlagen würd', würd' ich glatt. Nee, bei mir versucht der so was nich'.«

Es trat eine einminütige Pause ein, während derer die beiden anderen stumm den profunden Gedanken an Bord hievten. Dann sprach Ken weiter.

»Bei dem Job, den wir da gemacht haben, kommt doch dieser Softarsch da rüber . . . na, wie läuft's, Robby, sagt er, und dann gehn die beiden zusammen weg, und dann kommt er wieder und sagt, er kennt ihn gar nich'.«

»Sagt wer?«

»Na, die Pestbeule Thorne.«

»Also, der hieß ja auch nich' Robby, nich'?« sagte Jimbo. »Das ist ja man klar. Weißte, wer das war? Der andre Typ, mein' ich?«

»So 'n bescheuerter Bewährungshammel. Drum hab' ich ja auch mein' Kopf drunten gehalten.«

Auch dies wurde schweigend verdaut.

»Klar, wenn der was davon gesagt hätte, daß du 'n Knasti bist, dann hätte doch der Thorne dich glatt mittendrin absaufen lassen können, nich', wenn er es gewußt hätte.«

»Genau, aber der hat mir 'nen Gefallen getan und ist vorher abgekratzt.« Damit hatte Ken-Boy anscheinend seinen Sprachschatz erschöpft und drängte sich hinüber an die Bar.

Ich legte die Gabel weg, für die sowieso nichts mehr auf dem Teller war, und wenn ich mir nicht auch ein neues Bier holte, gab es für mich keinen Grund mehr, hier sitzen zu bleiben und die Lauscher zu spitzen. Die zwei am Tisch verbliebenen Männer schwiegen beharrlich. Ich war in die Neige in meinem Glas vertieft, als Ken zurückkehrte. Er hatte Hände, die mit Leichtigkeit drei Halbe befördern konnten. Er brauchte kein Tablett.

Jimbo sagte: »Ferryman, hat der nich' so geheißen?«

Ken brach in lautes Lachen aus. »Nee, der heißt wie dieses beschissene Schwulengesöff . . . das is'n *Perry-man*, is' der.« Wieder wieherte er vor Lachen, und ich fragte mich, ob alle seine Witze von gleich hohem Niveau waren.

Ich packte meine Tasche und überließ die drei Typen ihrer Fröhlichkeit. Das Schicksal hatte es gut mit mir gemeint. Mike Perryman und ich, wir waren alte Bekannte, fast Freunde. Mike war nicht der Typ, den du dir mit in die Wohnung nimmst, aber ich konnte mich immer gut mit ihm zusammen über einem Mittagessen ausgiften, wenn wir einen unangenehmen Morgen vor Gericht verbracht hatten.

Ab und zu tauschten wir Informationshäppchen aus, und ich hatte hochfliegende Hoffnungen, daß er mir bei unsrer nächsten Begegnung auch wieder etwas anzubieten haben werde. Ich wünschte, es hätte jetzt gleich sein können, doch Ihre Majestät bezahlt mich dafür, daß ich für sie die Steuersünder zum Melken treibe – nicht für mein Privatvergnügen, das ich beim Detektivspielen habe. Es ist im Leben wirklich eine Schande und ein Jammer, wie enorm uns die Arbeit von anderen Dingen abhält! Dieser Detective Nicholls natürlich, der brauchte sich weiter um nichts zu kümmern als um die Aufklärung eines simplen Verbrechens, und der wurde dafür sogar noch bezahlt. Ich beneidete ihn. Dabei hätte der doch – da er seine ganze Zeit dafür verwenden konnte – eigentlich die Geschichte inzwischen längst aufgeklärt und wasserdicht gerichtsfertig haben müssen!

Und da saß er auch prompt schon wieder auf einem unserer Plastikstühlchen im Empfangsraum und wartete auf mich, und aus seiner Miene mußte ich schließen, daß ich im Augenblick nicht unbedingt die von ihm heißestgeliebte Person sei. Doch daran begann ich mich zu gewöhnen. Ich sagte:

»Verraten Sie's mir nicht, lassen Sie mich raten. Security-Harry hat Ihnen ein Flöhchen ins Ohr geflüstert. Warum ziehen Sie nicht gleich hier bei mir ein, das würde 'ne Menge Schuhsohlen sparen.«

Aber er lächelte gar nicht, und ich begann mich zu fragen, wie ich auf die Idee hatte kommen können, daß *er* so sehr viel besser sein könnte als dieser Musterkatalog männlicher Monstrositäten, mit dem meine Schwester mich unbeirrbar nervt.

Also sagte ich: »Nun hören Sie mal zu, was um Himmels willen soll ich eigentlich noch tun – mich in meine Wohnung verkriechen und stricken?«

Diesmal ließ er die Jalousien unzweideutig ganz runter. Kühl und streng sagte er:

»Sie enttäuschen mich wirklich. Ich hatte Sie nämlich eigentlich für ein intelligentes Lebewesen gehalten. Harry ist ein ehemaliger Beamter des CID und merkt, wenn jemand ihm Quark in die Ohren schmieren will.«

Er sprach dermaßen laut, daß er Pete aus seinem Zimmer auf den Flur herauslockte. Pete ist zwar eine Plage, doch er verfügt über einen gutentwickelten Beschützerinstinkt. Und das kommt mir manchmal ganz gelegen.

Er funkelte Nicholls an und reckte die Schultern. Ich gab ihm dafür eine Eins mit Stern. Er sagte: »Wenn Sie Probleme haben, werden Sie sie bestimmt nicht dadurch lösen, daß Sie unsere Inspektoren anbrüllen!«

»Es handelt sich nicht um einen von unseren Kunden«, sagte ich, »es ist die reine polizeiliche Schikane.« Ich wedelte noch ein bißchen mehr mit dem roten Tuch. »Wie es aussieht, verlangt man dort, ich soll in Fällen potentieller Steuerhinterziehung nicht weiter nachforschen.«

Pete schoß einen seiner wirklich seltenen, wirklich bitterbösen Blicke auf Nicholls ab. »In diesem Fall sprechen Sie dann doch vielleicht lieber mit mir. Ich kann Ihnen gern so viele entsprechende Gesetze und Verordnungen raussuchen, daß Sie ein paar Monate lang bis zu den Knien drin festsitzen.«

»Und *ich* kann jede verdächtige Person festnehmen, besonders wenn sie immer wieder am falschen Ort auftaucht. Und dann fehlt bei Ihnen hier möglicherweise eine Steuerfahnderin.« Das war ziemlich eklig, und ich bekam das Gefühl, der Mann meint das ernst. Na schön, ich konnte genauso gemein sein.

»Wer ist hier eine *verdächtige* Person, verdammt!« sagte ich weinerlich. »Ich habe doch weiter nichts gemacht, als daß ich einem Sterbenden beigestanden habe, ein bißchen wenigstens. Also, wie ist das möglich, daß ich deswegen ausgeplündert, überfallen – und bespitzelt werde?«

Damit hatte ich ihre ungeteilte Aufmerksamkeit. Als Demonstration verfolgter Unschuld war es unübertrefflich, und ich war ziemlich stolz auf mich. Pete sagte:

»Und damit liegt die Angelegenheit eindeutig in meiner Amtsbefugnis. Es ist angebracht, daß ich endlich erfahre, was hier los war.« Er warf mir einen weidwunden Leidensblick zu, mit dem er mich fragte, wieso ich ihn denn nicht schon früher gebeten hatte, mich zu schützen.

Ich stand auf und ging die Akten holen, die beweisen konnten, wie pflichtbewußt ich gearbeitet hatte und wie schändlich »man« mich schikanierte. Ich vollbrachte ein Wunder an porentief reiner Weißwascherei, und erst als Nicholls sich verzogen hatte, rückte Pete mit seinem Vorschlag heraus, daß eine Woche in der Sonne, mindestens zweihundert Meilen weit weg von Bramfield, vielleicht doch eine ganz nette Idee wäre.

Ich lehnte sein Angebot dankend ab.

Als ich am Tag danach vor Gericht mußte, rechnete ich fast damit, dort Mike Perryman zu treffen. Das ist im übrigen ein Bereich meiner Arbeit, den ich wirklich abscheulich finde. Steuerbetrug, das ist so eine Art Erwachsenenvariation zu dem Kirschenklauen der Kinder – und er genießt etwa die gleichen nachsichtigen Sympathien bei allen. Ein flüchtiger Blick in den Gerichtssaal, und du weißt, auf wessen Seite die zugelassenen Damen und Herren Öffentlichkeit stehen. Sie jubeln leider nie für meine Seite.

Nachdem ich mein Teil gesagt hatte, trabte ich in das Kellergeschoß, wo die Bewährungsstelle büromäßig, sehr mäßig angesiedelt ist. Mike Perryman war nicht da, aber Andrew Baker, der in Papierbergen herumwühlte. Falls Sie einmal Lust auf einen übellaunigen Mann haben, arrangieren Sie einen Treff mit Andy. Ich fragte, wo Mike sei.

»Das sagen *Sie* mir mal!« zischte er. »Ich hab' sowieso schon genug auf dem Hals, ich brauch' nicht auch noch seinen Mist dazu!«

»Ist er krank?«

»Das weiß der Himmel.«

»Aber . . .«

»Also jetzt hören Sie mir mal zu, Leah! Ich steck' hier bis zu meinen schweißtriefenden Achselhöhlen in der Scheiße. Suchen Sie ihn sich doch selber!«

»Unendlichen Dank«, flüsterte ich, ehe ich die Tür zuknallte.

Das Hauptbüro der Bewährungsstelle liegt zehn Fußminuten vom Gerichtsgebäude entfernt. Auch wenn ich dort Mike nicht finden sollte, wer immer da Dienst hatte, würde wohl kaum so abweisend sein wie Baker. Es muß einer schon ein ganz besonderer Typ Mann sein, um es sich zu leisten, mit einem derart überdimensionierten Komplex durchs Leben zu latschen. Ich war immer wieder einmal hier aufgetaucht, um mit Mike zu sprechen, und Becky, die hier »Empfangsdame« spielt, kennt mich.

»Falls Sie Mike suchen, haben Sie Pech«, sagte sie. »Keiner hat 'ne Ahnung, wo er steckt. Hier herrscht schon fast 'ne richtige Panik.«

»Ich weiß. Andrew Baker hat mir grad vorhin fast das Trommelfell zum Platzen gebracht damit. Was ist denn los?«

Sie verkniff das Gesicht und zuckte mit den Achseln.

»Wenn ich an UFOs glauben würde, ich würde sagen, die haben ihn fortgebeamt. Darf es vielleicht wer anderes sein? Fraser ist da.«

»Nein, danke. Es geht um etwas, das nur Mike wissen könnte. Beispielsweise, *wen* er letzte Woche wie einen alten

Freund begrüßt hat.« Und kaum hatte ich das ausgesprochen, wurde mir klar, daß meine Zeitangabe falsch war. Denn Thorne war bereits seit einer Woche tot. »In der vorletzten Woche«, verbesserte ich. In Beckys Gesicht war ein Hoffnungsschimmer erschienen, der jetzt erlosch.

»Wie Sie gesagt haben, *letzte* Woche, hab' ich doch fast gedacht, daß jemand ihn irgendwo gesehen hat.«

Ihre Besorgnis wirkte ansteckend. Ich sagte: »Na, also so schlimm wird es ja wohl nicht sein.«

Sie beugte sich zu mir herüber. »Vergessen Sie nicht, daß Sie das nicht von mir haben, ja? Aber die Polizei untersucht jetzt alle seine Fälle, einen nach dem anderen. Ich meine, Sie kennen Mike ja schließlich, der hatte doch wirklich diese ganzen Problemfälle am Hals.«

Wir tauschten Blicke und wußten beide, daß wir unsere jeweilige Besorgtheit nicht verringert hatten.

Ich jedenfalls schleppte mein Bündel Sorgen mit mir zurück zu meiner Arbeit und sah, wie es immer mehr anschwoll. Ich hatte Nicholls was über Zufälle und Koinzidenzen ins Ohr posaunt und erwartet, daß er mir glaubte. Doch nun hatte ich höchstpersönlich mit so etwas zu tun, und es machte mir zu schaffen.

Wieso beispielsweise sollte Mike Perryman diesen Thorne unter einem anderen Namen gekannt haben? Und wieso war der eine jetzt tot und der andere verschwunden?

Ich kaute an meinem Stift herum, bis es endlich fünf Uhr war, und dann, weil Dienstag war, zog ich in den Fitneßclub und versuchte dort, meine Beklommenheit abzuarbeiten. Weil ich plötzlich nicht allein sein wollte, bestellte ich mir danach in der Cafeteria-plus-Gesundheitsbar einen »gesunden« Salat und mampfte ihn langsam und genießerisch in mich hinein. Und schließlich hing ich nur so herum und soff Kaffee. Bis neun.

Als ich endlich ging, war ich fast der letzte Gast.

Die Straßen jenseits des Stadtzentrums waren still. Ich war froh, daß es Sommer war. Ein langer Heimweg in einer dunklen Winternacht und mit einem Kopf, in dem tote und verschwundene Männer herumgeisterten, das wäre wahrhaftig nicht lustig gewesen.

Alles in allem, es war auch so, trotz des Sommers, nicht besonders erfreulich.

Ich legte mich gegen Mitternacht schlafen und wurde kurz nach zwei von Sirenen, Blinklichtern und knallenden Türen wieder geweckt. Über meine Zimmerdecke flackerte ein schwacher orangeroter Lichtschein.

Ich beugte mich aus dem Fenster und sah, daß am unteren Straßenende Feuerwehrwagen aufgefahren waren. Um den vordersten Löschzug schob sich gerade ein Rettungswagen nach vorn. Es war angesichts der Straßenbiegung und der Dunkelheit schwer, die Häuser abzuzählen, aber ich wußte, es mußte dicht bei Dora sein. Vielleicht war es sogar ihr Haus.

Ich zog den Kopf zurück und machte Licht, damit ich in eine Jogginghose und Turnschuhe schlüpfen konnte. Ich griff mir irgendein Kapuzenblouson und zog es über, während ich die Treppe hinablief. Es paßte nicht zur Hose, aber was spielte das jetzt schon für eine Rolle.

Mit dem Wünschen habe ich mein Leben lang nur Enttäuschungen erfahren. Als ich acht Jahre alt war, wünschte ich mir nichts sehnlicher als ein Wells-Fargo-Gewehr – und bekam es natürlich nicht! Und meine Wünsche verhinderten ebenfalls nicht, daß mir so ab zwölf ein Busen wuchs . . .

Aber in dieser Nacht und in diesem Moment wünschte ich mir von ganzem Herzen – trotz gegenteiliger Erfahrungen –, es möge *nicht* Doras Haus sein, in dem es brannte. Von mir bis zum unteren Ende von Palmer's Run sind es etwa zweihundert Meter, aber ich begriff schon auf halber Strecke, daß das mit dem Sich-was-Wünschen bei mir noch immer nicht klappte.

Der Rettungswagen fuhr ab, gerade als ich dort anlangte. Leute in unterschiedlichster Nachtbekleidung hingen in Grüppchen herum. Ich versuchte, an ihnen vorbei weiterzulaufen.

»He, nicht weiter, Love!«

Die Polizei entwickelte sich allmählich zu einem Fluch in meinem Leben. Ich wich seitlich aus. Himmel, es war tatsächlich Doras Haus. Firsthohe Flammen regneten feurige Funken auf die kleine Holzveranda an der Vordertür, und ein dicker Wasserstrahl schwang hin und her, um sie zu löschen. Die Flammen kamen von der Garage. Mir war, als wohnte ich einer außerplanmäßigen Einäscherung bei. Das war *mein* Auto da drin, mein Mini! Zwar alt und mit manchen Macken, aber ich hatte ihn immerhin ganz abgezahlt gehabt.

Ich fragte: »Was ist mit Dora? Ich hab' die Ambulanz gesehen. Ist ihr was passiert?«

»Schock und ein paar Verbrennungen. Es ist mehr 'ne Vorsichtsmaßnahme. Gehen Sie wieder heim, Love. Heut nacht können Sie hier sowieso nichts weiter tun.«

Wahrscheinlich hatte der Mann ja recht. Und Nicholls wäre verblüfft gewesen, wenn er mit angesehen hätte, daß ich tatsächlich einmal tat, was man – ein *Mann* – mir befahl. Das Feuer verlor nach und nach an Wildheit. Aber mich bedrückte der Gedanke, daß es meine Schuld sein könnte, daß ich den Wagen öfter zur Inspektion hätte bringen müssen, daß es vielleicht ein Fehler in der Elektrik war, wodurch das Feuer ausgelöst wurde. Und nachdem ich mir darüber ausgiebig Sorgen gemacht hatte, fiel mir eine weitere Sorge ein, daß nämlich möglicherweise meine Versicherung nicht ausreichen könnte, die Schäden an Doras Besitz zu decken. Wie sich allerdings herausstellte, hätte ich mir lieber Sorgen um etwas ganz anderes machen sollen. Doch das ging mir erst auf, als jemand mich erneut weckte, indem er gegen meine Tür hämmerte.

Ich schaute auf meinen Wecker; der Knopf war runtergedrückt. Ich konnte mich nicht erinnern, das Ding abgewürgt zu haben. Ich las die Digitalanzeige: 8:45. Falls ich mich schnell in ein Vöglein verwandeln könnte, würde ich es gerade noch rechtzeitig ins Büro schaffen. Aber dann setzte das Pochen an meiner Tür erneut ein, und ich brüllte: »Jaaa! Ich komm' ja gleich! Mach mal 'ne Pause!« Ich rappelte mich aus dem Bett. Im Spiegel traf mich niederschmetternd mein Gegenbild: hexenhaft gesträubte Haare, Augen wie ein Bluthund. Ich postierte mich in meinen Miniflur und rief: »Wer ist denn da?«

Marcie antwortete: »Es ist . . .« Ich ließ sie erst gar nicht ausreden.

»Ja, schon gut, Marcie. Ich hab' verschlafen. Danke!« sagte ich brummig. »Kommen Sie doch rein, und trinken Sie 'nen Kaffee mit.« Dann schloß ich auf.

Ich hatte mich bereits halb wieder abgewandt, als ich merkte, wer da neben ihr stand. Ich verspürte den sehnlichen Wunsch, daß ihm ein dicker Ziegelstein auf den Schädel knallen möchte, damit dieses dämlich-blöde Grinsen aus seinem Nicholls-Gesicht verschwinden würde.

Das Nachthemdchen, in dem ich steckte, war irgendwie um mindestens zehn Zentimeter eingelaufen, seitdem ich damit schlafen gegangen war. Ich zerrte heftig am unteren Saum, aber da dies wenig nützte, verschwand ich wie ein geölter Blitz in meinem Schlafzimmer. Als ich mich der Welt wieder zeigte, hantierte Nicholls in meiner Küche herum. Argwöhnisch spähte ich um den Türrahmen und sah, daß er dabei war, Kaffee zu bereiten. Er betrachtete mich in meinem knöchellangen Frotteemantel, und in seinem Gesicht zuckte es.

»Kein Wort!« fauchte ich gereizt. »Nicht ein einziges blödes Wort!« Dann entschwand ich ins Badezimmer, um mich zu waschen. Er betätigte sich weiter in meiner Küche, und unter der Badezimmertür kam der Duft von frischem Toast zu mir hereingeschlichen.

Ich bürstete mir wild die Zähne, dann ging ich zurück in meine Küche.

Der Kaffee – hmm, nicht allzu schlecht für jemand, der höchstwahrscheinlich von einer hingebungsvollen Mammi katastrophal verwöhnt worden war. Dafür war aber der Toast doch ein bißchen zu dunkelbrünett geworden; der Mann hatte ganz offensichtlich noch ein paar Übungsstunden unter sachkundiger Anleitung nötig. Und während ich darüber nachsann, verkündete er mir, daß das Feuer in Doras Garage kein Unfall, sondern Brandstiftung war.

Er sagte: »Und wenn Sie sich jetzt mal überlegen, daß ja dort *Ihr* Wagen abgestellt war, kommt Ihnen da nicht vielleicht der Gedanke, daß Ihnen jemand eine Botschaft übermitteln wollte, etwa in der Richtung: Kümmern Sie sich gefälligst um Ihren eignen Kram?«

»Und wer, bitte schön, sollte das sein?«

»Nicht *wer*, sondern *warum*. Und darauf hätte ich gern die Antwort.«

Die Warteliste im Klub der Antwortsucher ist lang, und ich stehe ziemlich oben an der Spitze. Ich stand auf und sagte: »Ich ruf' jetzt das Krankenhaus an, ich will wissen, wie es Dora geht.«

»Sie setzen sich jetzt wieder hin! So leicht kommen Sie mir nicht davon! Ich habe mich erkundigt, es geht ihr den Umständen entsprechend gut. Die Haare sind versengt, aber sie hat keine schweren Verbrennungen. Zum Glück hat sie einen leichten Schlaf, sonst wäre das Haus wohl ebenfalls abgebrannt.«

Ich sackte wieder auf meinen Platz. Es wäre mir lieber gewesen, wenn er mir das nicht gesagt hätte.

Dann dachte ich plötzlich, daß es vielleicht doch keine so tolle Idee gewesen war, als ich beschloß, Detektiv zu spielen. Und davon abgesehen, ich hatte momentan auch keine große Lust, daran zu denken, daß Dora dadurch ihr Haus hätte verlieren können – aber wozu sich was vormachen? Nein, daß sie dabei hätte *sterben* können ... nur weil jemand, den ich gar nicht kannte, mich verprellen wollte? Mir sagen wollte, ich soll die Finger davonlassen? Aber *wovon* denn, um Himmels willen?

Es war wie eine von diesen chinesischen Wunderschachteln: Du machst eine auf, und da liegt die nächste und so weiter. Und das erinnerte mich an etwas. Ich fragte Nicholls:

»Dieser Chinese, der Mann im Businеßanzug mit dem Regenschirm, von dem ich Ihnen gesagt habe ... haben Sie den schon gefunden?«

Er kippte meinen Küchenstuhl nach hinten und streckte die Beine von sich. Und dann schaute er mich an, als betrachtete er ein hirnloses Huhn. »Sie haben einfach zu viele Spionagethriller gelesen«, sagte er. »Außerdem ist es nie der Chinese, so sind nun mal die Spielregeln.«

»Ach, das erklären Sie mir mal bitte«, bat ich. »Seit wann hält sich irgend jemand an Spielregeln?« Meine Stimme klang ziemlich gereizt, und das fand ich gut so, denn ich war gereizt. »Erinnern Sie sich denn nicht mehr daran, wie dieser bulgarische Journalist ermordet wurde? Eine Giftkapsel, die aus ’nem Regenschirm abgeschossen wurde. Und wenn das einmal passiert ist, dann kann es auch wieder passieren.«

»Leahs Gesetz der Serie?«

Ich funkelte ihn böse an. Er funkelte zurück. Dann sagte er:

»Wir wissen, woran er gestorben ist, und es war kein Gift. Und es wurde auch nicht per Regenschirm gespritzt.«

Ich stemmte meine Ellbogen auf den Tisch und dachte darüber nach. »Also – wie dann?«

Nicholls sagte: »Das ist aber komisch. Normalerweise ziehe ich es eigentlich vor, daß *ich* die Fragen stelle ... und *Sie* antworten. Also, was haben Sie gestern wieder angestellt, daß jemand so nervös geworden ist, daß er Ihr Auto durch eine Benzinbombe einäschern mußte?«

»Verdammt noch mal – nichts! Außer ...« Mir fiel der Fall ein, den wir vor Gericht gebracht hatten. Der Immobilienhai war kein friedfertiger Zeitgenosse, er hatte seine Flossen in einer Menge von undurchsichtigen Geschäften stecken, und er mochte mich nicht. Außerdem ging das Gerücht, daß Leuten, die er nicht mochte, gelegentlich unerfreuliche Überraschungen widerfuhren. Nicholls hörte mir interessiert zu, aber irgendwie wirkte er gar nicht sehr überzeugt.

»Also, halten Sie doch davon, was Sie wollen«, sagte ich giftig. »Mir fällt sonst kein Mistkerl ein, der so was machen würde.«

Aus irgendeinem Grund erheiterte ihn das. Ich überließ ihn seiner fröhlichen Laune und verschwand, um mich anzuziehen. Es war schon halb zehn, und ich hatte um zehn einen Termin. Als ich zurückkam – ganz die seriöse Steuerinspektorin im grauen Kostüm –, hatte Nicholls anscheinend seinen Heiterkeitsanfall überwunden. Ich erlaubte ihm, mich in seinem Wagen zu fahren, wobei ich allerdings insgeheim betete, die lieben Nachbarinnen möchten nicht denken, daß ich verhaftet worden sei.

Ein paar Bröckchen Lehm fielen von seinen tönernen Götterfüßen, als ich entdeckte, daß der Mann fahren konnte. Normalerweise hocke ich mit angstweißen Fingerknöcheln daneben, doch bei ihm brauchte ich mich überhaupt nicht am Sitz festzuklammern. Er ließ mich vor dem Amt aussteigen, beugte sich herüber, schaute durch die noch offene Tür zu mir herauf und sagte:

»Wir könnten ja nachher zusammen essen gehen.«

Ich erinnerte mich an die letzte derartige Einladung.

»In Ihre Kantine – oder in meine?«

»Drüben am Park gibt's 'nen – Frittenwagen . . .«

»Na, wie großartig«, konterte ich. »Ich bring' den Essig-*Spumante* mit. Um eins?« Er zog die Tür zu, wedelte beiläufig mit der Hand und fuhr davon. Das darf doch wohl nicht möglich sein, überlegte ich, daß das ein Date ist? Oder gehört das alles in den rein beruflichen Pflichterfüllungssektor?

Ich trabte die Flucht der Betonstufen hinauf. Das Gebäude ist eines jener gigantomanischen Glas-Beton-Klotz-Gebilde, die während der sechziger Jahre wie Pilzwucherungen aus dem Boden geschossen waren: die Außenarchitektur völlig charakterlos – im Innern ein Kaninchenbausystem, das jeden auf die Dauer tobsüchtig machen muß. Die Steuerbehörde Ihrer Majestät beansprucht im zweiten Geschoß über der Erde ein bescheidenes Eckchen. Das Sozialamt im ersten Stock hat ein Eckchen mehr Raum zur Verfügung. Der Rest des Mammuts wird von kommunalen Behörden und Ämtern beansprucht.

Früher einmal hatten sie alle gemütlich im Rathaus Platz gehabt, aber wahrscheinlich (denke ich jedenfalls) fand man, es wäre eine Schande, den schönen Neubau nicht auszunutzen.

Ich kam gerade noch rechtzeitig zu der Besprechung, und Pete sah erleichtert aus. Was er nämlich am meisten verabscheut, ist, wenn er Dinge erklären muß, die er nicht begreift. Als wir fertig waren, informierte ich ihn (wunschgemäß!) über die Ereignisse der vergangenen Nacht. Die Äderchen in seinen Augen prangten wieder in prächtigem Rot, und sein Kater aus der vergangenen Nacht war unübersehbar. Er rang sich die gleiche Problemlösung ab wie bereits vorher.

»Aber, Leah-Love, so nehmen Sie doch einfach Urlaub, bis die Sache geklärt ist. Wir können doch wirklich nicht riskieren, daß man uns auch hier noch eine Bombe reinwirft, nicht wahr? Ich meine, bedenken Sie, wir sitzen hier doch auf einem Gebirge von Papier!« Und dann bemühte er wieder einmal sein klägliches lüsternes Grinsen, mit dem er bisher noch nie weitergekommen war. »Und wenn Sie mich ganz nett bitten, dann fahre ich mit Ihnen.«

Ich antwortete: »Ach, wissen Sie, Pete, lieber nicht. Sie sind einfach viel zu gut für mich. Und außerdem – ich will nicht weg.« Die Enttäuschung war ihm anzusehen. Der Arme, er wollte mich doch wirklich nur eine Weile aus dem Weg und aus der Schußlinie haben. Und das, finde ich, war sehr nett von ihm, wenn man bedenkt, wieviel Arbeit er zusätzlich erledigen mußte, wenn ich nicht da war.

Nicholls war pünktlich und wartete im Wagen auf mich. Er parkte auf einem gelben Doppelstreifen, und von hinten pirschte sich eine eifrige Verkehrspolitesse an ihn heran. Er hatte sie noch nicht gesehen, und ich überlegte mir ein paar Herzschläge lang, ob ich mich im Hintergrund halten und das Drama beobachten sollte. Dann obsiegte irgendein edlerer Teil in meinem Charakter, und ich glitt auf den Sitz neben ihm. »Hoffentlich schaffen Sie jetzt einen Blitzstart«, sagte ich, »oder Sie sind dran.«

Er blickte in seinen Rückspiegel und sah das gierig näher kommende Geierweibchen. Bis ich den Sicherheitsgurt festgehakt hatte, waren wir schon halb durch den Kreisel und hatten zwei Busse geschnitten, um die richtige Ausfahrt zu erwischen. Ich sagte: »Wirklich, 'ne ganz nette Leistung. Aber wie schnell können Sie sein, wenn Sie es wirklich eilig haben?«

Er grinste mich von der Seite her an und sagte: »Dann fahre ich die Seitenflügel aus.«

Und wieder waren seine Augen so blau wie die Flamme eines Bunsenbrenners, und es war mir auf einmal vollkommen egal, daß wir bloß zu diesem Fritten-Caravan fuhren. In diesem Augenblick vergaß ich, daß alle Männer auf tönernen Füßen herumlatschen.

Beim nächsten Kreisel bogen wir nach links ab, und dann fuhr er ganz gemächlich. Und was den Imbißstand anging, hatte ich mir natürlich selber was vorgemacht. Es spielte für mich doch eine Rolle. Mit aufgesetzter Munterkeit fragte ich also: »Und wo fahren wir hin?«

Er grinste schon wieder. Klar, es war ja auch eine blödsinne Frage.

Etwa hundert Meter vom Südzugang zum Park entfernt liegen zwei Schulen, eine Sportartikelfabrik und ein Kabelwerk. Der weiße Imbiß-Caravan stand wie gewöhnlich dort, und die Leute machten gute Geschäfte. Nicholls fuhr daran vorbei auf den Parkplatz. Er schaltete den Motor ab und drehte sich mir zu. Ich rechnete damit, daß er jetzt sagen würde, daß das Ganze nur ein Scherz sei. Doch er fragte nur: »Kabeljau oder Schellfisch?«

Dora wirkte auf mich immer so irgendwie schmal und knochig, und ich hatte das blöderweise für eine Alterserscheinung gehalten. Ich habe keine Ahnung, warum, denn es gibt massenhaft jüngere Frauen mit gleicher Statur, aber wahrscheinlich läßt man sich leicht von grauen Haaren täuschen. Zu leicht. Ich hatte damit gerechnet, daß sie jetzt älter wirken werde, irgendwie in sich zusammengeschrumpft, so wie meine Großmutter nach einem schlimmen Sturz gewesen war; aber Omi war achtzig gewesen, und das macht natürlich einen Unterschied.

Mir war klar, daß ich es mit den Blumen übertrieben hatte, aber noch steckte ich in der Phase der Zerknirschung, und Doras Gesicht machte die Ausgabe wett. Sie war bereits wieder in ihrem kläglich brandgeschwärzten Haus, aber sie war nicht allein. Darüber war ich froh, auch wenn der Blick, den mir Linda, ihre Tochter, zuwarf, deutlich zu verstehen gab, daß die ganze Geschichte meine Schuld war. Und wenn ich es recht bedenke, stimmt das ja.

Doras Gesicht war hellrosa, und sie hatte vorn etwas weniger Haare, doch abgesehen davon sah sie ganz gut aus und nicht weniger fit als das letztemal. Sie schubste eine feiste getigerte Katze aus dem Sessel, in dem ich gewöhnlich sitze, wenn sie mich zu einer Tasse Tee und Eimern von Tratsch eingeladen hat. Sie sagte:

»Leah-Kind, was werden wir mit Ihrem armen Wagen machen?« Linda ließ mir keine Zeit zu antworten.

»Nicht *wir,* Mutter, was wird Leah tun.«

Laut Police war mein verstorbener Mini gegen Brandstiftung versichert gewesen, nicht aber gegen »Terrorismus«. Ich frage mich, wie die da die Grenze festlegen.

Dora bedachte ihre Tochter mit einem Blick, aus dem abzulesen war, daß sie vielleicht doch nicht dermaßen beglückt war, sie um sich zu haben, wie ich das angenommen hatte.

Sie sagte: »Was glaubt ihr denn, wozu ich die ganzen Jahre über die Prämien bezahlt hab'? Höchste Zeit, daß ich davon mal was wiederkriege . . .« Und damit schob sie ihr meine Blumen in die Arme. Sie sprach es nicht laut aus, daß sie verschwinden und sie in eine Vase stellen solle, doch die Botschaft war unmißverständlich. Als wir allein waren, sagte sie: »Kümmern Sie sich nicht um Linda. Wo es um Geld geht, dreht sie immer leicht durch. Ich bin überzeugt, die Versicherung bezahlt Ihnen einen anderen Wagen.«

Ich wollte nicht, daß sie sich deswegen Sorgen machte, doch ich hatte so ein Gefühl, daß nichts, was ich ihr dazu sagen würde, sie aufhalten konnte. Aber trotzdem mußte ich das natürlich versuchen.

»Das wird schon alles in Ordnung gehen, Dora, ehrlich, bei meiner eignen Police ist Feuer mit abgedeckt.« Ich schaute auf ihr gerötetes Gesicht. »Wie haben Sie sich so verbrannt?« fragte ich mit plötzlichem Argwohn. Sie löste die Krallen ihrer Katze aus ihrer Strickjacke und setzte sie auf den Boden, woraufhin das Viech zu mir herüberkam, mich gehässig anschaute und sacht mit dem Schwanz peitschte.

Dora nahm die Bestie wieder auf und setzte sie aufs Sofa, wo die Katze eine Weile herumstakte, die Sitzfläche mit Milchtritten knetete, bevor sie sich entschied, als die Klügere nachzugeben. Dora sagte:

»Mir ist jetzt nach 'ner Tasse Tee, Leah. Ich setz' den Kessel auf.«

Ich streckte die Hand aus und bremste sie. »Ihre Haare, Dora, und Ihr armes schlimmes Gesicht? Wie ist das passiert?«

»Ich bin zu dicht an die Garage rangegangen«, sagte sie störrisch.

»Sie haben versucht, zum Wagen zu kommen, stimmt's?«

»Na und? Wenn schon. Sagen Sie mir bloß nicht, Sie hätten es nicht genauso gemacht.«

»Aber ich bin ...« Ich biß mir auf die Zunge und hielt die Klappe, denn was ich hatte sagen wollen, wäre beleidigend gewesen, und das tat mir leid. Aber es war dafür auch bereits zu spät.

»*Jung*?« Sie blickte mich an, als hätte ich sie enttäuscht. Und ich selbst war ebenfalls unzufrieden mit mir. Ich versuchte, den Schaden wiedergutzumachen.

»Weniger leicht angreifbar. Angenommen, der Feuerteufel hätte sich da noch rumgetrieben? Ich bin in Selbstverteidigung ausgebildet. Immerhin.«

»Und ich war mit einem Schüreisen bewaffnet. Und denken Sie ja nicht, daß ich es nicht benutzt hätte!« In meinem Kopf blitzte urplötzlich das Bild auf, wie sie wie eine Furie auf den Feind einhieb.

»Wahrscheinlich waren die schon längst weg.«

»Da irren Sie sich aber gewaltig, und ich hab' auch schon von der Polizei meine Abreibung gekriegt, vielen Dank! Also fangen jetzt nicht auch Sie wieder damit an.« Ihr Gesicht hatte sich noch mehr ins Rosa verfärbt, und da erkannte ich, daß Dora sich *tatsächlich* verändert hatte: Sie war nämlich ganz ungebremst wütend, und so was hatte ich bei ihr vorher noch nie erlebt. Es war ziemlich beeindruckend.

»Wie hat er denn ausgesehen? Jung, fett, dünn oder groß . . .« Ich ließ das auströpfeln.

»Direkt wie aus dem Spätkrimi . . . sogar mit Strumpf überm Kopf.«

»Ein Netzstrumpf, möcht' ich wetten. Hat er auch noch gehumpelt?« Das verwirrte sie ein wenig. »War bloß so 'n dummer Scherz, Dora, denken Sie nicht weiter drüber nach.« Linda erschien mittlerweile wieder und trug das erste von einer wahrscheinlich längeren Reihe von Väschen herein. Ich sagte: »Dora, ich kann diesmal leider nicht zum Tee bleiben. Aber trotzdem, danke.«

Sie war sichtlich enttäuscht und brachte mich zur Tür.

»Wenn das Sie irgendwie tröstet«, sagte ich zu ihr, »ich glaube, der Brandanschlag hat mir gegolten, nicht Ihnen. Hoffentlich läßt Sie das jetzt ein bißchen ruhiger schlafen.«

»Danke, Leah«, sagte sie. »Es wird mir was fehlen, wenn Sie jetzt nicht mehr vorbeischauen. Wo, sagen Sie, haben Sie diese Selbstverteidigung gelernt?«

»Im Tai-Chai and Oriental Arts Center in der Pilkington Street, und ich bleib' Ihnen schon erhalten, da können Sie ganz sicher sein.« Sie schien sich darüber zu freuen, und mir wurde dabei ganz warm. Es ist doch immer angenehm, wenn Menschen einen mögen und brauchen.

Aus dem Haus schrillte Lindas Stimme: »Mutter! Du sollst dich doch hinsetzen und dich ausruhen, nicht an der Tür rumstehen und quasseln. Laß doch Leah endlich heimgehen!« Sie kam in den Flur – fleischiger als ihre Mutter, ein, zwei Zentimeter kleiner als sie und meiner Vermutung nach als Bekanntschaft bei weitem weniger erfreulich. Dora verdrehte die Augen.

Ich sagte: »Tschüß, Dora, passen Sie gut auf sich auf.« Ich wandte mich zum Gehen. Ich hatte Dora unterschätzt, und allem Anschein nach hatte ihre Tochter das ebenfalls getan. Der Unterschied war bloß, daß es bei Linda lange dauerte, bis sie das begriffen hatte.

Marcie muß mit dem Ohr an ihrer Tür geklebt und auf mich gewartet haben, denn als ich nach oben stieg, riß sie ihre Tür auf und keuchte atemlos: »Also, Leah, das mit heut früh, das tut mir echt leid, aber ich hab' den doch raufbringen müssen, wo er doch bei Ihnen geklingelt hat und nach dem, was da schon passiert ist und so . . .«

Ich sagte: »Ist schon gut, Marcie. Es war lieb von Ihnen, daß Sie sich Sorgen machten. Aber ich war wegen dem Feuer die halbe Nacht auf und hab' halt verschlafen.«

»Ich hab' es glatt verschlafen. Bestimmt weil ich nach hinten raus schlafe.« Sie zögerte. »War das nicht da, wo . . .hmmm . . .«

» . . . ich mein Auto untergestellt hatte? Ja, genau dort war das. Und jetzt hab' ich davon nichts mehr übrig als das Formular für den Schadensersatzantrag.« Hinter ihr ertönte Geheul, und sie verzog das Gesicht und verschwand in ihrer Wohnung. Ich überlegte mir, wie diese Single-Eltern es schafften. Marcie wirkte ja recht zufrieden, und vermutlich plagten sie die üblichen Geldsorgen nicht, da sie zu Haus arbeitete, doch ich würde wetten, daß sie sich manchmal wünschte, da wäre noch jemand bei ihr, der aufstehen und die Windeln wechseln konnte.

Es war halt mein Tag der Selbstvorwürfe: Ich wohnte jetzt seit einem Jahr in diesem Haus, und ich hatte ihr kein einziges Mal angeboten, als Babysitter einzuspringen.

Ich stieg zu meinem Appartement hinauf, zog mir Jeans

und ein rosa Sweatshirt an, dann kochte ich mir Spaghetti und machte ein Glas »Sauce Bolognese« warm. Es war keine Cordon-bleu-Cuisine, doch es stopfte das Loch im Magen. Der Schadensersatzmeldungsbogen erforderte eine Menge Denkarbeit, denn die Fragen berücksichtigten wirklich ganz und gar nicht den Fall, daß da jemand böswillig eine Garage niederbrennt. Als ich damit fertig war, klebte ich die Briefmarke drauf und trabte zum Briefkasten.

Eigentlich wollte ich ja nur bis zu dem an der Ecke gehen, aber auf einmal merkte ich, daß ich ins Zentrum zur Hauptpost ging, was wahrscheinlich von unbewußter Logik diktiert war, da mein Brief auf diese Weise noch in die Nachtleerung kam, anstatt bis zum Morgen herumzuhängen.

Meine Gedanken waren ihre eigenen krummen Wege gegangen, wie Gedanken das eben so tun, wenn das Gehirn nicht mit etwas Konstruktivem beschäftigt ist, und da ich auch meine Beine wandern ließ, wohin sie wollten, trugen sie mich durch die Bank Street und an »Sam's Plaice« vorbei, wo der Gestank von Chips und ordinärer Goldscholle mir Nicholls und seine kostspieligen Eßgewohnheiten ins Gedächtnis brachte. Ich überlegte mir, ob er mich wieder mal einladen und ob ich dann Gelegenheit bekommen würde, den Würstchenstand auf dem Marktplatz auszuprobieren.

Ich ließ die Bank Street hinter mir und machte eine Abkürzung über den Parkplatz an der Städtischen Bibliothek, hinter der langsam eine weitere vielstöckige Scheußlichkeit emporwuchs. Rostfarbene Stahlfinger bohrten sich obszön in den Himmel. Die Bramfielder Bevölkerung war nicht übermäßig begeistert davon. Nicht, daß ein weiteres Parksilo nicht von Nutzen war, es ging um den Standort, auf dem der Stadtrat den Bau beschlossen hatte. Ganz in der Nähe lagen nämlich mehrere schöne georgianische Häuser und eine katholische Grundschule, deren

Spielplatz dann mit zusätzlichen geballten Ladungen bleigeschwängerter Luft bedacht werden würde.

Und dann war da noch die Bibliothek, gebaut im 19. Jahrhundert, mit ihren Schnörkeln, Rundfenstern und der besoffenen Wetterfahne. Der ganze zusätzliche Autoverkehr würde einfach eine Plage sein.

Aber natürlich lag den Gemeinderäten mehr daran, scheinbar billiges Baugelände zu verwerten, als sich ihre kleinkarierten Schubladenschädel wegen derart »esoterischer« Dinge zu zerbrechen.

Die Baufirmen stießen auf eine Menge Probleme. Vandalismus fand normalerweise hierorts keinen Beifall und wurde nicht ermutigt; doch bei diesem Hochbau machten die Bramfielder eine Ausnahme. Jeder Passant, der sah, wie die eine oder andre Ramme in ein Loch fuhr, pfiff fröhlich und laut und machte sich davon.

Die Reaktion darauf hatte in der Errichtung eines hohen Bauzaunes bestanden, und nachts hatte man Wachpersonal eingesetzt. Als ich an der Rückseite der Bibliothek vorbeikam, war anscheinend gerade ein neuer Wachtrupp eingetroffen und kletterte aus einem dunkelblauen Ford Transit, an dessen Flanke die Firma »Watchdog Security« prangte. Es waren vier Männer, und sie sahen aus wie stämmige Stützkeile. Einer davon war Ken.

Ich wandte mich nach rechts den Hang hinauf und überlegte, ob es hier war, wo er Mike Perryman gesehen hatte.

Die Holzabschottung war etwa drei Meter hoch, und in Augenhöhe waren Sichtlöcher hineingeschnitten, auf daß der liebe Bürger sich betrachten könne, wofür sein Geld ausgegeben wurde. Ich blieb stehen und spähte durch eine der Luken. Es war ein Chaos: ein überdimensionaler Abenteuerspielplatz mit Laufplanken über feuchtem Beton mit grauen Schamottsteingebirgen dazwischen. Es waren noch ein paar Arbeiter am Bau, und sie sahen sehr macho aus, wie sie da mit ihren Schutzhelmen schweißfleckig herumhingen, ohne eigentlich was zu tun, außer eben dafür bezahlt zu werden. Als die vier Wachhunde auftauchten, begannen sie wirklich ernsthaft zu arbeiten. Ich fragte mich, worin die Faszination liegt, anderen Leuten bei der Arbeit zuzuschauen.

Auf einem Geviert ausgetrockneten Spannbetons verlief eine Spur von säuberlich parallelen Pfotenabdrücken von einer Seite zur anderen. Ich war froh, daß sie nicht mittendrin abbrachen. Eine makabre Vorstellung erzwang die nächste: Was für eine praktische Methode es sein würde, sich einer Leiche zu entledigen. Du wirfst sie in die Aushebung für das Fundament, schüttest Beton darüber – und hops und presto . . . kein Beweis mehr.

Das war eine Vorstellung, auf die ich liebend gern verzichten konnte.

Ich riß mich von der Peep-Show los und stieg weiter den Hang hinauf. Oben rechts vom Kamm schnitt die Goodwin Street scharf tangential eine Schneise zurück zum Stadtzentrum. Auf halbem Weg lag das Büro der Bewährungshilfe.

Als Nicholls wissen wollte, womit ich mich am Tag vor der Einäscherung meines Wagens beschäftigt hatte, berichtete ich von meinem Fall vor Gericht, aber Mike hatte ich dabei nicht erwähnt, und jetzt produzierte meine Phantasie da Zusammenhänge, über die ich durchaus nicht nachdenken wollte.

Drüben im Westen scharten sich Wolkenhaufen wie rosigrote frischgewaschene Wollschafe. In der Mitte des Fußgängerübergangs lehnte ich mich gegen die Metallbrüstung und betrachtete sie mir. Unter mir schoben sich vier Verkehrsschlangen über die Umgehungsstraße; um diese späte Stunde hatten sie es nicht besonders eilig, aber sobald der nächste Tag kam, würden sie alle sich wieder als Formel-1-Raser fühlen und auf die kleinkarierte Karrierenflagge zustreben.

Eine schmutziggraue Wolke schlüpfte zwischen die anderen, sauberen Schäfchen, verlor aber dabei unterwegs kleine Teilchen ihrer Substanz. Ich machte kehrt und wandte mich wieder heimwärts. Ich wünschte, ich hätte gewußt, was ich tun sollte . . . Als ich dann daheim war und aus dem Fenster schaute, waren die Schafe immer noch am Himmel, aber es waren weniger geworden, und die graudunkle Wolke war gewachsen. Ein Wolf war in die Herde eingedrungen. Der Gedanke kam mir, und er beunruhigte mich.

Pete sagte: »Leah-Love, entweder war die letzte Nacht eine Wucht, oder Sie haben sich 'ne Grippe aufgeschnappt. Sie sehen ja einfach gräßlich aus. Los, verziehen Sie sich nach Haus!«

Als einem Mann, der mit einem chronischen Alkoholkater herumlief, stand ihm eigentlich Kritik nicht zu, und außerdem irrte er sich gleich doppelt: Meine dunklen Augenringe waren einzig und allein auf Schlafmangel zurückzuführen.

Als ich mich ins Bett legte, war ich müde, doch als es darum ging zu schlafen, waren Meinungsverschiedenheiten zwischen Kopf und Körper aufgetreten; körperlich konnte ich es kaum erwarten, endlich über die Klippe in den Schlaf zu hechten, aber mein Gehirn zerrte mich immer wieder zurück; es hatte sich an einem Stück Rundstrickerei verhakt, und der Brand, Nicholls, das Baugelände und Mike ... alles gehörte zum Muster.

Um zwei Uhr stand ich wieder auf, machte mir einen Kakao und rollte mich vor dem Fernseher zusammen, wo ein alter Schwarzweißfilm lief, bei dem ich normalerweise nach zehn Minuten eingeschlafen wäre. Doch als er um halb vier zu Ende ging, war ich immer noch munter dabei. Ich knipste den Apparat ab und kroch wieder unter die Bettdecke.

Um vier bekamen die Vorhänge diesen schwachen Grauschimmer, der ankündigt, daß gleich die Vögel erwachen würden, und ich hatte noch immer kein Auge zugemacht. Ich kehrte dem Fenster den Rücken zu. Dann begann eine Drossel zu singen; sie muß sich einen populären Hit gewählt haben, denn nach ein paar Takten hatte sie einen vollen Backgroundchor.

Irgendwann so um fünf herum hörte ich nicht mehr zu, und fünf Minuten später schrillte mein 8-Uhr-Wecker. Ich kam mir sehr tugendhaft vor, als ich mich ins Büro schleppte, aber als dann Pete um mich herumlungerte wie ein besorgter Hausvater, wünschte ich mir doch, ich wäre daheim geblieben. Verdammt, hatte der denn gar keine Arbeiten zu erledigen?

Ich stülpte die Kappe auf den Stift, den ich benutzt hatte, legte ihn sorgfältig nieder und lehnte mich zurück. Dieser auf einmal so fürsorgliche Pete war mir neu, und ich hatte so das Gefühl, jemand habe ihn bearbeitet; und weil das so war, brauchte man nicht viel Grips, um zu raten, was er sagen würde. Ich behielt recht.

»Sie brauchen Urlaub, Leah. Nehmen Sie ihn.«

Dieser Klugscheißer. Ich ordnete die Papiere, an denen ich gearbeitet hatte, dann legte ich eine Spur Müdigkeit in meine Stimme – was mir nicht schwerfiel.

»Okay, Pete, Sie haben gewonnen. Wie lang? Zwei Wochen, einen Monat, länger? Schau einem geschenkten Urlaubsgaul nie ins Maul.« Damit hatte ich ihn, und er begann sich Sorgen zu machen; mehr als eine Woche stürzt ihn immer in Panik.

Er pflanzte eine seiner Hinterbacken auf meinen Schreibtisch und versuchte es mit einem gewinnenden Lächeln. Die Haut unter seinen Augen sah dunkel aus, wäßrig-schwammig, und verriet, daß er über schwere Nächte bestens Bescheid wußte.

»Eine Woche. Fahren Sie irgendwohin, spannen Sie aus, hören Sie auf, sich Sorgen zu machen.«

Ich sagte: »Ach, mir reicht schon der Rest von heute. Ich brauch' keine ganze Woche. Ich bin morgen wieder hier, nachdem ich meinen Schlaf nachgeholt habe. Danke, Pete, Sie sind ein Lieber!«

Ich patschte ihm auf die Hand und ließ ihn auf meinem leeren Schreibtisch sitzen. Wenn ich geglaubt hätte, daß es allein auf seinem Mistbeet der Besorgnis gekeimt war, ich wäre auf sein Angebot eingestiegen, doch ich hatte das Gefühl, daß da ein größeres Getriebe in Gang gesetzt worden war und ihn knirschend aktiviert hatte. Ich glaubte auch zu wissen, wer dahintersteckte.

Gegen fünf an diesem Morgen hatte ich mich entschlossen, mit Nicholls über Mike zu reden, und mir sogar selbst eingestanden, daß ich das wahrscheinlich bereits früher hätte tun sollen; dann war ich mit einem bißchen Logik in die sich ständig wiederholenden Gedankenmuster eingestiegen – und eingeschlafen. Und jetzt war ich mir noch immer nicht darüber im klaren, worüber ich mit ihm reden sollte. Würde ich der besorgte Freund sein, der sich Sorgen über Mikes Verschwinden machte, oder sollte ich gestehen, daß ich in den »Three Tuns« schon wieder Detektiv gespielt hatte?

Mir fielen die Pfotenspuren des Hündchens im Beton ein. Ich wollte doch Nicholls nicht im Ernst sagen, was für einen großartigen Einfall ich gehabt hatte, wie man Leichen verschwinden lassen kann, oder?

Ich trottete die sechs Stufen zur Polizei hinauf und erklärte, wen ich sprechen wollte. Danach durfte ich eine halbe

Stunde lang im Warteraum meine Hufe kühlen und mir überlegen, ob Nicholls beschäftigt war oder den Schwerzugänglichen spielte.

Aber er hatte zu tun gehabt, das merkte ich schon auf den ersten Blick. Die Krawatte hing auf halbmast, und seine Haare sahen aus, als hätte er sie sich nonstop mit den Fingern gerauft, und als ob dies nicht genügt hätte: Seine Augen waren noch übernächtigter als meine.

Ich sagte: »Ich komm' ein andermal wieder.« Ich stand auf. Es kam mir nicht fair vor, ihn mit meinen kleinen Kümmernissen zu behelligen. Mit schiefgelegtem Kopf betrachtete er mich kritisch.

»Himmel, Sie sehen ja gräßlich aus!«

Ich fragte mich, wie ich es aushielt, an einem einzigen Tag so viele Komplimente zu bekommen, und machte ein paar Schritte auf die Tür zu. Er sagte: »Kein Grund, eingeschnappt zu sein. Was ist Ihr Problem?«

»Ach, nichts Wichtiges. Ich komm' noch mal wieder, wenn Sie sich besser fühlen.« Das war nicht beleidigend gemeint, aber es paßte ihm gar nicht, woraus zu schließen war, daß er sich so mies fühlte, wie er aussah. Vielleicht hatten wir ja beide an diesem Tag auch nur eine miserable Planetenkonstellation.

»Sie haben wieder was angestellt«, behauptete er voll Argwohn.

»Pfadfinderehrenwort, seit wir uns gestern getroffen haben, ist nichts weiter passiert, als daß ich eine schlaflose Nacht hatte.« Ich machte noch ein, zwei Schrittchen in Richtung Tür, und er schob sich mir in den Weg.

»Lassen Sie mir fünf Minuten Zeit, hier fertigzumachen, dann gehen wir und essen irgendwo einen Happen zu Mittag.« Wahrscheinlich sah ich ziemlich skeptisch drein, denn er versprach mir: »Sie werden es mögen.«

Als er zurückkam, hatte er sich wieder im Griff; seine Haare sahen aus, als gehörten sie auf seinen Kopf, und der Krawattenknoten prangte ebenfalls wieder an der richtigen Stelle.

Wir gingen hinten um das Haus herum übers Paulgate und bogen in die Market Street ein. Und da glaubte ich zu wissen, wohin wir gingen, und gestattete mir, mich resigniert damit abzufinden. Auf dem Markt reihte sich dann Nicholls auch prompt in die Schlange am Würstchenstand ein.

Ich bestand darauf, daß jeder für sich bezahlen sollte. Der Gedanke an die Unsummen, die er ausgeben mußte, war mir unerträglich. Wir setzten uns auf eine Bank gegenüber den grellbunten Marktbuden, und ich hoffte, es würde niemand vorbeikommen, der mich kannte.

Der Küchenchef des mobilen »Restaurants« ging großzügig mit dem Senf um, aber zwischen hastigem Runterwürgen und Kühlungsversuchen mit der Coke gelang es mir dennoch, Nicholls von Mike Perryman zu berichten. Also – nicht alles, bloß darüber, daß ich mir Sorgen machte, weil er seit einer Weile verschwunden war. Nicholls bekam wieder sein bekümmertes Gesicht.

»Ein Freund von Ihnen«, sagte er. »Ist es nicht verblüffend, daß wir bei allem, was sich so tut, immer wieder auf *Sie* stoßen?« Es klang zynisch und mißgelaunt, und ich war froh, daß ich für meine Wurst selbst bezahlt hatte. Es war wenig sinnvoll, mir die Schuld aufzuladen, wenn Bramfields Topleute der Sache nicht gewachsen waren.

»Machen Sie sich keine Gedanken«, sagte ich. »Ich weiß, Sie haben 'ne Menge auf dem Hals. Ich werd' mich eben umhören.«

»Wo? Bei wem?«

»Weiß ich noch nicht. Wieso? Spielt das 'ne Rolle? Es hat doch gar nichts mit irgendeinem Fall zu tun, an dem Sie arbeiten. Ich hab' mir bloß gedacht, Sie könnten mir sagen, mit wem ich mich da am besten in Verbindung setze.«

»Hmmmpff.«

Ich wartete auf weitere zusätzliche Aufklärung, aber nichts dergleichen kam rüber. »Ich hab' gehört, die vom CID durchforsten jetzt die Akten seiner Bewährungsfälle«, murmelte ich sanft. »Aber so was würdet ihr ja nicht machen, wenn ihr annehmen würdet, er hat sich nur mal ein paar Tage lang verdrückt, oder?«

»Und Sie würden mich so was nicht fragen, wenn Sie nicht dächten, Sie wissen was, was ich nicht weiß«, sagte er in einem plötzlichen blitzhaften Moment der Erkenntnis.

Gegenüber tauchte zwischen den Buden Ron auf und lief in gemächlichem Galopp ans Ende der Schlange am Würstchen-Caravan. Der Küchenchef dort hatte sein Metier zu hoher Kunst entwickelt: Er brauchte pro Kunden weniger als zehn Sekunden. Ich versuchte mir Umsatz und Gewinn auszurechnen; ich kann einfach nicht anders, so funktioniert nun eben mal mein Gehirn.

Dann war Ron bedient und blickte über die Straße zu uns herüber. Er hob eine Hand zum Gruß. Ich wollte schon zurückwinken, sah aber, daß Nicholls ebenfalls grüßte. Also ließ ich die Hand sinken, denn es war möglicherweise politisch klug, Nicholls nicht wissen zu lassen, daß wir sogar noch mehr gemeinsame Freunde hatten.

Dann fragte Nicholls: »Also, worum geht's denn nun?«

Ich hatte vergessen, wo wir stehengeblieben waren, dann fiel es mir wieder ein: Ich wußte etwas, was er nicht wußte. Nun, das stimmte ja wirklich. Die Frage war nur, wollte ich das preisgeben?

Ich schüttelte die leere Coladose. »Ich glaub', ich möchte noch eine«, sagte ich, »Sie auch?«

Er sprang auf und begann in seiner Tasche zu graben.

»Jetzt bin ich dran«, sagte ich und ging über die Straße. Ich glaubte, er würde mir nachkommen, doch in dem Moment hatten etliche taschenüberladene Frauen die Bank erspäht. Er setzte sich wieder und legte die Füße quer.

Als ich zurückkam, befreite ich meine Seele von der Bürde, und mir war leichter, wie nach einer mittelschweren Beichte mit Absolution. Nicholls verschluckte sich an seiner Coke, ich klopfte ihm sanft den Rücken, und er zuckte zusammen, als hätte ich ihm einen Dolch hineingestoßen. Sein Blick war ausgesprochen feindselig. Er sagte:

»Sie haben Beweismaterial zurückgehalten.«

»Beweismaterial wofür? Ich hatte keine Ahnung, daß Mike vermißt wurde, als ich in diese Kneipe ging. Wenn ich es gewußt hätte, ich hätte es Ihnen bestimmt gleich mitgeteilt«, sagte ich in empörter Selbstgerechtigkeit. Die Lüge schien ihn zu beschwichtigen, aber er laberte trotzdem den alten Spruch runter, an den ich mich inzwischen zu gewöhnen begann:

»Sie werden mit mir ins Büro zurückkommen müssen und dort . . .«

»Weiß ich schon, eine Aussage machen müssen«, erklärte ich mich lammfromm bereit. »Aber bis dahin . . . was meinen Sie, was mit Mike passiert sein könnte?«

»Sagen *Sie* es mir!« Und das tat ich dann.

Als ich bei den Hundepfoten angekommen war, die über die Betondecke liefen, erriet er, glaube ich, worauf ich hinauswollte, aber er ließ mich zu Ende reden, und als ich dann fertig war, saßen wir stumm nebeneinander auf der Bank, ohne uns anzuschauen.

Und nun, da ich das laut ausgesprochen hatte, wußte ich, daß dies die Horrorvorstellung war, die mich in der vergangenen Nacht nicht schlafen gelassen hatte. Ich habe es ja vorher schon mal gesagt, ich hatte Mike gern, auch wenn wir uns ausschließlich im Gericht nähergekommen waren. Ich wollte einfach nicht denken müssen, daß wir nie mehr zusammen zu Mittag essen würden, weil er unter einem Autoparksilo begraben lag, und ich hoffte sehnlichst, Nicholls werde mir erklären, daß ich mir das alles nur eingebildet hätte. Aber das tat er nicht.

Nach einer Weile sagte er recht freundlich: »Ich glaub', wir sollten jetzt gehen.« Und dann fuhren wir genauso zurück, wie wir gekommen waren.

Eins störte mich an Nicholls ungemein, und zwar seine Angewohnheit, immer wieder die gleichen alten Fragen zu stellen. Wahrscheinlich glaubte er, wenn er sie nur oft genug wieder einschmuggelte, werde er abweichende Antworten darauf erhalten. Eine dieser Fragen, in die er regelrecht verliebt zu sein schien, war die, ob mir Thorne nicht doch noch etwas außer dem Katalog gegeben habe. Ich weiß, es gehört zu seiner Arbeit, Aussagen zu zerpflücken, aber es würde ihm kein Zacken aus seiner Krone fallen, wenn er ab und zu mal wie ein Mensch reagieren und begreifen würde, daß mir noch was anderes im Kopf herumging, als wer was wem gegeben hat.

Ich sagte: »Doch, da waren noch ein paar andere Sachen.« Und dann zählte ich sie ihm an den Fingern auf: »Ein Einbruch, ein Überfall, und mein Wagen ist zu Schrott verbrannt. Das hat Thorne mir außerdem noch geschenkt, und es wär' für mich noch immer ganz tröstlich, wenn ich erfahren könnte, warum.«

»Nein, davon hätten Sie gar nichts«, sagte er. »Was Ihnen guttun würde, wäre, daß Sie vernünftigen Rat befolgen und in Urlaub gehen. Ist das so schwer zu kapieren?« Wieder machte er dieses finstere Gesicht; da hatte ihm doch einer seinen Ballon zerplatzen lassen. Wir saßen einander an einem nüchternen Holztisch gegenüber, und eine Polizistin spielte Anstandsdogge, als hätten er und ich nicht noch vor einer Stunde gemeinsam Angst und eine Marktbank geteilt.

»Doch, das ist schwer«, schnappte ich zurück. »Ich habe nämlich nicht die Art Arbeit, bei der man einfach alles hinschmeißen und wegfahren kann.«

Er tat, als hätte er das nicht gehört. »Wenn Sie weiter so an den falschen Orten auftauchen, könnten manche Leute auf falsche Gedanken kommen. Und ›lebenslänglich‹ für zwei Morde ist auch nicht länger als für einen.« Ich machte den Mund auf, und er bremste mich mit erhobener Hand. »Ich weiß, ich weiß genau, was Sie mir jetzt sagen wollen. Daß das Ganze nichts weiter ist als eine lange Verkettung von Zufällen. Also verschwinden Sie für ein, zwei Wochen, und beweisen Sie, daß es so ist.«

»Danke für die Lektion. Ich weiß das wirklich zu schätzen. Kann ich jetzt gehen?«

Er hatte einen Ausdruck im Gesicht, den ich nicht so recht deuten konnte. Ungeduld, eine Spur Verärgerung und noch etwas anderes, schwer Definierbares dabei. Er schob säuberlich seine Papiere zusammen; das tat er immer, aber die Akte schien seit dem letztenmal dicker geworden zu sein. Er sagte:

»Ich fahr' Sie nach Haus. Sie sollten Ihren verpaßten Schlaf nachholen.«

»Ich geh' nicht heim.«

»Nein?«

»Nein.«

Ich merkte, wie es ihn juckte, mich zu fragen, warum nicht, aber ich bot ihm keine Hilfestellung; schließlich ging ihn das ja auch verdammt wenig an. Sollte er sich doch Sorgen machen, wenn er Lust dazu hatte.

Er kam mit mir durch die Tür und über den Gang, und er schaute mir nach, als ich die Außentreppe hinunterstieg. Als ich am Fuß angekommen war, sagte er: »Ich seh' Sie wieder, Leah.«

»Durchaus möglich«, pflichtete ich ihm bei. »Auf die eine oder andere Weise.«

Tatsächlich hatte ich nichts Aufregenderes geplant, als das Donnerstag-Training um einige Stunden vorzuverlegen; mir war klar, sobald ich erst mal zu Haus war, würde ich keine Lust mehr haben, die lange Strecke in die Stadt zurückzumarschieren.

Es war das erste Mal, daß ich an einem Nachmittag unter der Woche hinkam, und der Fitneßclub war fast leer, was mir sehr angenehm war, weil ich so nicht gezwungen war, Konversation zu machen. Als ich mein Pensum durchhatte, war meine Müdigkeit großenteils verschwunden. Ich überlegte, daß die Dinge ja gar nicht so übel seien, ein paar Tage Geduld, und die Versicherung mußte mich benachrichtigen, daß ich mir ein neues Auto kaufen könnte – also, um ehrlich zu sein, eine Karre aus zweiter Hand, aber für mich würde sie eben neu sein. Und wenn ich endlich aufhörte, so zu knausern, konnte ich mir sogar einen blitzeblinkeblanken fabrikneuen Wagen leisten; schließlich hatte ich lange genug braves Eichhörnchen gespielt und Geld gesammelt. In Anbetracht meines Gehalts lebte ich eigentlich ziemlich sparsam.

Dann kam ich wieder am Markt vorbei. Einige Standhöker waren bereits dabei zusammenzupacken, um heimzufahren, dabei war es noch nicht einmal halb fünf. Auch die Käufer waren spärlicher, und am Würstchenstand waren die Läden schon hochgeklappt. Ron war ebenfalls schon weg.

Ich fragte mich, ob er einen erfolgreichen Tag gehabt hatte. Ich dachte immer noch über ihn nach, als ich zur Market Street kam und dort seinen dunkelblauen Lieferwagen sah. Er bremste ab und winkte mich hinüber, und sein Grinsen verriet mir, daß er mir nicht böse war. Hinter ihm fuhr ein Motorradfahrer im Schrittempo und fing sich ab und zu mit einem Bein von der Straße ab. Genau so eine Kawasaki hatte vor meinem Fitneßclub gestanden, als ich herauskam, und ich fragte mich, ob der Typ sich verfahren hatte.

Ich winkte Ron zu und trat auf die Fahrbahn. Der Motor der Kawasaki heulte auf, und der Fahrer setzte zum Überholen an.

Ich begann rasch zu traben, ich hatte keine Bedenken, da ich sah, daß er ausreichend Platz hatte, an mir vorbeizufahren, doch er schien da anderer Ansicht zu sein. Ich hatte es schon fast geschafft, als mich etwas schmerzhaft im Kreuz traf, und dann prallte die Straße mit meinem Kopf zusammen.

Ich habe eine Menge Zeug darüber gelesen, und danach hätte ich dabei Sterne sehen müssen, oder ich hätte das Gefühl haben sollen, als versänke ich in ein samtiges schwarzes Nichts. Keins von beidem passierte mir. Oder wenn doch, dann erinnere ich mich nicht mehr daran. Ich kann mich aber erinnern, daß ich die Augen aufmachte, und über mich gebeugt stand ein Märchenprinz in Gestalt eines Notwagensanitäters. Sein Gesicht wirkte etwas verhuscht, und ich hatte entsetzliche Kopfschmerzen. Der Prinz sagte zu mir: »Versuch nicht, dich zu bewegen, sag mir bloß, wo es weh tut.«

»Mein Kopf«, wimmerte ich. »Könnte ich zwei Aspirin kriegen?«

Dann schlief ich wieder ein.

Als ich dann wieder aufwachte, lag ich hübsch verpackt in einem Krankenhausbett, und mein Schädel schmerzte noch immer. Versuchsweise bewegte ich andere Teile meiner Person und stellte fest, daß sie noch funktionierten. Aber als ich mich aufsetzen wollte, löste das ein schmerzliches Jaulen aus. Meine Rückseite war nicht einverstanden mit mir, und mein Gebrüll bewirkte die Erscheinung einer Stationsschwester in knatternd gestärktem Blauweißkaro. Sie sah meiner Schwester Em irgendwie ähnlich: kompetent und voller Mißbilligung.

Ich ließ mir von ihr ein kaltes Thermometer in die Achselhöhle schieben, den Puls messen und bekam ein Braves-Mädchen-Lächeln verpaßt. »Sie haben Glück gehabt«, sagte sie fröhlich, hakte das Krankenblatt vom Fußende des Betts und trug ein, daß ich noch lebte.

Ich sah nicht ein, warum ich ihr darin zustimmen sollte. Glück, das wäre gewesen, wenn ich bei mir daheim gewesen wäre, gemütlich die Füße auf der Couch. Mir taten die Knie weh, wie ich das aus meiner Kindheit kannte: glühend und wund und steif. Ich überlegte mir, ob irgendwer schon die Antisepsisgeschichte gemacht hatte; ich hoffte das stark, denn sonst hätte ich mich vielleicht hängenlassen und einfach losgeheult. Ich sagte: »Wie spät ist es?«

»Halb elf.«

Sonnenlicht strömte durch die Fenster; irgend etwas stimmte da nicht – um die Zeit sollte die Sonne eigentlich untergehen. Die Schwester sah, daß ich zweifelte. »Wir haben jetzt Freitag morgen. Sie haben nur verlorenen Schlaf nachgeholt.«

Genau dafür hatte Pete mich aus dem Büro heimgeschickt; er würde sich brüsten wie ein Gockel. Und Nicholls ebenfalls. Und meine Chance, um einen diktierten »Urlaub aus Gesundheitsgründen« rumzukommen, waren damit im Eimer. Ich sagte, ich wollte telefonieren. Sie sagte, auf gar keinen Fall, erst müsse der Doktor mich untersuchen, und dann müßte ich mit der Polizei sprechen.

»Wozu sollte ich?« fragte ich argwöhnisch.

Sie war eine hervorrangende Ausweichtaktikerin. »Erst mal der Doktor«, wiederholte sie brüsk.

»Danke«, sagte ich, »und je schneller, desto besser, damit ich nach Haus gehen kann.«

Die Art, wie sie lachte, behagte mir gar nicht.

So still herumzuliegen und möglichst keine Bewegung zu machen, das verlangte mir eine Menge Konzentration ab, und ich wußte, lange würde ich das nicht durchhalten können. Ich brauchte keinen Arzt, ich brauchte ein paar Aspirin, und dann würde vielleicht der Kerl mit dem Kohlenhammer sich verziehen.

Die Schwester in Uniform kehrte mit einem elegant wirkenden älteren Knaben zurück, groß, schmal, um die Vierzig, mit Metallrandbrille. Sie schloß mit bühnenreifem Rauschen die Vorhänge um mein Lager und sprach den Mann als »Mister Fraser« an, als meinte sie »Mein Herr und Gott«. Er war das anscheinend gewohnt von ihr und beachtete sie gar nicht. Wozu sich mit dem niederen Glaubensvolk abgeben, wenn da ein aussichtsreicher Konvertit in Reichweite lag.

Der Mann sagte: »Also, junge Frau, jetzt schauen wir Sie uns mal ein bißchen an.« Er beglückte mich gleichzeitig dabei mit einem dieser typischen Heilsprofilächeln. Ich war schon vor langer Zeit zu der Erkenntnis gelangt, daß lange, knochige Finger die Grundvoraussetzung sind, wenn jemand als Arzt Karriere machen will. Dieser da schien für den Job geboren zu sein. Schließlich verkündete er mir die frohe Botschaft, daß ich weiterleben dürfe.

»Sie hatten Glück«, sagte er wie ein Echo. »Schlimme Prellungen, ein paar Beulen. Das heilt alles weg. Was macht der Kopf?«

»Der Kopf hat Schmerzen.«

Er gab mir einen komischen Blick, wie wenn ich den falschen Choral intoniert hätte, dann zog er die Bettdecke wieder über mich, und ich kam mir sofort nicht mehr so gehandikapt vor.

»Und fühlen wir uns stark genug für eine kleine Unterhaltung mit den Jungs in Blau?«

»Nein!«

Das Wort schien er nicht zu kapieren. Er war wohl schon zu sehr an seine unbestrittene Allmächtigkeit gewöhnt. »Also, ich schick' sie dann rein«, sagte er und ließ mich als Strandgut auf meinem durch Vorhänge abgeschirmten Eiland. Mich wunderte bloß, wozu er sich die Mühe machte, überhaupt zu fragen. Außerdem war seine Prognose falsch, denn es kam ein Mädchen in Blau.

Sie pflanzte sich hin, hangelte ein Notizbuch hervor und fragte, ob ich mich an den Hergang des Unfalls erinnerte. Ich sagte, der sei in unübersehbaren, unvergeßlichen Details an verschiedenen Stellen von mir eingeprägt und sie solle mich nicht nach dem Fahrer der Kawasaki fragen, weil ich nichts weiter gesehen hätte als einen schwarzen Sturzhelm. Sie sagte, Zeugen hätten angegeben, daß es wie Absicht ausgesehen habe, und ob ich vielleicht Probleme mit einem Freund hätte. Ich informierte sie dahingehend, daß ich nur dann Männerprobleme gehabt hätte, wenn ich feststellen mußte, daß sich Ypsilonhöschen in meinen Schmutzwäschekorb geschlingelt hatten; und dies habe bisher stets eine entschieden abkühlende Auswirkung auf die Beziehungen gehabt. Der wissende Ausdruck in ihren Augen verriet mir, daß sie mich verstanden hatte.

Am Abend fühlte sich mein Kopf schon besser an, und ich konnte mich aufsetzen und die Welt wieder zur Kenntnis nehmen.

Es überraschte mich, daß ich Besuch bekam, und dabei war ich für so was nicht einmal richtig angezogen. Jemand sollte sich mal die Mühe machen und attraktivere Krankenhaushemden kreieren. Der Zeitungsjunge war vorbeigekommen und hatte die Abendzeitungen verkauft, und ich blätterte halb uninteressiert in meinem Exemplar herum. Das Zimmer im Seitentrakt, in dem ich lag, hatte vier Betten, aber es herrschte wohl grad Patientenebbe, denn ich lag da ganz allein. Vielleicht wirkte sich ja auch die Aspirinknappheit abschreckend aus.

Ron brachte einen Blumenstrauß und eine Schachtel Pralinen. Er sagte: »Na also, das haben Sie jetzt davon, daß Sie mir fast 'nen Herzinfarkt verpaßt haben.«

Ich schnupperte an den rosa und gelben Rosen. »Danke, Ron, aber es wäre wirklich nicht nötig gewesen.«

Er grinste. »Wird als Werbekosten abgesetzt, oder? Jedenfalls isses meine Schuld, daß Sie hier liegen, was? Ich hätt' Sie nich' rüberwinken sollen. War 'n richtiger verdammter Krimineller, der Irre auf der Kawasaki. Der hat es regelrecht auf Sie abgesehen, was?«

»Ich weiß nicht, wer der Mann war.«

»Wohl 'n unzufriedener Kunde.«

»Der vierte in zehn Tagen.« Ich platzte damit heraus, ohne zu denken.

Er zog scharrend einen Stuhl näher und setzte sich. »Ham Sie Ärger? Ich kenn' 'ne Menge Leute, die das in Ordnung bringen könnten.«

»Wer zum Beispiel?«

Er tippte sich auf den Nasenflügel. »Ich hab' 'n paar hochgestellte Freunde, da würden Sie staunen.«

»Wie zum Beispiel Detective Sergeant Nicholls, eines der Spitzengewächse der Bramfielder Polizei.«

»Der gehört zur Bezirkspolizei, nicht zur Städtischen«,

sagte Ron. »Ich hätt' mir gedacht, so was wissen Sie, wo Sie doch dermaßen dick mit ihm sind.«

»Ich bin keineswegs dick mit ihm, es ist rein beruflich.«

»Also, so hat es für mich aber nich' ausgesehn. So richtig schön schnuckelig zusammengekuschelt, wie ihr wart, wie 'n richtiges Paar von Häschen.«

Häschen! »Ich habe mich nicht ...« Ich fing seinen Blick auf. Der Kerl hatte mich wieder drangekriegt, und ich war drauf reingefallen. »Ron, bitte in meinem geschwächten Zustand nicht soviel Gefoppe, ja? Es könnte tödlich sein. Aber wieso kennen Sie ihn?«

»Der hat mal hier gearbeitet, ehe er im Kurs hochging.«

»Hat er Sie mal am Schlafittchen gekriegt?«

»Dazu braucht's 'nen besseren Typ als den. Aber jetzt erzählen Sie mir mal von Ihren Problemen. Ich hab' die ganze Nacht Zeit.«

Wäre ich nicht neunzig Prozent unter Normal gewesen, ich hätte ihm bestimmt nichts erzählt, aber in diesem Moment war Ron die beste (und einzige) männliche Schulter weit und breit. Er kannte sich aus, und er kannte viele Leute, darunter auch einige, dessen war ich mir sicher, die etwas außerhalb der Legalität standen. Das war mir aber egal, und so schüttete ich mein ganzes Elendsbündel vor ihm aus, angefangen bei Thorne bis zu dem Kawasaki-Killer.

»Mir scheint, Ihr Boß hat recht«, sagte er, als ich zu Ende war. »Sie sollten wirklich in Urlaub gehen.«

»Das schlagen Sie sich mal aus dem Kopf!« sagte ich. »Ich gehör' nicht zur schafsfrommen milden Sorte. Außerdem kann jede Minute Nicholls da durch die Tür kommen und mir vorhalten, daß alles meine Schuld ist. Können Sie sich vorstellen, wie mich das nervt?«

»Meine Alte macht das die ganze Zeit ... Was Sie brauchen, das ist 'ne Unterhaltung mit meinem Bruder, Love.

Das wär' das beste für Sie. Ich werd 'n gutes Wort für Sie einlegen, soll ich?«

»Wer ist Ihr Bruder?«

»Also bestimmt kein Gauner. Er war Kommissar, bevor er sich selbständig gemacht hat, und jetzt sind Sie baff, was? Sie ham bestimmt gedacht, der ist grad frisch aussem Knast raus?«

Dieser Gedanke war mir durch den Kopf gegangen, aber ich schämte mich zu sehr, es ihm einzugestehen. »Was macht er denn jetzt?« fragte ich. Und plötzlich kam mir ein Gedanke. »Er heißt nicht zufällig Harry? Harry von der Watchdog Security?« Und mir fiel all das ein, was ich Ron gerade erzählt hatte.

»Die zwei sind ja nicht mal Kumpels«, sagte Ron. »Wann lassen die Sie denn hier raus?«

»Das will mir kein Aas hier sagen.«

»Ich werd' mich da mal erkundigen, wenn ich geh', und wenn's noch 'ne Weile dauert, dann sag' ich Tom, er soll morgen mal zu 'nem Schwatz vorbeischauen. Aber geben Sie uns mal Ihr Telefon, nur für den Fall.«

Ich schrieb ihm meine Nummer auf, und er steckte sie in die Tasche und überließ mich mir selbst. Ich wartete, daß Nicholls auftauchen und mir sagen würde, daß ich eine Idiotin bin. Aber ich hätte es ja eigentlich längst besser wissen sollen. Wann hätte der mich *nicht* enttäuscht?

In Krankenhäusern hat Morgenstund Quecksilber im Mund, aber ein Weckappell um halb sieben erscheint einem denn doch als ungerechte Willkür, wenn das Frühstück erst gegen acht kommt. Inzwischen hatte ich Ersatz für meinen Sack von Baumwollnachthemd bekommen, ein modisches Nachtdessous, ein niedliches flapsiges rosa Ding aus Halbcotton, mit einem fehlenden Knopf, aber dafür einem ausgebleichten Fleck, der mich zu Spekulationen bewegte, wer das Modell vor mir getragen haben mochte. Es biß sich ein wenig mit dem rot-grün-gelb gestreiften Frotteebademantel, der für eine Orang-Utan-Dame geschneidert war und mir vorn ständig aufklaffte.

Inzwischen war ich vom Bettpatienten zum Sitzpatienten befördert worden, und ich betrachtete das als ein gutes Omen. Allerdings hätte ich es wirklich vorgezogen, wenn diese Gestühle nicht für Geriatriefälle konstruiert gewesen wären. Wer darin eine Weile sitzen muß, entwickelt unweigerlich die entsprechenden Symptome.

Um neun schob mir eine Aushilfskraft ein Telefonwägelchen herein, und ich rief Pete an und sagte ihm, ich würde nun doch meinen Urlaub nehmen. Aber jemand war mir zuvorgekommen, und Pete schwamm wieder in familienväterlicher Gefühlssoße. Als er dann endlich aufhörte, mir zu befehlen, ich müßte besser mit mir umgehen und mich nicht immer in Schwierigkeiten bringen, sagte ich ihm höflich ciao. Dann dachte ich darüber nach, was ich jetzt tun sollte.

Ich setzte mich auf mein Bett, wobei ich riskierte, die Überdecke zu zerknautschen, was uns strikt untersagt war, aber ich hatte es satt, daß ich andauernd von dem hochgewölbten Ledersitz des Stuhles runterrutschte.

Nicholls machte einen Gastauftritt gegen halb elf, gerade als der Kaffee kam, sein Timing perfekt wie immer. Ich sagte: »Sie kommen zu spät, der Mörder war Professor Plum. Im Wintergarten mit 'nem Stück Seil.«

»Sarkasmus ist unangebracht«, sagte er steif. »Der Unfallbericht kam erst heute morgen auf meinen Schreibtisch.« Er beugte sich über das Bett und sah mich eindringlich an. »Wenn Sie sich von mir hätten heimfahren lassen, wär' das nicht passiert.«

»Wenn ich in Bournemouth wohnen würde, wär' es auch nicht passiert«, erwiderte ich. »Aber danke für Ihr Mitgefühl.«

»Wieso Mitgefühl? Ich hab' Ihnen doch strikt gesagt, Sie sollen aufhören damit, herumzuschnüffeln.«

»Ich hab' verdammt nicht herumgeschnüffelt, ich bin bloß zum Fitneßclub gegangen, weiter nichts. Aber wenn Sie schon so superklug sind, wie kommt's, daß Sie bis jetzt noch niemand festgenommen haben?«

»Wir arbeiten noch an dem Fall«, sagte er eingeschnappt.

Das war auch wieder so einer seiner Fehler, er konnte keine Kritik vertragen. Er hockte in dem Stuhl und sah entsprechend ungemütlich aus. Boshaft sagte ich: »Da drin ist letzte Woche jemand gestorben.« Er stand auf und schaute zum Fenster hinaus.

»Wann werden Sie entlassen?«

»Weiß ich nicht, ich glaub' aber, die haben hier Nachschubprobleme – an Patienten.«

»Wann es auch ist, ich hol' Sie ab«, sagte er. »Auf die Weise bin ich wenigstens sicher, daß Sie es bis in Ihre Wohnung geschafft haben.«

Ich war auf einmal etwas milder gestimmt. Wir nippten an unserem Kaffee, und ich beobachtete ihn, während er auf den Parkplatz hinausstarrte. Heute trug er einen hellgrauen Anzug und ein blaues Hemd, das mit der Farbe seiner Augen harmonierte, aber ich fand, er hätte doch was Schöneres finden können als diese Krawatte in Maroni und Bleu. Ich sah, es war ein guter Anzug, so wie mein Schwager sie immer trug, mit handgearbeiteten Aufschlägen. Ich unterdrückte ein Verlangen, den Stoff zu befühlen; er hätte die Geste für etwas anderes halten und mißverstehen können. Ich möglicherweise auch.

Aber wie ich ihn da so auf den Parkplatz schauen sah, erinnerte ich mich an etwas.

»Ist Mike wieder aufgetaucht?«

»Nein.«

»Habt ihr ... ehemm ...«

Manchmal konnte der Mann sogar einfühlsam sein; er wußte, ich dachte an dieses vielgeschossige Baugelände.

»Darum kümmern wir uns.«

»Kümmern?« Das reichte nicht. »Von Mike mal abgesehen und rein hypothetisch: Wer müßte die Entscheidung treffen, den Beton aufzubuddeln?«

»Wer immer die Ermittlungen leitet.«

»Also – Sie?«

»Ich hab' gedacht, wir reden rein hypothetisch. Ich habe mit dem Fall Perryman nichts zu tun.«

»Aber Sie haben die zuständige Stelle informiert.«

Er gab darauf keine Antwort, sondern schaute mich nur so an, als finde er mich schon wieder einmal störrisch und lästig. Aber ich ließ nicht locker. »Sie *haben* aber doch die Sache weitergegeben?«

Er sagte: »Warum fahren Sie nicht zu Ihren Eltern zu Besuch, und ich schreib' Ihnen dann und erzähl' Ihnen alles.«

Dann kam er herüber und setzte seinen Kaffeehumpen neben meinen auf das Bettschränkchen; sie sahen recht nett aus nebeneinander, beide in keusch-klinischem Krankenhausblau, und sogar die Scharten waren bei beiden an der gleichen Stelle. Er berührte den Verband, da, wo das Wattepolster über die Nähte hinausragte.

»Tut es arg weh?«

»Schrecklich.«

»Geschieht Ihnen recht«, sagte er herzlos und verschwand.

Soviel zum Thema von Nicholls' Zartgefühl.

Kurz vor zwölf erschien dann »Gott persönlich« wieder, und ich lächelte flehentlich-unterwürfig und fragte, wann ich nach Hause dürfte. Er stocherte in meinem Rücken herum, wo ich nicht sehen konnte, was er machte, und entlockte mir ein paar Wimmerlaute.

»Jetzt noch nicht«, sagte Gott und versetzte mir einen spielerischen Klaps auf den Po. »Warten wir noch so zwei Tage ab. Und was machen die Wasserwerke?« Ich verabscheue Euphemismen. Am liebsten hätte ich ihm gesagt, daß die Wasserwerke bereits privatisiert worden seien, aber es zahlt sich nie aus, Gott zu verärgern. Also beichtete ich ihm, daß da alles gut funktioniere.

Er hatte die gleiche Stabsschwester im Schlepp wie gestern, und ich überlegte mir, ob die beiden außerdienstlich vielleicht was miteinander hatten. *Ihn* hatte ich bereits provisorisch als den Typ kategorisiert, der auf schenkelhohe Lacklederstiefel und Peitschen abfährt.

Um ein Uhr brachten sie mir ein supercholesterolgesättigtes Mittagessen aus Bratkartoffeln und Leber, mit Eiskrem als Nachtisch. Während ich das Zeug zu verdauen versuchte, machte ich ein Nickerchen auf dem Bett und überlegte mir träge, ob es sinnvoll wäre, hier einfach abzuhauen.

Kurz nach fünf kam Ron. Bei ihm war ein ganz kühler sachlicher Typ, in dem ich seinen Bruder vermutete. Ron sagte:

»So, da wär'n wir, Prinzessin. Ich halt' immer, was ich verspreche. Jetzt erzählen Sie einfach mal unserm Kleinen hier die ganze Geschichte. Wie geht's Ihnen übrigens?«

»Besser, danke.«

Ich richtete meine neugierigen Blicke auf den »Kleinen«, der gute fünf, sechs Jahre älter zu sein schien als Ron. Die Haare waren nicht dunkel wie seine, sondern sandfarben mit bereits ein paar grauen Strähnen darunter, und er trug ein Bäuchlein vor sich her, nicht grad auffällig, doch sichtbar genug, daß man erkennen konnte, daß er sich keine Gedanken um seine Fitneß machte. Aber die Augen, die waren bei beiden gleich: golden wie Honig, spöttisch, im Winkel ein wenig schräg gestellt.

Ich streckte ihm die Hand hin. »Ich bin Leah Hunter.«

Er nahm sie mit einem guten festen Druck, nichts Halbherziges dabei. Ich fragte: »Ron erwähnte, Sie waren beim CID. Und was machen Sie jetzt?«

Das klang zickig, und ich war auf unbestimmte Weise verlegen; aber nicht bloß das, ich war auch verärgert darüber, daß ich am Abend vorher Ron von meinen Kümmernissen erzählt hatte. Klar, ich hatte Probleme, aber ein Außenstehender würde zu ihrer Lösung nichts beitragen können.

Tom schien es nicht zur Kenntnis zu nehmen. Er sagte: »Typisch, daß Ron Ihnen nicht das Wesentliche gesagt hat. Ich lass' mich dafür bezahlen, daß ich mir Fälle vornehme, die sie im CID aufgegeben haben, und zwischendurch gibt es entlaufene Miezekatzen und Scheidungen.« Er langte in die Brusttasche seiner Lederjacke und zog eine Geschäftskarte heraus. Ich las: *T.A. Tinsley – Ermittlungsagentur.*

Ich schüttelte den Kopf. Ich hatte bereits genug andere Schwierigkeiten. Außerdem berechnete der Mann wahrscheinlich ein Minimalhonorar von zehn Pfund pro Stunde.

»Bedaure«, sagte ich, »aber ich brauche kein Detektivbüro.«

»Hab' ich gesagt, Sie sollen mich engagieren? Nein, das hier ist 'ne Familiensache und nur zwischen Ihnen und mir. Ron sagte mir, daß Sie von beiden Seiten her unter Druck gesetzt werden.«

So hatte ich die Sache noch gar nicht gesehen, aber wie er das jetzt aussprach, erkannte ich, daß er den Nagel genau auf den Kopf getroffen hatte.

»So, ich verzieh' mich dann mal«, sagte Ron. »Wenn unser Kleiner mit irgendwas nicht fertig wird, dann wissen Sie ja, wo Sie mich finden können.« Er zwinkerte mir übertrieben lüstern zu, dann verließ er uns, damit wir weitermachen könnten, was immer wir zu machen beschließen würden.

Tom muß bei der Kripo eine Wucht gewesen sein; er hatte die ganze Geschichte aus mir herausgeholt, noch ehe ich mich entschlossen hatte, sie ihm überhaupt zu erzählen; und natürlich fand er, das Ganze sei hauptsächlich meine eigene Schuld. Aber taten sie das nicht alle? Der Tadel war ungeschminkt.

»Sie hätten nicht Detektiv spielen sollen. Ich kann zwar verstehen, daß Sie das gereizt hat, aber es war ein schwerer Fehler. Wenn ich Ihnen was raten darf, dann . . .«

». . . machen Sie erst mal Urlaub und überlassen die Sache den Fachleuten.«

Er lachte. »Hat man Ihnen wohl schon mehrfach gesagt, wie?«

Ich starrte auf die grellen Frotteestreifen und den Viertelmeter Baumwollgemisch, der darunter hervorragte, und ich wußte, wenn ich mein Hemdchen heben würde, dann würde ich zwei Kniescheiben erblicken, die sich lange Zeit nicht mehr unter einem kurzen Rocksaum zeigen konnten. Dahin hatte mich meine Neugier gebracht. Was war also dann so falsch daran, einfach Urlaub zu machen?

Tom sagte: »Ich seh' die Sache so: Die größte Schwierigkeit für Sie entsteht deshalb, weil da irgendein Krimineller immer noch denkt, Sie und Thorne haben zusammengearbeitet; aber man ist sich nicht hundertprozentig sicher, noch nicht, oder sie wären ebenfalls schon tot.«

Das wollte ich nun ganz und gar nicht hören.

»Wenn Nicholls nicht dermaßen zugeknöpft gewesen wäre«, versuchte ich einen anderen Sündenbock zu präsentieren, »dann hätte ich ja erst gar nicht versucht, selber dahinterzukommen. Wieso hat der mir nicht einfach sagen können, was los ist?«

»Das gehört wohl kaum zu seinen Aufgaben, oder? Sind Sie bereit, ihm von Ihren Steuersündern zu erzählen?«

Da hatte er ein Argument, ein sehr gutes sogar; aber etwas weniger Logik, und ich hätte mich besser gefühlt. Ich hätte in diesem Moment nachgeben müssen, ehe ich ihn fragte, was er denn an meiner Stelle tun würde, und wenn alle meine Schaltkreise funktioniert hätten, wäre das wohl auch so gekommen.

Er lachte wieder. »Ohne dafür bezahlt zu werden, Love, würde ich keinen Finger krumm machen.«

Ich sagte: »Also, es war nett, Ihre Bekanntschaft gemacht

zu haben, Tom, aber ich denke, mehr gibt's da nicht zu sagen.« Ich verspürte Enttäuschung; ich weiß nicht, was ich mir von ihm erwartet haben könnte, aber es war irgendwie doch ein bißchen mehr als nur dies.

Er sagte: »Sie denken nicht vernünftig, Kindchen. Kommt wahrscheinlich von dem Aufprall an Ihrem Kopf. Ich hab' nicht gesagt, ich würde nichts tun, um zu helfen, oder hab' ich das gesagt? Ich hab' bloß gesagt, ich würde mich auf so was von Anfang an nicht eingelassen haben. Ist das jetzt klar?«

»Ist klar«, sagte ich. »Und? Wo fangen wir an?«

»*Wir?* Da gibt es kein *Wir*. Ich bin 'n Einmannbetrieb, und ich mag es so. Und Sie, Sie bleiben schön hier und tun, als wären Sie ein liebes Kind, und ich seh' unterdessen zu, ob ich nicht irgendwo ein bißchen Druck ausüben kann.«

Ich habe stets die Ansicht vertreten, daß es keinen Sinn hat zu zetern, wenn man in einer Sache unterlegen ist; und im Moment blieb mir gar keine andere Wahl meines Aufenthalts. Aber was ich tun würde, sobald ich erst wieder draußen war, das war ein anderes Paar Schuhe.

Also fragte ich demütig: »Und Sie sagen mir, was Sie herausfinden?«

»Sie sind der Boß, Sie kriegen den Bericht.«

Wir gaben uns grad die Hand drauf, als Nicholls schon wieder hereinmarschierte. Zwei Krankenbesuche an ein und demselben Tag, das mußte etwas zu bedeuten haben; aber wie üblich wußte ich nicht, was. Er schaute Tom an, als sei der ein Außerirdischer von einem fremden Planeten. Tom sagte:

»Hallo, Dave, wie ich höre, haben Sie Kummer. Hätten halt in Ihrem kleinen Teich bleiben sollen.«

»Kleine Teiche werden manchmal zu voll.« Nicholls schaute mich dabei an. »Was macht *der* denn hier?«

»Wie es der Zufall will, Tom ist . . .«

»Zufällig ein Freund? Es ist erstaunlich, daß Sie fast nur die falschen Leute unter Ihren Freunden und Kunden haben. Finden Sie 'ne bessere Ausrede.«

Tom sagte: »Sie haben also alles vergessen, was ich Ihnen beigebracht hab', was? Zum Beispiel, daß man wissen muß, wer ein Freund ist, und daß man sich den warmhalten soll. Im übrigen bin ich geschäftlich hier, Detective Sergeant.«

»In *meiner* Sache«, sagte Nicholls. »Miss Hunter ist Zeugin in einer polizeilichen Ermittlung, und es gibt keinerlei Anlaß, warum sie sich an eine Privatdetektei wenden müßte. Also gehen Sie gefälligst anderswo auf Klientenjagd.«

»Darüber haben nicht Sie zu befinden!« Jetzt starrten sich die zwei an wie zwei Hunde, die sich entscheiden müssen, ob sie sich beißen oder davonlaufen werden. Ich hatte den Eindruck, keiner von beiden würde zurückweichen, wenn es drauf ankam. Also sagte ich:

»Beißen Sie sich bitte nicht über meinem Korpus, der ist in einem zu zerbrechlichen Zustand. Heitern Sie mich lieber ein wenig auf.« Dann funkelte ich Nicholls an. »Was wollen Sie eigentlich schon wieder hier?«

»Feststellen, daß Sie noch hier sind. Ich hab' es ja vorher schon gesagt, Sie brauchen einen Aufpasser.«

»Dafür hab' ich Tom. Also können Sie ruhig nach Haus gehen, sich ins Bett legen und ungestört schlafen. Und falls nicht jemand eine Schwester besticht, mir einen Gifttrunk unterzujubeln, bin ich hier sicher.«

»Braves Mädchen.« Tom gab seinen Stuhl preis und trat auf Nicholls zu. »Es wäre wirklich besser, wenn sie in Sicherheit ist«, sagte er. »Ich habe ein begründetes Interesse daran, und wir beide wissen doch, was mit Lockenten passiert.«

Lockente? Ich spitzte die Ohren.

»Wir haben sie nicht benützt, um jemand rauszukitzeln«, schnappte Nicholls. »So arbeiten wir nicht.«

»Ach, alles hat sich gewaltig geändert, wie?« fragte Tom zweifelnd. Er drehte sich zu mir um und grinste mich ermunternd an. Auch das hatte er mit Ron gemein, sein Grinsen war eine unzweideutige erotische Aufforderung.

»Ich melde mich; aber wenn Sie mich vorher brauchen, Sie haben ja meine Karte.«

Ich sagte: »Danke, Tom, ich weiß das wirklich zu schätzen.« Dabei vermied ich es, Nicholls anzusehen. Als wir dann nur zu zweit waren, kam er näher und setzte sich auf den Stuhl, den Tom gerade frei gemacht hatte. Er sagte gar nichts, hockte nur da und schaute mich an, als wäre ich irgendwie so was wie ein Demonstrationsding in Spiritus. Das paßte mir gar nicht. Ich sagte:

»Also, es ist wirklich nett, daß ich so einen gesprächigen Besucher habe, aber ich glaub', ich geh' jetzt doch mal in den Aufenthaltsraum runter und schau', ob es in der Glotze noch was Aufregenderes gibt.«

Er stand sofort auf und kam an mein Bett, und er schaute mich halb wütend, halb enttäuscht an. Dann sagte er: »Ich sag's Ihnen noch mal, machen Sie Urlaub, und bringen Sie sich nicht in Gefahr. Ich hab' ausreichend Sorgen, also muß da nicht eine halbverrückte Steuerinspektorin mir noch zusätzlich Ärger machen. Denken sie darüber mal ein bißchen nach, solang Sie dazu Gelegenheit haben.«

Und dann ging er einfach weg. Raus aus dem kleinen Zimmer, durch die gepolsterte Schwingtür draußen. Er hatte natürlich recht mit dem, was er sagte. Seine Logik stank meilenweit selbstgerecht gegen den Himmel! Aber ich, ich war wie ein Hund mit einem alten Stinkeknochen: Um keinen Preis würde ich den loslassen.

Auf der Treppe stieß ich auf Marcie. Sie war auf dem Weg nach unten und schleppte ihren Sohn und seinen Kinderwagen; der Zweijährige schmollte, und ich vermutete Meinungsverschiedenheiten. Marcie streifte mich mit einem Blick und stichelte: »Und wie hat der Gegner ausgesehen?«

»Gesund«, erwiderte ich. »Nicht, daß ich viel von dem gesehen hätte.« Ich stieg weiter treppauf, wollte zwar nicht direkt den Sauerampfer spielen, aber zum Stehenbleiben und Quasseln hatte ich auch keine Lust.

»Wenn Sie was brauchen, kommen Sie runter und klopfen Sie«, forderte sie mich auf und verschwand nach unten. Ich überlegte mir, wie hochgradig wütend Nicholls werden würde, wenn er merkte, daß ich ihn reingelegt hatte. Eins von den Dingen, die ich zutiefst verabscheue, ist, daß mich jemand nicht ernst nimmt. Es war Zeit, daß der Bursche das endlich begriff. Als der popoklatschende Gottvaterdoktor mir verkündete, ich dürfe jetzt nach Hause, warf mir die Visitenschwester ein kleines verständnisinniges Lächeln zu und sagte, sie werde meinem »jungen Mann« Bescheid geben, weil der mich persönlich abholen wolle.

Ich informierte sie wütend, daß ich keinen jungen Mann hätte, aber bekanntlich ist ja keiner so taub wie der, der nicht hören will.

Wieder auf mich selbst gestellt und selber entscheidungsbefugt, riß ich meine Sachen aus dem Schrank, zog mich an, und dann legte ich sorgfältig das rosa Nachthemd so zusammen, daß der Fleck verdeckt war, und hoffte, niemand würde denken, ich hätte den Fleck gemacht. Am Empfang waren alle beschäftigt, als ich durchging, und niemand nahm Notiz von mir. Dann hatte ich mir das nächste Taxi aus der wartenden Schlange vor dem Krankenhaus genommen und kam mir recht schlau vor, daß ich ganz allein nach Hause fuhr. Inzwischen war ich mir da nicht mehr so sicher. Nicholls konnte immerhin recht trinkbaren Kaffee brauen, und in diesem Augenblick wäre es mir wirklich nicht unwillkommen gewesen, wenn ich einfach nur die Beine hätte hochlegen können, während er in der Küche hantierte.

Auf meiner Türschwelle lag ein Päckchen, in braunes Packpapier gewickelt und bestrebt, ganz harmlos auszusehen. Es waren keine Briefmarken und kein Poststempel darauf, nur mein Name und meine Adresse, mit Filzstift in Druckbuchstaben. Als ich es hochnahm, fühlte es sich schwer an wie ein Ziegelstein, was weiter nicht verwunderlich war, denn als ich es geöffnet hatte, war genau das darin. Dabei befand sich noch ein Bogen weißen Papiers, und darauf hatte jemand, dem es sträflich an künstlerischer Begabung mangelte, eine Katze gezeichnet. Ich ließ den ganzen Kram auf dem Küchentisch liegen und warf die Kaffeemaschine an. Während das Wasser durchlief, setzte ich mich hin und betrachtete mir die Mieze noch einmal genauer.

Ich hatte das Gefühl, es war beabsichtigt zu zeigen, daß die Katze und ich viel Gemeinsamkeiten haben. Sie hatte einen Backstein um den Hals gebunden und lag mitten in einer Pfütze. Und dabei stand in dicken schwarzen Großbuchstaben: »DAS KOMMT VON DER NEUGIER!«

Ach, Scheiße!

Ich wünschte, die hätten einen Absender draufgeschrieben. Irgendwie war es unfein, sich dafür nicht zu bedanken.

Dann kam mir der Gedanke, daß manche Leute sagen würden, meine Reaktion sei abnorm, weil doch der verdammte Ziegelstein dazu dienen sollte, mich in hirnlose Panik zu stürzen. Ich dachte darüber nach. Vielleicht war so was die unvermeidliche konsequente Entwicklung eines aufsässigen, »unangepaßten« Kindes.

Ich ließ mir ein ganz heißes Bad ein und trank meinen Kaffee, während ich mich suhlte. Es war wohltuend, endlich wieder etwas mehr heißes Wasser um mich zu haben als die erlaubten fünfzehn Klinikzentimeter. Ich war fast schon in den Zustand sanften Schlummers hinübergedöst, als jemand unfreundlich gegen meine Wohnungstür hämmerte. Ich erriet, daß das nur Nicholls sein konnte, und verschloß meine Ohren gegen ihn; aber schließlich mußte ich mich doch aus der Wanne rappeln, in einen Bademantel klettern und naßfüßig an die Tür patschen.

Und wieder hatte ich mich nicht geirrt.

»Kommen Sie nur rein«, quengelte ich und trat zurück. »Sie brauchen ja keine Einladung. In der Küche steht frischer Kaffee, bedienen Sie sich ruhig selber.«

Er stolzierte an mir vorbei direkt in die Küche.

Ich ging in die entgegengesetzte Richtung und rammte den Riegel der Badezimmertür so lautstark wie möglich zu. Dann machte ich mich gemächlich daran, das ganze Badezimmer gründlich zu putzen; und das tue ich so ungefähr mindestens einmal jährlich.

Als ich dann, gesellschaftsfähig gekleidet, erschien, präsentierte er wieder mal sein bestes finsteres Gesicht. Das freute mich, denn so brauchte ich kein schlechtes Gewissen zu haben.

Netterweise hatte er den Küchentisch abgeräumt, und der Backstein, das Packpapier und die süße Katzenzeichnung waren irgendwie in einen durchsichtigen Plastikbeutel gewandert.

Ich sagte: »Lieb von Ihnen, daß Sie den Kram weggeräumt haben, aber ich wollte das eigentlich in den Müll werfen.«

»Na, dann nehm' ich Ihnen eben die Arbeit ab, ja?« konterte er. »Direkt ins Haus gebracht, ja?«

»Entweder das, oder es ist von selber hier heraufgelatscht. Wie immer, ich kann mich nicht erinnern, daß ich deswegen Anzeige erstattet hätte.« Ich tippte auf seinen Plastikbeutel. »Und das heißt, dafür besteht überhaupt keine Veranlassung.«

»Beweismaterial.«

»Wofür?« Ich funkelte die leere Kaffeekanne an. »Daß ich Bekannte mit einem leicht verdrehten Sinn für Humor habe?« Ich baute einen neuen Filter ein und versuchte dabei, mir darüber klarzuwerden, warum ich schon wieder so ärgerlich war; der Mann machte doch schließlich nur seine Arbeit, für die er bezahlt wurde.

»Alles, was ich sage, wird protokolliert . . . ist *Beweismaterial.* So funktioniert das also.« Ich schnaubte angewidert. Er sagte:

»Warum haben Sie nicht im Krankenhaus auf mich gewartet?«

»Vielleicht mag ich es nicht, wenn man mir befiehlt, was ich tun soll.« Ich kam wieder an den Tisch zurück. »Ich bin nun mal kein spatzenhirniges Weibchen.«

»Ach, wirklich?«

Unglaublich, wieviel Zweifel der Mann in zwei Worten unterbringen konnte. Ich sagte kühl und knapp: »Wenn Sie dann alles erledigt haben, weswegen Sie hergekommen sind . . .«

»Hab' ich.« Er stand auf. »Versuchen Sie halt, nicht immer genau in die – in Schwierigkeiten zu kommen. Allmählich wird es nämlich brenzlig.«

»Danke. Ich will versuchen, dran zu denken.«

Kurz bevor er die Wohnungstür zuknallte, zögerte er einen Moment und blickte zu mir zurück. Sekundenlang glaubte ich schon, er hätte mir noch etwas Persönliches zu sagen, aber wenn das der Fall war, dann behielt er es schön für sich.

Nach zwei Tagen Hausarrest und ohne was zu tun langweilte ich mich dermaßen, daß mir fast der Schädel platzte. Wenn ich vielleicht ein wenig, ein bißchen mehr vom zahmen Haustierchen gehabt hätte, vielleicht hätte es mir Lustgewinn gebracht, den Teppich zu schäumen. Aber wie das mit Wunschvorstellungen so geht, auch dieser Gedanke entwickelte sich nicht über das embryonale Stadium hinaus. Nicholls war auch nicht wieder aufgetaucht, seit er die Tür hinter sich zugeknallt hatte. Tom hatte einmal angerufen, aber nur um mir zu sagen, er müsse verreisen und ich solle bitte dran denken, mich anständig zu betragen, bis er wieder da sei. Ich schluckte meine gallige Antwort. Männer wissen offenbar nie, wie viele linke Füße sie haben.

Ich machte einen Besuch bei Dora und ließ ihre Sympathiebekundungen zu den säuberlichen Wundstichen über mich in ähnlicher Weise ergehen, wie sie neulich mein Bedauern wegen ihres versengten Gesichts ertragen hatte. Sie sah schon besser aus, und Linda hatte sich wieder nach Hause verzogen. Ich vermutete, daß Dora darüber nicht unglücklich war. Sie forderte mich auf, ihr »alles« zu erzählen, dann machte sie »tst-tst« und warf mir einen Blick zu, den ich allmählich gewohnt war, weil so viele Leute mich genauso ansahen.

Wir saßen im Garten und tankten ein bißchen Sonne, und wir schauten der feisten Tigerkatze zu, die hinter Kohlweißlingen herjagte. Dora blinzelte mich von der Seite her an.

»Und? Funktioniert die Einschüchterungstaktik diesmal?«

»Was für Einschüchterungstaktik?«

»Pah!« Sie hielt drei Finger hoch und zählte auf. »Ein Wohnungseinbruch, ein Brand, ein angeknackster Schädel. Allmählich fang' ich an, mir Sorgen um Sie zu machen, Leah-Liebes; in meinen Jahren werden Freunde rar, und ich hatte gehofft, Sie würden das Rennen bis zum Finish durchhalten.«

Das hatte ich allerdings auch gedacht. Jetzt aber scheute ich davor zurück, darüber zu sprechen. Statt dessen fragte ich: »Wer hat Ihnen von dem Einbruch erzählt?«

»In einer so gemütlichen Straße wie Palmer's Run flattern Neuigkeiten von Gartenzaun zu Gartenzaun. Es würde mich stark interessieren, wem Sie da auf seinem Hühnerauge rumgetanzt haben.« Dora war scharfsichtig wie eh und je, behielt immer den Ball im Auge.

»Wenn ich das wüßte, würde ich noch ein bißchen mehr drauf rumtanzen«, sagte ich mürrisch.

»Hmm. Das hab' ich erwartet, daß Sie so was sagen. Ein paar Tage Urlaub würden Ihnen guttun. Sie sehen ausgesprochen spitz aus.«

Komisch, daß auch sie jetzt so etwas äußerte. Ich hatte früher mal eine Theorie gelesen, daß Gedankenwellen im Äther von einem zu andern flitzen und ein und dieselbe Idee verbreiten; in Bramsfield schien das ziemlich stark der Fall zu sein. Ich schwang den Arm vor die Augen.

»Himmel! Schon so spät? Tut mir leid, Dora, aber ich muß fort.«

Sie sah mich mit einem wissenden Blick an.

»Schaun Sie bald mal wieder vorbei«, sagte sie, legte sich wieder bequem zurück und schob den alten breitrandigen Strohhut über die Augen. Dora durchschaute Ausreden mühelos.

»Worauf Sie sich verlassen können«, sagte ich lahm und trabte davon. Ich rief Pete an, erklärte ihm, es gehe mir prächtig, und was er davon hielte, wenn ich am nächsten Tag wieder im Büro erscheinen würde. Er nahm sich nicht einmal eine Sekunde Zeit zum Nachdenken. Die Absage war dermaßen bestimmt, daß ich den Eindruck bekam, ich hätte vielleicht etwas Ansteckendes.

Man sagt, Halbwissen sei eine gefährliche Sache; nun, ich hätte in diesem Moment behaupten wollen, es sei eher umgekehrt und fehlendes Wissen sei bei weitem das größere Risiko. Außerdem kam es mir wie Verschwendung vor, daß ich so viel Zeit zur Verfügung hatte, aber keine Ideen. Allmählich wurde ich recht verzweifelt: Als Schnüffler war ich unbrauchbar; vielleicht sollte ich doch besser den Kopf einziehen und bei meinen Steuersündern bleiben.

Um eins herum rief Nicholls an. Er wirkte irgendwie nicht ganz auf der Höhe (aber wann wäre das je der Fall). Er sagte: »Wir haben den Fahrer der Kawasaki. Er behauptet, es war ein Unfall, eine Panikreaktion.«

»Es war Absicht!«

»Beweisen Sie das mal.«

»Das ist Ihr Job. Ich soll mich nur um meinen Kram kümmern. Übrigens, wie heißt er denn?«

»Diese Information darf ich Ihnen nicht geben.« Er blieb ein paar Sekunden stumm, dann fragte er: »Was macht der Kopf?«

»Er langweilt sich.«

»Lesen Sie doch mal ein Buch«, kam seine Stimme zurück. Dann legte er auf.

Inzwischen fühlte ich mich wie ein Hofhund. Kein angenehmes Gefühl. Ich machte ein paar ganz leichte Übungen, dann joggte ich um den Block. Als ich damit fertig war, verriet mir meine Prellung, die inzwischen aussah wie eine purpur-grüne Karte von Australien, daß *sie* das Ganze nicht genossen hatte.

Gegen drei nahm ich den Bus in die Stadt und ging dann zu Fuß an dem Hochbaugelände vorbei zur Bücherei. Die Menschen in Bramfield brauchen immer ziemlich lang, ehe sie sich aus ihrer Trägheit aufraffen und wirklich etwas unternehmen, doch wenn die Irritation zu groß wird, wachen sie auf und tun etwas. Genau das war heute der Fall.

Es war eine ziemlich große Menge Leute da, hauptsächlich Frauen, und sie blockierten mit Streikposten die Zufahrt des Baugeländes und die Umgebung und standen mit den Arbeitern in regem Austausch von Beleidigungen. Sie waren anscheinend gut organisiert und hatten den Bauzaun mit Plakaten beklebt, auf denen statistische Werte über die Bleiverschmutzung der Luft und Zahlen der im Straßenverkehr verletzten Kinder standen. Ich bin immer ganz begeistert, wenn Menschen sich zur Solidarität aufschwingen können. Die demonstrierende Volksmenge hier hatte ein Nachrichtenteam von einer Fernsehanstalt aufgetrieben und etliche Zeitungsfotografen, die das Ganze dokumentierten. Mich überkam ein exquisites Gefühl von Bürgerstolz und ungewohnter Schwesterlichkeit, und ich drängte mich dazu. Die Demo erschien mir als sinnvoll und relativ friedlich.

Als eine schwangere Schwester mir den Schaft eines Plakats hinschob und murmelte: »*Gott,* ich muß mal aufs Klo!«, nahm ich das Ding und sah, wie sie im Laufschritt in der Bibliothek verschwand. In ihrer Abwesenheit hielt ich die Stellung tapfer und schwenkte mein Plakat mit Begeisterung. Ein Jammer war nur, daß ich den Text auf meinem Plakat weder gelesen hatte, als ich es übernahm, noch als ich es der Frau wieder zurückgab. Da stand nämlich:

WIE VIELE MÜSSEN
NOCH STERBEN
BIS JEMAND
AUFWACHT?

Der Text und auch ich kamen abends im Lokalprogramm wirklich gut rüber. Das Gesetz meiner Blödheit war mal wieder wirksam geworden. Ich hatte dieses verdammte Ding bloß fünf Minuten lang hochgehalten, aber ich wußte, wenn gewisse Leute das im Fernsehen mitkriegten, würden sie das völlig anders interpretieren.

Mich um meinen eigenen Kram kümmern? Es wäre wirklich schön, wenn ich dazu die Chance bekäme.

Der Scheck von der Versicherung trug dazu bei, daß der folgende Tag etwas besser begann. Zweitausend Pfund waren ja nicht übermäßig großzügig, aber immerhin mehr, als ich ohne gewaltiges Hickhack erwartet hatte. Ich lehnte das Papierchen gegen die Teekanne und betrachtete es liebevoll, während ich frühstückte. Der Gedanke kam mir unmerklich, daß im jetzigen Moment ein Wagen für ein paar kleine Schnüffeltouren außerhalb der Stadt recht nützlich sein würde. Ich gönnte mir dann eine Wonnestunde mit der Lokalzeitung, in der ich die Autoangebote durchsiebte; aus den zahlreichen Offerten der Autohändler, die Null-Prozent-Teilzahlung anpriesen, schloß ich, daß die Branche in ziemlichen Absatzschwierigkeiten stecken müsse.

Ich zog mir Jeans und ein Benetton-Top an – es wäre mir ein Greuel gewesen, wenn irgend so ein geschniegelter Autoverkäufer auf den Gedanken gekommen wäre, daß ich mir seinen Motor nicht leisten könne. Ich ging zu Fuß in die Stadt und machte einen Abstecher zur Bank. Ich reiche meine Schecks immer ziemlich pronto ein, bevor irgendein Aussteller es sich anders überlegt; eine kleine Vorsichtsmaßregel, die mich die Arbeit für die Finanzbehörde Ihrer Majestät gelehrt hat. An der einen Seite der Bank verläuft eine schmale Straße, und am oberen Ende parkte ein protziger Merc; an dem Mann am Steuer kam mir irgendwas bekannt vor, aber mir fiel nicht ein, was es war, und ich nahm mir auch nicht die Zeit, weiter darüber nachzudenken.

Die Bank hatte sich hinreißen lassen, modische »Design«-Türen aus dunklem Rauchglas mit Messingkanten und entsprechenden Türschiebegriffen in Gestalt von Elefantenohren anbringen zu lassen. Angeblich sollen sie ermöglichen, daß man alle Ein-und-aus-Gehenden sehen kann, aber wenn die Sonne in einem bestimmten Winkel auf sie scheint, werden sie opak. Ich stemmte mich heftig gegen den Griff und hoffte, daß mir niemand entgegenkam. Und es war ziemlich knapp. Wir starrten uns gegenseitig an. Unsere letzte Begegnung war vor Gericht gewesen, und in vierzehn Tagen sollten wir uns dort wieder gegenüberstehen. Denton nahm mich mit einem steifen kleinen Kopfzucken zur Kenntnis und trat auf die Straße. Und damit waren die Protzkarosse und der Chauffeur erklärt. Wahrscheinlich hatte ich beide irgendwo in der Nähe des Gerichts warten sehen. Ich überlegte mir, für welche anderen Jobs der Grundstücksmakler seinen Fahrer wohl außerdem noch benutzte.

Ich erledigte meine Kleinigkeit in der Bank und machte mich dann zum Büro der Bewährungshilfe auf. Ich war zu dem Schluß gelangt, daß meine Chancen, dort von freundlichen Wesen irgendwelche Neuigkeiten über Mike zu erfahren, verdammt viel besser sein würden, als wenn ich herumhockte und wartete, daß dieser Nicholls mir was sagte. Ich überquerte die Straße und nahm die Abkürzung durch die kleine Gasse zwischen Tesco's und Runner's Wettladen. Als ich die Treppe hinaufstieg und durch die Tür in das Vorzimmer kam, saß am Empfang ein neues Mädchen, das eigentlich aussah, als gehörte es noch auf die Schulbank. Sie wartete erst gar nicht ab, daß ich ihr sagte, wen ich sprechen wollte. Vermutlich dachte sie, das spiele unter den gegebenen Umständen sowieso keine Rolle. Sie sagte: »Die sind alle in 'ner Besprechung. Ich kann was notieren, oder Sie können später noch mal wiederkommen.«

Ich sagte: »Ist Beverley im Haus?«

Das Kind schüttelte das blonde Reetdach auf seinem Kopf. »Im Moment nicht. Sie ist grad mal für ein Minütchen verschwunden. Tut mir leid.«

Mir tat es auch leid, aber in einem Minütchen geht schließlich die Welt nicht grad unter.

Ich trabte also zu dem Café an der Ecke, das im Ortsjargon als »Joe's Fettpfanne« bekannt war, und holte mir an der Theke Kaffee und einen Schmalzkringel. Das Hauptgeschäft machen sie hier mittags mit Laufkundschaft, die sich ihren Lunch holt. Ich strebte grad dem schmuddeligen Seitenfenster zu, von dem aus ich sehen konnte, wenn Beverley zurückkam, als jemand meinen Namen rief.

»Hallo, Leah! Hier! Hier drüben!« Die Stimme kannte ich, aber ich konnte im Moment keinen Namen damit verbinden, jedenfalls nicht, ohne daß ich das Gesicht sah. Als ich herumfuhr, schwappte mein Kaffee aus der wackeligen Plastiktasse über mein Gebäck; ich fragte mich, welcher hirnrissige geniale Erfinder für das Zeug verantwortlich war.

»Hallo, Jack«, sagte ich. »Lang nicht gesehn.«

»Viel zu lang, Äffchen. Du solltest dich schämen.« Er tippte auf die andere Seite des Tischchens. Gehorsam ging ich rüber und setzte mich. Mit seinen runden Augen, den hohen Wangenknochen und einem vierschrötigen Gesicht macht Jack den Eindruck, als hätte er so ziemlich alles abgekriegt, was grad noch im Shop des Schöpfers an

Gesichtszügen vorrätig war, aber dabei besitzt er durchaus eine gewisse Attraktivität, und eine ganze Reihe von Bramfielder Frauen könnten dies bestätigen. Ich allerdings nicht, er ist einfach nicht mein Typ, und die Meister-Schüler-Kiste kompliziert das Ganze noch weiter. Ein paarmal hatte er mich flachgelegt, und ich hatte es ihm heimgezahlt, aber das war absolut im Rahmen der Professionalität und auf den Trainingsmatten des »Martial Arts Centre« erfolgt. Und Jack war der glückliche Besitzer dieses »Nabels der Kampftechnik«.

Seine Brauen schoben sich nach oben. »Anscheinend haste ein paar Sachen ganz vergessen, die ich dir beigebracht hab'«, sagte er. »Du solltest dich mal wieder ein bißchen aufmöbeln.« Ich berührte mit der Hand meinen Kopf, ein paar von den Wundnähten waren bereits herausgewachsen. Was würde das angenehm sein, wenn die restlichen auch bald verschwinden würden.

»Daran hab' ich auch schon ein paarmal gedacht. Sind noch ein paar von der alten Gruppe da?«

»Ach doch, einige schon. Gumbo hat jetzt einen eigenen Laden aufgemacht, in Batley. Unterrichtet Kinder. Weniger Aggressivität.«

»Och, ich kann mich aber nicht erinnern, daß du davon soviel abgekriegt hast.«

»Na ja, das ist was anderes. Neue Gesichter werden ausprobiert; meins ist schon zu lang bekannt. Aber wann kommen Sie zurück? Warten Sie nicht, bis Sie festgefahren sind. Kümmern Sie sich nicht um die Prellungen, Sie können ganz gemütlich wieder anfangen.«

Ich hörte auf zu mampfen. Sicher, ich hatte Prellungen, aber sie waren nicht sichtbar. *Also – woher zum Teufel wußte er davon?*

Ich fragte ihn das.

»Ach, 'n Freund von Ihnen hat es mir gesagt«, erwiderte er. »'ne Dame übrigens, kam sich in meinen Selbstverteidigungskurs einschreiben. Sagte, Miss Hunter hätte mich ihr wärmstens empfohlen.«

»Wie bitte? Wer?«

»Also, sie ist ein nettes altes Truthuhn, ganz rot im Gesicht. Heißt Dora.«

Dora! Meine Achtung stieg gewaltig. Keine Transuse, das alte Mädchen!

»Also, kümmern Sie sich gut um sie«, sagte ich. »Sie ist eine spezielle Freundin für mich.«

»Dacht' ich mir schon.«

Ich fuhr mit dem Finger über meinen Teller und leckte den Zucker auf. Wieder eine dieser scheußlichen Angewohnheiten aus meiner Kindheit.

»Vielleicht komm' ich nächste Woche wieder mal vorbei«, sagte ich. »Das hängt davon ab, wie die Dinge sich entwickeln. Und ich hab' auch gar nicht soviel vergessen, wie Sie annehmen, erst vor zwei Wochen hab' ich 'nen Straßenräuber umgenietet.«

»Wirklich? Hand- oder Fußarbeit?«

»Fuß.«

»Nicht schlecht«, bemerkte er. »Ich hab' 'n paar neue Jungs reingekriegt, kommen Sie, und schauen Sie sich die mal an, vielleicht war's einer von denen, man kann nie wissen. Kommen Sie morgen abend vorbei, durch den Privateingang, zu 'ner kleinen privaten Peep-Show.«

»Sie wissen was, was ich nicht weiß?«

Er schüttelte den Kopf. »Ich geb' nicht viel auf Gerüchte. Müssen Sie schon selber kommen und rausfinden, klar? So um halb sieben rum.«

»Ich überleg's mir.« Ich stand auf. »Arbeit«, sagte ich zur Erklärung. »Bis bald, Jack.«

Vielleicht würde ich da morgen mal vorbeischauen. Schaden konnte es ja nicht.

Beverley war zurück am Empfang. Sie sagte: »Hallo, Leah. Hat gar keinen Sinn, zu fragen, die sind alle . . .«

»In einer Besprechung«, ergänzte ich für sie. »Weiß ich, weil man's mir bereits gesagt hat. Außerdem sind Sie ja hier das allwissende Ohr, und zu Ihnen bin ich eigentlich auch gekommen. Gibt's was Neues über Mike?«

Sie blickte sich um und vergewisserte sich, daß die Hausleitungen und die Lautsprecheranlage abgeschaltet waren. Dann sagte sie: »Man hat mir ganz besonders aufgetragen, mit Ihnen nicht über Mike zu sprechen; fragen Sie mich nicht, warum, aber es ist 'ne polizeiliche Anordnung, und die anderen haben auch alle die gleichen Anweisungen.« Sie ließ die Wimpern flattern. »Was wissen Sie, was ich nicht weiß?« Die Frage klang ein wenig vorwurfsvoll, als passe es ihr gar nicht, daß ich vielleicht wissen könnte, was los war, während sie im dunkeln tappte.

Ich besänftigte sie: »Also, schaun Sie, Beverley, ich weiß ganz und gar nichts Bestimmtes, aber erinnern Sie sich an den Mann, der mir da bei der Kunstausstellung tot vor die Füße gefallen ist? Also, ich glaube, Mikes Verschwinden hängt irgendwie damit zusammen. Ich hab' keine Ahnung, warum oder wozu, aber ich weiß, daß ich seitdem auf die eine oder andere Weise 'ne Menge Ärger bekommen hab'. Alles, was Sie mir über Mike sagen können, hilft mir vielleicht, aus dem Schlamassel rauszukommen.« Ich betastete meinen Schädel. Jetzt hatte ich ihr Interesse. Sie riß die Augen weit auf.

»Was für Ärger? Was ist denn passiert?«

»Jemand mit einem großen schwarzen Motorrad hat versucht, mich zum Dauerkrüppel zu machen.«

»Tony Murray!« platzte sie heraus und sah sofort beunruhigt drein. »Vergessen Sie, daß ich das gesagt hab' . . . wahrscheinlich hat es gar nichts mit ihm zu tun.«

Ich fragte: »Schwarze Lederkluft, Sturzhelm mit Madonna-Aufkleber, schlank, zirka eins achtzig groß? Klingt das irgendwie bekannt?« Ich sah an ihrem Gesicht, daß das der Fall war.

»Hören Sie, Leah . . .«

»Ich weiß, Sie sollen mir überhaupt nichts sagen, aber wie wär's, wenn ich nun rate, und Sie sagen mir bloß, ob ich mich irre. Er ist einer von Mikes Fällen, ja?« Sie sagte nicht, daß ich mich irrte, also buchte ich das als Treffer. Wie nebenbei fragte ich: »Wer betreut ihn denn jetzt, wo Mike nicht da ist?«

»Niemand. Seine Bewährungsfrist war so vor drei Monaten abgelaufen.« Sie zuckte die Achseln. »Das hat ja nichts mit Mike zu tun, also verstoße ich nicht gegen die Vorschrift. Tut mir leid, Leah, ich würde Ihnen gern weiterhelfen, aber . . .«

»Weiß ich doch. Aber bisher klappt es ja ganz gut. Sie hätten nicht zufällig seine Adresse oder sonstwas?«

»Bloß in seiner Akte.«

»Und an die können Sie nicht ran?«

»Nein. Und bitten Sie mich nicht darum, Leah. Ich arbeite nämlich gern hier.«

»Nie im Leben würde ich was tun, was Ihren Job gefährdet!« versprach ich. »Nein, ich vermute, Mike ist nebenbei auf was gestoßen, was ihn in Schwierigkeiten brachte. Aber das Problem ist, ich steck' da auch irgendwie mit drin, und ich brauche jedes bißchen Hilfe, das ich kriegen kann.« Ich trug es ziemlich dick auf, doch das brauchte Beverley ja nicht zu merken. »Wenn Sie auf irgendwas stoßen, das mir weiterhelfen könnte, bitte rufen Sie mich an.« Ich griff über die Brüstung, grapschte mir den Notizblock und kritzelte ihr meine Privatnummer hin. »Ich schulde Ihnen dann einen Gefallen«, sagte ich und überließ sie sich selber, damit sie darüber nachdenken konnte.

Auf der Straße ging ich dann in die entgegengesetzte Richtung, an der Bibliothek vorbei, runter zum Vertragshändler von »Fiat«. Ich hatte nicht vor, einen von seinen Wagen zu kaufen, aber ich wollte trotzdem eine Probefahrt machen; es ist stets nützlich, wenn man weiß, wie sich eine andere Marke so anfühlt. Wieder fiel mir Dentons Luxusstraßenkreuzer auf, der in einer Seitengasse parkte, ein Stückchen weiter unten von der Bewährungsstelle entfernt. Der Chauffeur las Zeitung. Ich nahm das als ein positives Zeichen: immerhin kein Analphabet. Als ich dann an dem Hochbau vorbeikam, waren dort keine Demonstranten mehr zu sehen. Ich fragte mich, wann sie wieder aufmarschieren würden. An der Einzäunung klebten noch Plakate, aber viele waren überschmiert oder halb abgerissen. Ich gönnte mir wieder einen Blick durch eines der Gucklöcher. Die Arbeiten schienen rasch voranzukommen, inzwischen wurden bereits Querträger verschweißt, man sah hier und da die blauen Stichflammen der Schweißbrenner, und links drüben schob sich bereits eine Auffahrtrampe halbwegs nach oben. Die Betonierung des Unterbaus schien inzwischen ganz abgeschlossen zu sein . . . und es war niemand mit einem richterlichen Bescheid aufgetaucht, daß das Ganze aufgebuddelt werden müsse. Wenn ich Nicholls gewesen wäre, ich wäre blitzschnell da drunten gewesen. Aber andererseits, wenn ich Nicholls wäre, würde ich ja auch wissen, worum es bei der ganzen Geschichte ging.

Ich mag den Geruch von Autosalons: scharf, üppig geschwängert mit Düften von Politur, Leder, Wachs und Metall, wundervoll gemischt. Also, als olfaktorisches Erlebnis ist das für mich einfach verführerisch. Ich blieb mitten im Raum stehen und schnüffelte genüßlich. Sie hatten zwei

Verkäufer dort; einer jung und gutaussehend, der andere in den Vierzigern und mit einem schnieken kleinen Schnurrbart. Ich hoffte, diesmal Glück zu haben, aber ich zog statt dessen den Schnurrbart. Er ließ sich erst auf eine Probefahrt ein, nachdem er mir zehn Minuten lang auseinandergesetzt hatte, daß es Geschäftsprinzip sei, daß er am Steuer sitzen und ich zuschauen müsse. Aber Sturheit kann sich gelegentlich als eine echte Tugend entpuppen. Als wir losfuhren, saß natürlich ich am Steuer.

Die ersten fünf Minuten ging alles gut. Der kleine »Panda« fühlte sich gut und sicher an unter meinem Griff, schob sich sanft an die Ampeln und zog dann rasch wieder los. Natürlich hatte er nicht allzuviel unter der Haube, aber andererseits fahre ich ja auch nicht oft in Le Mans mit. Klar, ich merkte, wie der alte »Ford Capri« sich dicht hinter mich setzte, aber ich dachte mir nichts dabei; es gibt immer Idioten, die dir ihre Schnauze bis auf anderthalb Zentimeter hinten ranrammen.

An der dritten Ampel schob sich die Karre neben mich. Es saßen zwei muskelbepackte Schrumpfköpfe drin, beide so Mitte Zwanzig. Ich weiß nicht, was das mit den alten Fords auf sich hat, aber sie scheinen die falschen Typen anzuziehen. Die beiden Knilche machten obszöne Gesten herüber, die ich betont nicht zur Kenntnis nehmen mochte. Nicht so mein schnurrbärtiger Beifahrer. Der hatte Angst, der Wagen würde einen Kratzer abbekommen, und sagte, ich solle links abbiegen. Hätte ich gewußt, was kommen würde, ich hätte auf ihn gehört. Hinterher ist man immer gescheiter.

Am Kreisel bog ich auf die Zweitspur und wollte auf der anderen Hälfte runterfahren und zurück zum Autosalon. Ein Blick in den Spiegel: Der Capri war noch immer da. Das wurmte mich. Ich dachte mir, wenn ich aufs Gas treten würde, dann würden die Typen das als Herausforderung betrachten, also blieb ich bei vierzig und wollte sie vorbeilassen. Statt dessen schwammen die hinter mir her und hängten sich an meine Stoßstange. Mister Schnäuzchen sagte: »Vielleicht wär's besser, Sie fahren mal ran und lassen für den Rückweg mich ans Steuer. Ich glaub' nicht, daß die beiden Typen *mich* beeindrucken möchten.« Ich warf ihm aus dem Augenwinkel einen Blick zu. Vielleicht. Vielleicht auch nicht ... Wer könnte das heutzutage schon ganz sicher behaupten?

»Und wo soll ich ranfahren?« schnappte ich zurück. »Hier ist 'ne Schnellstraße, da darf ich doch gar nicht anhalten.« Der Capri war inzwischen parallel vorgezogen, und der Beifahrer fuchtelte mir mit den Fingern entgegen. Ich nahm den Fuß vom Gas und fiel zurück. Der Capri tat das gleiche. Schnäuzchen sagte: »Aber, das ist ja lächerlich!« Ich mußte ihm da recht geben. Der Ford zog herüber, bis zwischen uns nur noch die Lackschichten waren. Ich spähte rasch wieder seitwärts und sah, daß mein Mitfahrer sich mit beiden Händen an seinen Sitz klammerte und aussah, als wäre er wirklich lieber anderswo. Ich blinzelte zur anderen Seite, und plötzlich war da kein Abstand mehr zwischen den zwei Wagen.

Das Geräusch von Metall gegen Metall war scheußlich. Mein Panda schauderte zusammen, blieb aber in der Spur. Der Capri wiederholte sein Manöver noch einmal, dann fiel er hinter uns zurück. Die Autoschlange hinter uns nutzte die Gelegenheit und zischte an uns vorbei, da keiner sich anscheinend als Held bewähren wollte. Da ich jetzt nur noch so etwa eine Meile bis zur Abzweigung hatte, ging ich auf fünfzig hoch. Und der Capri beschleunigte knapp so viel, daß er mich hinten rammen konnte.

Scheiße! Es riß mich nach vorn, dann sackte ich wieder in den Sitz; Mister Schnäuzchen passierte das gleiche. Kurz vor der Abfahrt machten sie es noch einmal, dann scherte der Capri aus, zischte an uns vorbei, beide Vorderscheiben runter, und zwei Arme ragten daraus hervor, und zwei Fäuste gaben uns das V-Zeichen.

Ich fuhr an den Straßenrand und ließ mich von dem Autosalon-Löwen zurückfahren. Er wanderte mehrmals um den ganzen Wagen herum, ehe er sich auf den Fahrersitz sinken ließ, und ich fürchtete schon, er würde anfangen zu weinen; und wenn er es getan hätte, er hätte meine volle Sympathie gehabt. Als wir im Geschäft zurück waren, bedankte ich mich höflich bei ihm und sagte, nein, ich dächte doch nicht, daß ein Fiat wirklich der richtige Wagen für mich wäre. Ich streichelte den Panda sanft und war traurig – er war solch ein hübsches kleines Auto . . . gewesen.

Erst als ich wieder im Stadtzentrum war, überfiel mich das Zittern, und dann begann mein Körper ohne Vorwarnung Wackelpuddingsignale abzugeben. Ich schlug einen hastigen rechten Haken in ein Café, in dem es Tischbedienung gab. Wenn ich mir mein Tablett selber hätte schleppen müssen, wäre ich bestimmt in Schwierigkeiten gekommen. Ich bestellte eine Quiche und Salat und vorher gleich einen Pott Kaffee. Dem Gesicht der Kellnerin entnahm ich, daß ich wohl ziemlich genau so ausgesehen haben muß, wie ich mich fühlte. Das Ganze war eine neue Erfahrung für mich, denn sonst gehöre ich wirklich nicht zum Neuröschentyp, aber dann machte ich mir klar, daß das doch mehr mit dem fünftägigen Krankenhausaufenthalt zu tun hatte als mit dem Herumgehampele von zwei hirnlosen Ochsen. Ich trank zwei Tassen schnell nacheinander, dann bekam ich mich allmählich wieder in den Griff.

Als ich den Autoverkäufer verließ, strebte er gerade dem Telefon in seinem Büro zu; er war ein bißchen ungehalten, weil ich nicht hatte warten wollen, bis die Polizei eintraf. Es war gemein von mir, und wenn ich nicht an einem Punkt angelangt gewesen wäre, an dem ich wie eine aufgeschreckte Stute jedesmal hochging, wenn der Begriff »Aussage« fiel, hätte ich dem Mann bestimmt den Gefallen getan. Aber zweifellos würden die Jungs in Blau zu ihnen genehmer Zeit bei mir aufkreuzen, denn Mister Schnäuzchen hatte meinen Führerschein ausgiebig in Augenschein genommen, bevor wir losfuhren. Und ziemlich sicher hatte er sich meinen Namen und die Adresse notiert. Na großartig!

Als es passierte, war ich zu sehr damit beschäftigt gewesen, den Straßenrowdies auszuweichen, als daß ich groß darüber hätte nachdenken können, warum die es auf uns abgesehen hatten. Aber ich bin sicher, der Fiat-Mann glaubte, daß ich die Kerle irgendwie herausgefordert hatte. Und jetzt, wo ich in Ruhe darüber nachdenken konnte, sagte ich mir, daß ich entweder allmählich einen verdammt dicken Verfolgungswahn entwickelte – oder daß die Capri-Kapriolen der jüngste Versuch gewesen waren, mir Mist in mein Leben zu kippen. Es war wirklich höchste Zeit, daß ich mich hinhockte und ernsthaft nachzudenken begann.

Anfangs hatte ich die ganze Sache – also nicht gerade als einen Spaß . . . keiner, der John Thorne sterben sah, hätte das komisch finden können – als eine Herausforderung angesehen, etwa wie ein Kreuzworträtsel. Und zugegeben, ich hatte auch durchaus die ziemlich starken sexual-alchemistischen Turbulenzen verspürt, wenn Nicholls um mich herum war, und mir den Mann in Griffweite halten wollen. Aber es hatte sich eben leider nicht als ein gemütliches Denksportabenteuer entpuppt, wie ich mir das gedacht hatte, sondern dazu geführt, daß eine Menge wenig angenehmer Leute wußte, wer ich bin und wo ich wohne, während ich nicht das geringste über sie wußte. Höchste Zeit, daß ich meine Akte auf Vordermann brachte.

Da saß ich also und stocherte in meiner Quiche herum;

es war ein kleines Stück und würde mich drei Pfund und fünfzig kosten, und dabei war es auch noch fad im Geschmack und teigig – kurz, das perfekte Symbol für alles, was schiefgehen kann.

Ich stach wütend auf die Quiche ein und begann dabei, mir die wenigen Fakten aufzuzählen, auf die ich mich stützen konnte. Erstens: Am Anfang war dieser Thorne. Eine brillante Deduktion! Mit so was würde ich weit kommen! Aber es war dann doch eine Tatsache, vor der ich mich nicht drücken konnte, daß mich entweder jemand kannte oder daß man mich von der Polizeistation aus zu meiner Wohnung verfolgt hatte. Vielleicht hatte Nicholls ja recht, und ich sollte diesen Chinesen von meiner Liste der Verdächtigen streichen, weil ich *den* bestimmt nicht übersehen hätte, wenn er hinter mir hergetrabt wäre.

Zweites Faktum: Vier Exponate von Amateurmalern waren aus der Ausstellung verschwunden, und keines davon ein Meisterwerk. Thorne hatte zwei davon in seinem Katalog angestrichen, und die anderen zwei . . . also, da hatte offenbar ich für einige Verwirrung gesorgt. Und das bedeutete, daß an diesen zwei von Thorne markierten Bildern mehr dran war, als dem Auge des Betrachters sichtbar wurde.

Drittes Faktum: Irgendwas an meiner Herumschnüffelaktivität hatte für Beunruhigung gesorgt. Ich konnte es mir aussuchen: der feiste Zimmervermieter, Harry von den »Watchdogs« – oder daß ich bei Ken und seinen Kumpeln am Tisch Mäuschen gespielt hatte. Viertes Faktum: Ken hatte Thorne mit Mike Perryman in Verbindung gebracht, und Mike wurde seitdem vermißt. Wenn ich dem noch Beverleys Bemerkung hinzufügte, daß der Stuntman auf der Kawasaki einer von Perrymans Schützlingen war . . .

Die Sache so logisch aufgelistet zu sehen, gab mir das

Gefühl, daß ich für den Anfang gar nicht so mies aussah, und wenn ich wirklich weiter Detektiv spielen wollte, wußte ich nun wenigstens, wo meine Ansatzpunkte liegen würden. Aber ich wußte ebenfalls, daß dies für mich ein kurzes, aber hektisches Leben bedeuten konnte. Doch was das anging: Wenn ich brav zu Haus hockte und Söckchen häkelte, konnte ich mich ja auch leicht an einer Nadel stechen und an Blutvergiftung sterben. Das Leben kann schon wirklich manchmal arg beschissen sein!

Immerhin, ich fühlte mich danach besser. Ich zahlte und suchte mir eine Telefonzelle. Tom war noch nicht wieder da, also hinterließ ich bei seiner Sekretärin die Nachricht, er möge mich bitte anrufen. Er war jetzt schon seit drei Tagen weg, und ich fragte mich, an was für einem Fall er arbeitete. Ich dachte nicht, daß es was mit meinen kleinen Bekümmer-Nüssen zu tun haben konnte. Andererseits hatte er sich aber eine Kopie der Liste mit den letzten Arbeitsadressen gemacht, die wir für Thorne hatten, bevor er bei Harry anfing.

Eigentlich hatte ich mir ja vorgenommen, nicht bloß eine Probefahrt zu machen, aber irgendwie erschien es mir nicht so recht anständig, gleich wieder ein Crash-Derby zu riskieren, und außerdem war ich sowieso entschlossen, meinen dahingegangenen Mini durch einen gleichen neuen zu ersetzen. Das Problem dabei war, daß ich einfach keine große Lust hatte, eines Morgens aufzuwachen und festzustellen, daß da vor meinem Haus nichts weiter als ein schrottreifer Haufen Blech herumlag.

Ich schlenderte die Market Street hinunter und bog nach rechts ab; und die nächste Rechtsbiegung brachte mich zu Charlies Autowerkstatt. Wie mein Freund Ron ist auch Charlie ein Typ, den ich beruflich nicht aus den Augen lassen darf. Aber wenn ich von den Steuerproblemen mal absehe, der Mann kann einen Motor zum Singen bringen. Doch, gewissermaßen war es tröstlich zu erkennen, daß ich genau die richtigen Leute kannte. Charlie ist nicht gerade ein Riese und ziemlich gut durchwachsen im Speck. Er schmückt sich mit einem Resthaarkranz, den er zu einem Pony verschnürt, um seine Schädelglatze wettzumachen. Eins seiner Nebengeschäfte ist es, angegraute Altkarren aufzuspüren und sie zu »recyceln«, und er hat mir ein paar wirklich irre-wundervolle Hybriden gezeigt. Ich hoffte, daß er vielleicht grad heute mal wieder was in der Richtung auf Lager haben könnte. Einen sofort verfügbaren Wagen, bei dem es mir nicht das Herz zerreißen würde, wenn man ihn mir wieder zu Schrott machen würde. Und ich hatte Glück: Charlie hatte gerade einen schwarzen Morris Minor mit einem ausgewechselten BMW-Motor, der auf einen Käufer bzw. eine Käuferin wartete.

Während ich um den Wagen herumstakte, bemerkte Charlie grinsend: »Sie wollen wohl beruflich umsteigen, ja? Brauchen Sie 'ne schnelle Fluchtkiste?«

»So ziemlich nah dran, aber noch nicht ganz«, sagte ich. »Sind Sie sicher, das Ding da fällt nicht unterwegs auseinander?«

»Machen Sie doch 'ne Probefahrt damit. Ich versprech' Ihnen, das wird Liebe auf'n ersten Kilometer. Guter solider Unterbau, ein bißchen Umbau an der Karosserie, seine eigne Mutti würd' es nich' merken. Hier ham Sie 'nen Sprinter, der aussieht wie 'n Ackergaul, Love. Na los, probier'n Sie ihn aus.«

Ich stieg ein. Es roch nach altem Öl und schwach nach eingewachsenem Tabak, die PVC-Sitze waren abgewetzt und speckig, aber ich nahm an, Charlie hatte das wohl für nebensächlich gehalten. Das Armaturenbrett war in einem angenehmen Walnußton. Ich glitt mit den Fingern darüber.

»Fühlt sich gut an, finden Sie nicht?« sagte Charlie. »Aber

wenn's Ihnen nich' feminin genug ist, können Sie natürlich immer noch 'n paar süße kitschige Vorhänge reintun. Kommt eben drauf an, was Sie wollen.«

Ich verstand seine Botschaft.

»Keine Steuerplakette«, bemerkte ich.

Er gab mir die von einem Escort. »So, jetzt können Sie.«

Damit war dem Gesetz Genüge getan. Vielleicht bin ich ja wirklich zu bürgerlich gesetzesbieder.

»Lassen Sie sich nich' schnappen«, sagte er, »oder ich schwöre, ich hab' Sie noch nie gesehen.« Ich machte eine obszöne Handbewegung, ehe ich losfuhr. Charlie weiß sowas zu schätzen.

Ich blickte immer wieder in den Rückspiegel, doch anscheinend hatte niemand die Absicht, sich an mich zu hängen, und ich machte einen hübschen schnellen Trip durch die Umgebung und zurück. Der Wagen reagierte wunderbar, vielleicht hatte der Motor ein wenig zuviel Baß, aber es war ein angenehmes Geräusch, wie wenn man einen wohlerzogenen Tiger streichelt. Da die Morris Minors inzwischen ja Sammlerobjekte sind, wunderte ich mich, wieso Charlie ihn nicht gleich einem Liebhaber angeboten hatte, bis mir einfiel, daß ja nicht mehr viel davon übrig war, bis auf die äußere Gestalt. Mit seinem neuen Motor und der gleitenden Getriebeschaltung war der Wagen ein Schwan unter Enten.

Charlie erklärte mir, er würde sich bei zweitausend direkt an den Bettelstab bringen, schien dann aber mit den achtzehnhundert durchaus glücklich, die er von mir rausholte. Es war ein Jammer, daß ich nicht gleich mit meinem neuen Wagen wegfahren konnte, aber leider mußten da erst ein paar Kleinigkeiten wie Versicherung und Zulassung erledigt werden.

Ich überließ es Charlie, seinen Teil des Nötigen hinzuzutun. Ich hatte noch einen Gang zu erledigen. Ich bin bei den Gerichten ziemlich gut bekannt, und das verschafft mir bei den Büros so etwas wie einen Insiderbonus, besonders in der Registratur, wo man für mich auf mein Verlangen hin Akten gern rasch mal hervorzaubert. Es machte ihnen auch heute nicht das geringste aus, für mich Tony Murray herauszusuchen, ganz und gar nicht, obwohl sie wegen Arbeitsüberlastung dann gnädig erlaubten, daß ich die Akte allein durchging, anstatt daß sie mir karge Informationsscherflein zukommen ließen wie sonst. Ich bemühte mich, dazu ein betrübtes Gesicht zu schneiden.

Tony hatte eine lange Liste von Festnahmen, und sein jüngster Auftritt vor Gericht hatte ihm achtzehn Monate wegen Drogenhandel eingebracht. Das war interessant; wenn er selbst süchtig war, würde er womöglich alle Arten von kleinen Jobs übernehmen, um an einen Fix zu kommen, einschließlich mal eben eine Passantin über den Haufen zu fahren. Ich fragte mich, was sein Stoff sein könnte, und ich schrieb mir auf, wo er wohnte. Es war nicht grad die feinste Ecke der Stadt, aber drolligerweise kannte ich die Gegend gut. Auch Thorne hatte in der Montague Street in einem Untermietszimmer gewohnt. Ich betrachtete mir Tony Murrays Porträt: nichts Außergewöhnliches, ein durchschnittlicher junger Mann mit farblosen Haaren, die durchaus mal ein Shampoo nötig gehabt hätten, wie aus den Rattenschwänzen ersichtlich, die ihm am Kopf klebten; farblose Augen, lange Nase. Ich überlegte, ob ich das Foto aus der Akte klauen könnte, ohne daß jemand etwas merkte.

Man sagt, der Gedanke ist der Vater der Tat. Ich schob prüfend den Daumennagel unter eine Ecke, und es klebte nicht sehr gut, nach noch ein paar raschen Schubsern fiel mir der Hochglanzabzug fast in den Schoß. Ich war beunruhigt über das Ausmaß meiner Schuldgefühle, als ich die Akte zurückgab, aber keiner schien etwas zu merken.

Vom Gerichtsgebäude war es für mich nur ein kurzer Umweg zu dem Hochbaugelände. Ich wollte wissen, ob die Protestdemo bloß ein Strohfeuer gewesen war, oder ob da noch Leben drinsteckte.

Es war bereits vier Uhr, und das bedeutete, daß die Schule aus war. Gestern waren die Reihen der Kämpferinnen ein wenig schütter geworden, weil eine Menge Mütter ihre Blagen eiligst nach Haus schaffen mußten; vielleicht wollten sie nicht riskieren, daß die Saat demokratischer Gedanken in die kindlichen Gemüter gesenkt werde; die meisten Familien haben dafür wenig übrig. Mich überlief es warm, als ich sah, daß sich wieder eine mittelgroße Menge versammelt hatte. Jemand hatte frische Plakate auf den Bauzaun geklebt; gut, ein bißchen mehr Ärger für die Leute (wer immer), die das wieder entfernen mußten.

Es waren heute mehr Menschen da. Auf einem etwas weniger aggressiven Plakat war zu lesen, daß die Historische Gesellschaft von Bramfield gegen »wilde Bautätigkeit« sei. Eine Frau, mit der ich ihrem Aussehen nach ungern aneinandergeraten würde, hielt eine weitere, etwas provokantere Botschaft hoch: WEHRT EUCH GEGEN DIE VERNICHTUNG UNSERES HISTORISCHEN ERBES!!! Dem stimmte ich aus vollem Herzen zu.

Die schwangere Mutti war auch wieder da, diesmal im gelben Overall, und ich nutzte unsere kurze Bekanntschaft aus, schließlich gehört Neugier ja zu den edleren Eigenschaften, also mußte ich herausfinden, wie unsere Historische Gesellschaft in diese Demo geraten war. Die Frau starrte mich verständnislos an, dann zuckte irgendeine Gedächtniszelle in ihrem Hirn auf. »Ach, ich kenn' Sie doch . . . Sie haben das Ding gehalten, als ich mal . . .«

»Genau«, sagte ich.

»Eben. Ach, übrigens . . . könnten Sie . . .?«

»Aber gern, warum nicht.« Ich übernahm wieder das Plakat. Bei den beiden Schwangerschaften meiner Schwester Em war es genauso gewesen, jedesmal wenn die irgendwo ein Klo sah, mußte sie mal. Es waren keine Kameras in Sicht, aber ich bezog doch lieber diskret Deckung hinter einer ausladenden Lady, um ganz sicherzugehen. Meine neue Freundin kehrte zurück, und ich gab ihr erneut das Stichwort. Diesmal grinste sie und zog eine Augenbraue hoch.

»Ach ja. Na also, irgendwie hat jemand die auf die Idee gebracht, daß da drunten 'ne alte Wikingersiedlung liegt, also sind sie jetzt ganz wespig. Für morgen haben sie Archäologen aus Leads herbestellt.«

»Wie sind die denn auf so was gekommen?«

»'ne alte Münze. Und natürlich ist die Herkunft unklar.«

»Ist das nicht immer so?« Ich deutete auf das Gebäude aus Stein und Ziegeln, zwanzig Meter von dem Baugelände entfernt. Noch im vergangenen Jahr war das eine Methodistenkirche, jetzt war es eine Moschee. Ich sagte: »Dürfte ziemlich schwierig sein, sich bei dem ganzen zusätzlichen Verkehrslärm aufs Beten zu konzentrieren. Nicht, daß irgendwer auf den Gedanken kommen könnte, es steckt so was wie rassistisch-ideologische Gefühllosigkeit hinter dem Bauprojekt hier . . .« Wieder zog die Frau die Brauen hoch.

»Das wäre ja entsetzlich, wenn so was passieren würde«, sagte sie.

»Nicht wahr? Und wie peinlich für die Stadtverwaltung.« Wir grienten uns an. Manchmal gibt es einem schon wirklich ein verdammt gutes Gefühl, ein bißchen Wirbel in Gang setzen zu können.

Am nächsten Tag stand ich früh auf und machte einen gemächlichen Jog. Es war ein fahlgrauer Morgen mit Wolkenschichten wie dünne wehende Schleier übereinander. Jetzt, um halb sieben, hatte ich die Straßen noch ganz für mich, und mein Körper jammerte auch nicht mehr, aber ich übertrieb es trotzdem nicht. Ich hatte eine Menge Dinge vor, angefangen damit, daß ich bei Charlie meinen »Hybriden« abholen wollte, und dann noch einige Sachen, die Detective Sergeant Nicholls bestimmt stark mißbilligen würde. Ich plante meinen Tag im voraus, und ich fand alles prima. Allerdings war ich auch eine Spur durcheinander, daß sich anscheinend keiner die Mühe machen wollte, mich wegen dieses gestrigen Gerangels mit dem Capri zu vernehmen. Das überraschte mich, denn ich war fest überzeugt, daß Mister Schnäuzchen sich meine Führerscheinangaben notiert hatte. Und wieder überkam mich ein Anfall von Schuldgefühlen. Vielleicht hatte er es ja nicht getan, und vielleicht bekam er jetzt echten Ärger mit der Firmenzentrale, wo er doch keinen Zeugen hatte, der seine Angaben bestätigte.

Trotz meiner Überzeugung, daß pflichtbewußte Schnüffler nicht ihre Zeit damit vergeuden, sich Sorgen um anderer Leute Jobs zu machen, schaute ich auf dem Weg zu Charlie doch bei dem Fiat-Händler vorbei. Ich wurde mit eisgekühltem Essig empfangen. Ich dachte daran, um eine weitere Probefahrt zu bitten, aber zum Teufel. Mister Schnäuzchen war sowieso schon derart auf Touren, ohne daß ich da noch einen Zahn zulegen mußte, darum erklärte ich ihm höflich den Grund meines Kommens. Er wurde einen Hauch freundlicher, nicht viel, aber immerhin so weit, daß er mir eine überraschende Mitteilung machte: daß er nämlich überhaupt nicht telefoniert habe, weil direkt nach meinem Verschwinden jemand gekommen sei und den Wagen gekauft habe. Meine Überredungskünste blieben völlig fruchtlos, er wollte mir den Namen des Kunden nicht sagen; vielleicht hatte es da eine kleine Sondertransaktion gegeben, um seine Nerven zu beruhigen.

Der Amateurstatus hat in jedem Feld seine Nachteile, besonders wenn es darum geht, aus einem Menschen Informationen herauszuquetschen, die dieser einem nicht geben will.

Bei Charlie wartete mein neuer Wagen startbereit und mit brandneuer Steuer- und TÜV-Plakette, und er sah blitzblank aus, als hätte Charlie eine halbe Stunde lang dran herumgeputzt und -gewienert. Ich fühlte mich geschmeichelt, denn normalerweise vertritt er eine Politik des »Friß oder stirb«. Ich bedankte mich freundlich und fragte nach Zweitschlüsseln.

»Was Sie brauchen«, sagte er, »das issen Universaler. Damit kriegen Sie alles auf, was Sie nur wollen.«

»Ich will nichts weiter aufkriegen als den Wagen da, Charlie. Aber trotzdem, danke. Ich werde mir welche machen lassen.«

»Wie Sie wollen. Und weil Sie's sind – wenn irgendwas

nicht richtig läuft, bringen Sie mir den Kleinen wieder, und ich bring' das dann in Ordnung.«

Ich kann mir nicht helfen, aber wenn jemand nett zu mir ist, werde ich argwöhnisch. Ich sagte: »Extragefälligkeiten sind nicht drin, Charlie.«

Er machte ein bekümmertes Gesicht. »Hab' ich um was gebeten?«

Ich sagte: »Was diesen Universalschlüssel angeht . . .«

Er schüttelte den Kopf. »Hätt' ich nicht von quatschen sollen, ist nicht erlaubt, man weiß nie, ob so was nicht mal in die falschen Hände gerät.« Er sah mich mit einem Ausdruck gekränkter Unschuld an, der etwa ebenso echt wirkte wie imitiertes Krokoleder.

»In diesem Fall dürften auch Sie selbst keine haben«, entgegnete ich. »Wie sieht so was überhaupt aus?« Er reichte mir ein flaches Metallstück, das überhaupt nicht wie ein Schlüssel aussah. Ich drehte und wendete es ein paarmal hin und her, dann gab ich es ihm zurück. Ich konterte Unschuld mit Unschuld und fragte: »Sie wüßten nicht zufällig, wie man an so was für Wohnungstüren kommt, oder?«

Er dachte darüber nach. »Könnte sein«, sagte er dann. »Kommt drauf an, wer so was haben will.«

»Sie würden nicht glauben, wie oft ich meine Haustürschlüssel verliere.«

»Würd' ich nicht, also sagen Sie's mir erst gar nich.« Er lehnte sich auf den Wagen und schaute mich über das Dach her an. Ich merkte, daß er sich fragte, wozu ein Steuerfahnder ein Instrument brauchte, das man als Einbruchswerkzeug klassifizieren konnte. Vielleicht dachte er ja, ich hätte vor, wenn alle anderen Methoden versagten, heimlich um Mitternacht in irgendwelchen leeren Büros herumzuschnüffeln. Ich hoffte, er werde mich nicht danach fragen. Er tat es nicht. Er zupfte statt dessen an einem Stückchen

Hautschorf herum, der unter dem dichten Haarpelz an seinem Unterarm juckte. »Und ich nehm' an, Sie hätten auch gleich noch gern so 'n paar heimliche Lektionen gratis dazu, wie man erfolgreich einen Bruch macht«, sagte er.

»Wenn das bei dem Angebot dabei ist. Manche Sachen erweisen sich manchmal als recht brauchbar.«

»Das is' knifflig.« Er nahm seine Masse von meinem Wagen »Dann wünsch' ich Ihnen gute Fahrt.« Ich stieg ein und ließ den Motor an. Er kam zur Fahrerseite herüber, und ich drehte das Fenster herunter. »Schaun Sie so um drei wieder vorbei«, sagte er beiläufig, »dann hab' ich mich ein bißchen umhören können.«

Es ist möglich, daß ich in irgendeinem früheren Leben mal ein anständiges Mädchen war.

Mike Perrymans Wohnung hatte ich nie betreten, aber ich wußte, sie lag am Nordende der Stadt. Jetzt fiel mir plötzlich ein, daß ich ja auch über seine häuslichen Verhältnisse kaum etwas wußte, außer daß er unverheiratet war. Und jetzt, im nachhinein und beim Zurückdenken an unsere gemütlichen Schwätzchen, erkannte ich, daß er eigentlich fast gar nichts über sich selber preisgegeben hatte, sondern einfach ein guter Zuhörer war und über einen ziemlich sarkastischen Humor verfügte. Daß er in seiner Freizeit Golf spielte, war so ziemlich alles, was ich über ihn wußte – und auch das nur, weil ich mal die Schläger in seinem Kofferraum gesehen hatte. Ich überlegte mir, in welchem der Clubs er Mitglied sein mochte; wir hatten drei in Bramfield, zwei private und einen städtischen. Den teuersten Verein strich ich von der Liste; irgendwie schien mir ein Bewährungshelfer nicht so recht zu dem Club in Thornwood mit diesen ganzen dicken BMWs und den dicke Zigarren rauchenden Clubmitgliedern zu passen. Alles, was dort an den Toren Einlaß fand, war teuer, einschließlich (wie ich gehört hatte) einer Anzahl von männlichen Horizontalprofis.

Pubs und Terrassenhäuser blieben zurück und machten baumgesäumten Straßen Platz. Komisch, daß man sein ganzes Leben lang in einer kleinen Stadt verbringen kann und noch immer Straßen entdeckt, in denen man nie zuvor war. Für mich war Burnwood Drive eine davon. Ich fuhr langsam durch, und ich kam mir komisch vor. Ich wußte zwar, daß Mike da irgendwo wohnte, aber es hatte sich nie ein Grund ergeben, ihn nach der Hausnummer zu fragen; und außerdem sah die Gegend nicht danach aus, daß ich mal rasch raushüpfen und an ein paar Türen fragen konnte. Ich hatte eher den Eindruck, daß die Anwohner hier sich mehr um ihre eigenen Belange kümmerten als um die ihrer Nachbarn.

Die Häuser waren rustikale Backsteinbauten mit Rasenflächen davor und säuberlich durch Zäune und Hecken voneinander getrennt; solide Vorkriegsdoppelhäuser mit Erkerfenstern und hohen alten Bäumen. Ich fuhr die Straße von einem Ende zum anderen ab und dann noch einmal, und ich fragte mich schon, ob ich mich bei der Adresse geirrt haben könnte.

Aber, verdammt, warum sollte Mike eigentlich nicht hier wohnen? Vielleicht hatte er sich da was als Geldanlage gekauft; vielleicht war es das Haus seiner Eltern. Und vielleicht wäre es klüger gewesen, seine Adresse im Telefonbuch nachzuschlagen, ehe ich so vorpreschte.

Es war einmal ... eine Zeit, als ich noch ein harmloser Vor-Teenager war und die Telefonzellen noch weitgehend von den Vandalen verschont, da gab es dort noch benutzbare Telefonverzeichnisse. Inzwischen stinken sie nur noch nach Urin, und kein Apparat funktioniert mehr.

Ein Postwagen bog in den Drive, allerdings in der entgegengesetzten Richtung. Ich wendete blitzschnell auf der Handkante und folgte ihm. Der Postwagen hielt weiter unten, auf halber Strecke, der Fahrer stieg mit einem Paket aus. Und als er zurückkam, war ich da und wartete auf ihn. Ich setzte mein liebenswürdigstes Lächeln auf und erklärte ihm, was ich doch für eine blöde Kuh sei, ich hätte doch glatt die Hausnummer meines Bekannten vergessen. Er sagte, so was passiere ihm die ganze Zeit auch immer, und außerdem sei das hier nicht seine Strecke, also könne er mir leider nicht helfen. Dabei verströmte er das, was er wahrscheinlich für *sein* freundlichstes Grinsen hielt.

Ich ging zu meinem Bastard zurück und bestieg ihn. Ich fühlte mich frustriert. Wieso konnte ich nicht einfach mal eben bei jemand anklopfen und bitten, daß man mich was im Telefonbuch nachsehen lassen möge? Warum? Weil ich mich genierte, vielleicht als Springmäuschen eingeschätzt zu werden. Deswegen.

Ich hatte gerade den Motor wieder angelassen, als von dem Haus, an dem der Postler sein Paket abgegeben hatte, eine Frau herangestöckelt kam. Sie sah aus wie Mitte Sechzig, war füllig und wirkte freundlich und hatte eine Blautönung auf dem Kopf. Ich drehte den Zündschlüssel zurück und stieg wieder aus.

Zwei, drei Meter entfernt blieb die Frau stehen. »Suchen Sie wen?« fragte sie.

»Mike Perryman, ich hab' die Hausnummer vergessen.«

Sie zeigte diagonal über die Straße. »Da, dort drüben müssen Sie hin. Nummer 54. Aber ich fürchte, Sie bemühen sich umsonst, er ist nicht da.«

Ich lächelte strahlend. »Och, vielleicht, wenn ich warte.«

»Ich glaub' nicht, daß das was nützt, Kindchen, niemand weiß anscheinend, wann er zurückkommt.« Sie bedachte mich mit einem zweifelnden Blick. »Sie machen so was wie 'ne Polizeiumfrage, und wir sind alle ganz durcheinander deswegen, und das Haus ist durchsucht worden, und man hat die Nachbarn vernommen. Wirklich, ausgesprochen unpassend und aufregend.« Und sie starrte auf die schwarzgestrichene Tür von Mikes Haus, als müsse er jeden Moment herauskommen und ihr »das alles« erklären.

»Ja, wirklich unpassend und aufregend«, griff ich den Faden auf. »Was haben die denn wissen wollen?«

»Oooh, wer so aus und ein gegangen ist, Besucher im Haus – also, nicht gerade Dinge, auf die man besonders achtgibt.«

Ich verkniff mir ein Lächeln. Ich hätte die nette alte Dame in eine ganze Reihe von Straßen bringen können, in denen sich die Leute die Überwachung der Mitbewohner sozusagen zur Lebensaufgabe gemacht haben.

Ich sagte: »Ja, das begreife ich, und ich weiß ja auch, daß Mike Wert darauf legte, sein Privatleben und seinen Beruf getrennt zu halten. Ich denke mir, in einer so feinen, stillen Straße fällt es ja eher auf, wenn es irgendwo laut ist, als wenn da Leute kommen.«

»Genau, und besonders nachts um zwei«, sagte sie, ohne zu überlegen. Und dann wurde sie puterrot, als sie meinen Blick auffing. »Diese Motorräder machen einen fürchterlichen Lärm. Da war eins, das war vor einem Monat oder so, das fuhr damals mehrmals in der Nacht los.«

»Und, haben sie es gesehen?«

Sie trug eine Schnur weißer Kuller über dem Halsausschnitt ihres blauen bedruckten Linonkleides. Ihre Finger fuhren zu den Kugeln und tasteten daran herum, und ihre Augen wichen auf einmal meinem Blick aus. Mir fiel ein, daß sie wahrscheinlich schon viel zu viele Fragen hatte beantworten müssen, die andere Leute ihr gestellt hatten. Also schob ich ihr ein vertrauliches Bonbon hin.

»Ich weiß, daß einer von Mikes Schützlingen eine schwarze Kawasaki, ein Motorrad, wissen Sie, fährt, aber ich bin nicht sicher, daß Mike ihn zu sich nach Haus eingeladen hat. So was machte er normalerweise nicht.« Das war selbstverständlich großenteils pure Erfindung. Ich hatte überhaupt keine Ahnung, ob Mike jemals seine »Fälle« mit zu sich ins Haus nahm oder nicht. Meine Absicht war einzig und allein, mich aus der Position der Fragestellerin in die der vertrauenswürdigen Busenfreundin zu manövrieren und die alte Dame zum Weitersprechen zu verführen. Es schien zu funktionieren, die Finger hörten auf, an den Klunkern herumzuspielen, und ihre Augen richteten sich wieder auf mich.

»Also, wir waren ja nicht so gut miteinander bekannt, daß ich ihn gefragt hätte, was er beruflich tut, aber irgendwer erwähnte da einmal etwas wie Sozialarbeit.«

»Bewährungshelfer«, informierte ich sie hilfreich. »Eine schwere Arbeit. Haben Sie dieses Motorrad mal gesehen?«

»Also, ich weiß wirklich nicht, was für eine Farbe es gehabt hat, unter diesen orangenen Lampen auf der Straße sieht alles gleich aus.« Ich war enttäuscht. Eigentlich wollte ich gar nicht hören, daß nachts alle Katzen grau sind. Dann sagte sie plötzlich: »Aber an eins erinnere ich mich genau . . . ich hab' gesehen, wie er sich unter der Straßenlampe den Helm aufgesetzt hat, und er war blond. Paßt das irgendwie auf diesen Kunden von Mr. Perryman?«

»Ja«, sagte ich, ziemlich stolz auf mich. »Doch, das paßt.« Mir war zwar nicht klar, wie diese neue Erkenntnis, daß Tony Murray möglicherweise Mike Perryman zu Hause besucht hatte, mich weiterbringen sollte, aber es war eben ein neues Faktum, das ich auf meiner kleinen Liste verbuchen konnte. Ich lächelte dankbar und sagte liebenswürdig: »Vielen Dank! Sie waren mir eine große Hilfe.«

Und während ich mich wieder zu meinem Wagen verdrücken wollte, fragte sie: »Und was soll ich sagen, falls jemand fragt, wer sich nach ihm erkundigt hat?«

»Ach, sagen Sie einfach, eine Bekannte, die nur mal so vorbeischaute.«

»Aber ...«

Ich winkte ihr fröhlich zu und fuhr den gleichen Weg wieder zurück und davon.

Ich fuhr mittags nicht nach Hause, und das war möglicherweise ein Fehler, denn während ich mich herumtrieb, machte sich irgendwann schon wieder ein unfreundlicher Mitmensch in meiner Wohnung zu schaffen. Diesmal war es saubere Präzisionsarbeit, und ich hatte sie noch dazu erleichtert, weil ich die Schlösser nicht hatte auswechseln lassen. Aber davon wußte ich nichts, als ich meinen Bastard in eine Parklücke schob und in die »Three Tuns« trabte. Daniel in der Löwengrube konnte nicht mit mir konkurrieren; seine Löwen waren geradezu Miezekätzchen gegen meine Probleme! Ich bestellte wieder Pastete mit Erbsen und sah mich nach einem geeigneten Sitzplatz um.

Meine erste Lauschaktion hier war so ergiebig gewesen, daß Hoffnung auf eine Fortsetzung in mir aufgekeimt war. Es war nicht so voll wie beim erstenmal, und es fiel mir schwer zu erraten, wer von den Mittagsgästen – falls überhaupt jemand – bei der Watchdog Security arbeiten konnte. Ich hatte gehofft, Ken und seine Kumpane würden wieder dasein. Es war eindeutig ein Nachteil, daß ich nichts über Harrys Schichtsystem wußte.

Da genug Tische frei waren, wäre es schwierig gewesen, sich unauffällig anderen Essern aufzudrängen; das deprimierte mich ein wenig, als hätte ich irgendwie einen Rechtsanspruch darauf, mit dem Schicksal auf besserem Fuß zu stehen. Ich entschied mich für einen Zweiertisch am Fenster, der eingezwängt zwischen zwei größeren, vollbesetzten anderen stand. Vielleicht war mir ja das Glück hold. Wenn nicht – nun, essen mußte ich ja irgendwo.

Es war gut, daß ich so philosophisch gleichmütig war, denn was ich da an Gesprächen belauschte, war eine Menge Tratsch über Leute, von denen ich nie gehört hatte, aber nicht ein Informationsfetzchen, das mich interessiert hätte.

Ich trank drei Glas alkoholfreies Bier und blieb dort eine Stunde lang sitzen. Gegen zwei hatte sich das Lokal fast völlig geleert; ich gab es auf und kehrte zu meinem Bastard zurück. Wie machte das Mike Hammer bloß, daß er nie eine Niete zog? Jedenfalls nie bei mir im Fernseher.

Charlie hatte gesagt, um drei herum, also hatte ich noch Zeit und schlenderte über den Markt. Die Wolkenschleier waren weggebrannt, und es hing nur noch feiner Dunst vor der Sonne; es war angenehm mild. Ron zog mit seinem Geschnatter Menschentrauben an seinen Stand, wie gewöhnlich, und ich schubste mich nach vorn, um mich nach Tom zu erkundigen. Das trug mir einen wohlgefälligen Blick ein.

»So hab' ich's gern«, sagte er. »Brav immer gleich die Bällchen wieder hüpfen lassen . . . *nil desperandum* und so weiter. Tom ist wieder da, Love. Ich sag' ihm, daß Sie sich nach ihm sehnen.« Dann warf er mir den gewohnten lüsternen Zwinkerblick zu und fuhr fort, Kalorien zu verhökern.

Kurz vor drei fuhr ich auf Charlies Hof. Vor langer Zeit war hier einmal ein Fuhrbetrieb gewesen, mit einer Reihe von Ställen und einem größeren windschiefen Schuppen, der etlichen Kutschen als Remise gedient hatte. Die Ställe waren bereits vor vielen Jahren in sich zusammengesunken, doch das Hauptgebäude hatte Charlie sich wieder zurechtgeflickt. Er hatte höchstpersönlich einen Zementboden gelegt und ein Wellblechdach montiert, um die alten steinernen Dachziegel zu ersetzen; mir leuchtete das ein, denn die alten hölzernen Dachsparren waren dermaßen verrottet, daß leicht ein paar davon irgendeinem Trottel auf den Kopf hätten fallen können.

Die Schmiergrube war geöffnet, und darüber war ein alter Cortina aufgebockt, ein gelblicher Lichtschein drang von unten herauf. Ich stellte meinen Bastard ab und ging hinüber. Es versteht sich von selbst, daß Charlie nichts mit modernem technischem Wunderkram wie einer Hydraulikrampe im Sinn hat, also ging ich eben in die Hocke und spähte in seine Grube hinab. Drunten schoß verdrecktes Öl in einem Strahl hervor; bewundernd sah ich zu, wie Charlie einen zerbeulten Kanister unterschob, ohne daß ein Tropfen danebenging. Ich fragte: »Glück gehabt?«

»Gehn Sie und setzen sich ins Büro«, sagte Charlie. »Dauert keine zwei Sekunden mehr. Setzen Sie den Teekessel auf, wenn Sie mögen.« Ich nahm die Ehre mit gebührender Stummheit entgegen; ich kannte sein »Büro«, eine Art Verschlag, recht gut, man hätte es auch als die Höhle des Chaos bezeichnen können; außerdem roch es da auch nicht übermäßig erfreulich. Schmierfett, Tabak, Schweiß und Schimmel ergeben zusammen einen höllischen Cocktail. Ich setzte den Wasserkessel auf und verzog mich dann wieder nach draußen, wo ich mich auf die Treppe hockte, denn dort konnte ich immerhin die ganz alltägliche, gewohnte normale Giftluft atmen und mir einreden, das sei gesund.

Nach einer Weile tauchte Charlie auf. Er wischte sich die Hände an einem dafür ungeeigneten Putzlappen ab. »Vielleicht hab' ich das richtige für Sie«, sagte er. »Was is', mögen Sie 'ne Tasse Tee?«

»Nichts dagegen«, sagte ich und blieb wie festgeklebt sitzen, als er an mir vorbeistieg. Es war riskant, aber bisher hatte ich seinen Tee noch immer überlebt. Und ich erbot mich auch nicht, Hausmütterchen zu spielen. Nachdem er den Tee aufgegossen hatte, saßen wir freundschaftlich Seite an Seite, und Charlie erläuterte mir ein paar Feinheiten unserer Gesetze. Ich unterstelle, daß er dies für mein Seelenheil tat, aber es überraschte mich dennoch: Charlie in der Funktion des Gesetzeshüters, das war etwa so wie Pu der Bär als Beschützer der Honigtöpfe. Die Lektion war knapp, und es ging dabei ausschließlich darum, daß die Herstellung und der Verkauf von Nachschlüsseln nicht gesetzeswidrig sei, ebensowenig wie der Besitz oder das Mitsichführen; aber sobald man damit auf dem Besitztum eines anderen erwischt wird, ist es Sense. Charlie klang genau wie mein Vater, wenn der mich vor den Männern und dem Leben und dem Bösen (alles in einem Aufwasch) warnte. Ich genoß Charlie wirklich.

Ich sagte schließlich: »Okay, Charlie. Vielen Dank. Aber ich habe nicht vor, Banken auszurauben. Und wie wäre es jetzt, wenn Sie der Kundschaft mal zeigen, was die kaufen soll?«

Er steckte die Nase in den Lappen, an dem er sich die Hände abgewischt hatte, und prustete, und danach war sein Kolben von einer dunklen Politur überzogen. Auch das mag ich so an Charlie, er hat dermaßen bezaubernde Angewohnheiten. »Tät' Ihnen ja nich' viel bringen, was, wenn Sie was kriegen und nich' wissen, was Sie damit machen sollen, oder?« fragte er überzeugend sachlich. »Schaun Sie doch einfach am Sonntag mal nach'm Dinner bei Sid vorbei, der zeigt's Ihnen dann.«

Sid? Kannte ich einen Sid? Nein. »Sid wie noch?«

Er stand auf und ging in sein »Büro«. Hinterhältig kippte ich den Rest Tee auf ein paar mutige kärgliche Grashalme, und es bildete sich ein kleines Rinnsal, das ich schuldbewußt mit der Schuhsohle verrieb. »Grundy Street«, sagte Charlie und ließ sich wieder neben mir nieder. »Nummer fünf.«

Die Grundy Street lag in einer Gegend von Bramfield, deren sich die Väter unserer Stadt schämten, und zwar dermaßen, daß sie dort geflissentlich alles in Sichtweite eingerissen und planiert-saniert haben. Ich sagte schüchtern: »Ich hab' gedacht, dort haben sie alles eingerissen.«

»Na sicher ham die das, wozu, denken Sie, schick' ich Sie dahin.« Er schaute mich mit schmalen Augen an. »Der lebt in 'nem Kanalloch wie 'n verdammter Teenager-Mutant-Turtle. Die Bleiknödel sind bisher noch nich' bis in die Grundy Street vorgedrungen. Wol'ln Se noch 'nen Topf Tee?«

»Ach, danke, nein«, sagte ich hastig. »Aber vielen Dank.« Himmel, war ich eine miserable Lügnerin.

Auf der Heimfahrt behielt ich den Rückspiegel immer gut im Auge, und als ich in Palmer's Run anlangte, stellte ich meinen Wonnebastard auf der gegenüberliegenden Straßenseite ab; auf diese Weise konnte ich mein Eigentum im Auge behalten und mich dennoch in der Hoffnung wiegen, daß niemand, der vielleicht etwas gegen mich hatte, vermuten würde, daß der kleine schwarze Wagen mir gehörte. Schön und gut, ich hatte ihn zwar erworben, um jederzeit dispositionsfähig zu sein, aber das hieß ja nicht unbedingt, daß ich ihn gleich auf einer Deponie sehen wollte.

Ich schloß meine Tür auf und machte sie hinter mir zu. Dann stand ich bewegungslos da und schaute mich um; irgend etwas war anders, unmerklich in der Atmosphäre. Leise schob ich die Riegel wieder zurück und öffnete die

Wohnungstür einen Spalt weit. Dann ging ich mich umsehen. Nichts schien irgendwie verändert, und es sprang mich auch keiner aus dem braunen Schrank oder von unter dem Bett her an. Ich hielt mir selber vor, daß ich allmählich zu schreckhaft für ein angenehmes Zusammenleben mit mir selber würde, und stakste an die Wohnungstür zurück und verschloß sie. Und als dann das Telefon schrillte, flog ich fast einen halben Meter in die Luft.

Es war Tom.

Er sagte, er hätte mir eine Menge zu berichten und ob es mir passen würde, wenn er morgen so gegen drei bei mir vorbeikommen würde. Ich sagte, es würde mir passen und ich würde schon mal den Teekessel aufsetzen. Also – hellseherische Fähigkeiten gehören nicht zu meinen Talenten. Ich fummelte und pusselte ein bißchen herum, dann baute ich mich auf die Couch, hörte ein bißchen Musik und dachte darüber nach, wie unverschämt großartig es mir doch ging.

Am »Martial Arts Centre« kam ich kurz nach sieben an. Dank irgendeiner glücklichen Himmelsfügung liegt es gleich neben einer Kneipe, und das ist für alle Betroffenen rundum ein Segen; Jack darf den Gaststättenparkplatz mitbenutzen, und die Kneipe macht gute Umsätze mit der Löschung der Brände, die durch diese ganzen kriegerischen Aktivitäten entfacht werden. Ich schob mich zwischen einen Volvo und einen Toyota; von der Seite her war mein Bastard nahezu unsichtbar. Jack hält seine Hintertür immer abgeschlossen; es ist eine betrübliche Tatsache in unserer Welt, daß man heute niemandem mehr trauen kann, besonders nicht in einem Geräteraum. Dort hing auch ein ziemlich großer Anschlag: DIESE TÜR IST STETS GESCHLOSSEN ZU HALTEN! Doch wie der Weise sagt, zwischen Gedanke und Tat senkt sich Schatten.

Ich klingelte und wartete. Ich hatte Jacks halber Andeutung einer möglichen Enthüllung weiter keine große Bedeutung beigemessen, doch als ich nun wieder darüber nachdachte, begriff ich, daß ich meinen Angreifer kaum erkennen würde, selbst wenn er kommen und mir die Hand schütteln würde. Als ich eintrat, überkam mich Wehmut; es hatte mir wirklich enorm Spaß gemacht, Leute durch die Gegend zu werfen. Jack sagte: »Damentraining ist Montagabend. Na, haben Sie was unternommen, um in Form zu bleiben?«

»Ein bißchen Arbeit im Fitneßclub.«

»Schön. Dann dürfte es ja auch nicht mehr arg weh tun.«

Ich trat hinter ihm in sein Büro und mußte blinzeln. Bei meinem letzten Besuch hier hatte es da eine Art zigarrenkästchengroße Beobachtungsluke gegeben, jetzt prangte da ein zwei Meter breites, eins fünfzig hohes Fenster. Von seinem Standpunkt war das eine großartige Verbesserung, denn er konnte alles sehen, was im Übungsraum vorging, ohne sich aus seinem Sessel erheben zu müssen; doch umgekehrt würden seine Schüler auch immer wissen, daß er sie beobachtete. Das dachte ich jedenfalls, ehe er mich aufklärte.

»Keine Angst«, sagte er, »weiter nichts als ein Wunder der Wissenschaft. Von da draußen kann man gar nichts hier drin sehen, da ist ein Spiegel. Da können Sie mal richtig lachen, die Hälfte von den Typen posiert nur rum wie Bantamgockel. Machen Sie es sich gemütlich, und amüsieren Sie sich. Wenn Sie Kaffee mögen, bedienen Sie sich.«

Er überließ mich mir selbst und ging die Matten ausrichten. Gegen halb acht erschienen die »neuen Jungs«. Ich hätte nicht gesagt, daß sie in ihren weißen Pyjamas selbstbewußt wirkten, denn da war etwas völlig anderes an ihnen, eher eine Art Bewußtheit, daß ihnen der Kampfanzug eine zusätzliche Machonote verlieh. Ich schaute zu, wie Jack sie durch die Positionen jagte. Vielleicht war ja mein kleiner Gangster unter ihnen, wenn ja, dann erkannte ich ihn jedenfalls nicht. Aber jemand anderen erkannte ich; als ich ihn zuletzt sah, streckte er den Arm aus dem Fenster eines Capri und gab mir das Zweifingerzeichen.

Nach zwanzig Minuten gab Jack ihnen eine Verschnaufpause und kam zu mir, um zu sehen, wie ich vorankam. Er hörte interessiert zu, als ich ihm von meiner fröhlichen Probefahrt erzählte.

Er sagte: »Das ist ein schlimmer Schlingel, der Kleine, wirklich schlimm, und er hat ein paar auf die Finger bekommen. Ich hatte gedacht, er hat wirklich 'ne neue Seite aufgeschlagen.«

Das klang tatsächlich vielversprechend. Ich fragte: »Und? Was arbeitet er denn? Was Interessantes?«

»Hängt davon ab, was Sie unter interessant verstehen. Er macht alles, was James Albert Denton, der große Wohltäter der Bramfielder Bevölkerung, ihm aufträgt. Da haben Sie 'nen Mann, von dem Sie sich besser fernhalten. Wahrscheinlich haben Sie schon von ihm gehört.«

»Und wie«, sagte ich mit Gruftstimme. »Zufällig führt Ihrer Majestät Steuerbehörde gerade Ermittlungen durch.«

Und wer, fragte ich mich, spielt die Starzeugin?

»Nun«, sagte Jack, »das erklärt ja 'ne Menge, wie?«

Das tat es, aber eigentlich auch wieder nicht; auf jeden Fall hatte ich nun eine Menge Stoff zum Nachdenken.

Zufälle sind lästig, aber sie passieren nun mal. Die ganze Zeit bisher hatte ich alles, was mir an Widrigkeiten geschehen war, mit dem Tod von John Thorne in Verbindung gebracht. Jetzt bot sich mir plötzlich eine ganz andere, viel einfachere Erklärung. Für Denton war ich ein Furunkel am Hintern, und es würde durchaus zu ihm passen, wenn er mir

Gleiches mit Gleichem heimzuzahlen beschlossen hätte. Ich dachte an diese stumpfen grauen Augen, die mich in der Bank angesehen hatten, und an den Mercedes, der davor auf ihn wartete.

Derselbe Luxusschlitten hatte auch in der Nähe der Bewährungsstelle gelauert; und zweifellos war Denton über das allerneuste Spielzeug an Funktelefon stets informiert worden, was ich unternahm. Und so war auch leicht zu erklären, wie mich der Capri aufgespürt hatte. Und wer außer Denton würde schon was für einen zerbeulten Fiat bezahlen? Und vielleicht Mister Schnäuzchen noch ein kleines Trostpflaster für die ausgestandene Angst zukommen lassen?

Der Gedanke, daß man mir derart mühelos und ohne daß ich das geringste davon merkte, gefolgt war, bereitete mir Unbehagen.

Ich fuhr heim und stellte meinen Kleinen wieder auf der gegenüberliegenden Straßenseite ab. Dann spurtete ich zu meiner Wohnung hinauf und riegelte mich ein. Ich entwickelte allmählich wirklich Sicherheitsbewußtsein. Ich holte mir ein Curry aus dem Gefrierfach, erhitzte es und aß es vor der Glotze. Dabei stellte ich die Ohren auf wie eine Katze. Und dann überkam mich schon wieder der Zwang, unter meinem Bett nachzuschauen.

Ich mußte wirklich bald mal was gegen die Staubmäuse unternehmen.

Es ist schon komisch, wie die Dinge sich manchmal entwickeln. Als ich am nächsten Morgen aus dem Bett stieg, war ich fast bereit, den Bluthund in mir in den Zwinger zurückzuschicken und die Lupe wegzupacken; mit anderen Worten, ich wollte die Detektivspielerei aufstecken. Jeder Schmetterschlag, der gegen mich gelobbt wurde, konnte eine logische und ganz un-thornenstachlige Erklärung finden. Angesichts der Tatsache, daß ich in vorderster Linie als Starsteuerschnüffler exponiert war und daß die Finanzbehörde Ihrer Majestät Denton sozusagen am Sack gepackt hatte, reagierte der nun eben, seiner Reputation entsprechend, und besorgte seinerseits mir einigen Ärger. So sei es denn. Ich würde Nicholls meine neuen Funde weiterreichen. Aber ich hätte wetten mögen, daß es ihm verdammt nicht gelingen würde, irgendwas davon zu beweisen.

So hatte ich es geplant. Aber ist es nicht eine ewige Weisheit, daß manche Leute nie begreifen, wann es für sie besser ist, die Finger von etwas zu lassen?

Inzwischen war es schon wieder Samstag, und normalerweise hätte ich heute wieder in den Park joggen sollen; statt dessen fügte sich mein neuerdings demütiger gewordenes Hirnsystem den ärztlichen Anordnungen und begnügte sich mit einem gemütlichen 3000-Meter-Trott durch die stilleren Straßen. Ich belohnte mich selbst mit einem goldenen Sternchen; ich würde wirklich ein braves Mädchen sein und tun, was Nicholls von Anfang an von mir verlangt hatte. Sollte doch er die Geschichte auf seine eigene entzückende Art zu Ende bringen.

Ja, denkste!

Wieder daheim, duschte ich und zog mir Jeans und ein T-Shirt von Amnesty International über; das Hemd trug auf der Rückseite ein vergittertes Fenster, und wie sich zeigte, war das eine passende Wahl. Ich schwöre, daß ich vorhatte, gleich nach dem Frühstück zur Polizei runterzufahren und Nicholls alles zu erzählen, doch er mußte ja alles verderben, wie gewöhnlich. Ich weiß nicht, woher er die Angewohnheit hat, dermaßen scharf gegen fremde Türen zu hämmern, aber es nervte mich. Also ließ ich mir Zeit. Wieder kam dieses Gepolter. Als es aufhörte, hörte ich von unten das gereizte Protestgebrüll des Babys. Na wunderbar!

Ich kreischte: »Schon gut, ich komme! Wer will was von mir?«

»Detective Sergeant Nicholls. Öffnen Sie die Tür!«

Er klang übermäßig pompös. Ich fragte mich, was ich wohl diesmal wieder verbrochen haben sollte, und mir wurde ganz warm bei dem Gedanken, wie gründlich er sich irren würde. Ich hatte mich ehrlich gebessert und war jetzt eine brave gehorsame Bürgerin! Ich zog die Tür auf, und dann überkam mich der erste Fieberschauder der Angst. Nicholls hatte sich als Begleitschutz nämlich einen unfreundlich dreinschauenden Clifford mitgebracht und eine uniformierte Polizistin.

Die drei schossen an mir vorbei, und Nicholls fuchtelte

mit einem zusammengefalteten Stück Papier vor meinen Augen herum.

»Lesen Sie das!« sagte er patzig. »Das ist ein Durchsuchungsbefehl.«

»Aber weswegen, um Gottes willen? Die Kronjuwelen hab' ich schon letzte Woche verscherbelt. Sie kommen zu spät.«

Er verpaßte mir einen tödlichen Blick, und ich fühlte mich beleidigt. Ich sagte: »Bitte, tun Sie sich keinen Zwang an!« Dann zerknüllte ich sein hübsches ordentliches Papierchen und stopfte es ihm in die Jackentasche.

Ich ging in meine Küche, und die Polizistin kam mir nach. Sie hatte eine leise Stimme, nicht grad das Organ, mit dem man einen Aufruhr dämpft. Sie sagte: »Das hätten Sie lieber lassen sollen. Er ist sowieso schon in keiner rosigen Laune.«

»Sein Pech.«

Ich aß weiter. Die Polizistin hatte hübsche nußbraun schimmernde Haare, die sich am Rand ihrer Mütze hochkringelten. Ich schätzte sie auf zwei, drei Jahre jünger als ich; das gab mir das Gefühl, alt zu sein. Ich fragte: »Was sucht er denn überhaupt?«

»Das hat er mir nicht gesagt.«

»Ich hätte es ahnen müssen. Ich glaube, der Mann leidet an einem tiefverkapselten seelischen Problem, so wie der alles in seiner Brust vergräbt.«

Darauf gab sie mir keine Antwort. Ich finde es abscheulich, wenn Menschen keine Lust zu einem belanglosen Schwätzchen haben. Ich beendete mein Mahl und spülte das Zeug ab. Vielleicht, überlegte ich mir, würde ja jemand auf dem Inspektionsgang so freundlich sein und das Bett für mich machen. Das sollte mir eine Lehre sein, etwas ordentlicher zu werden.

Dem Lärm nach zu schließen, machten Nicholls und Clifford ihre Arbeit gründlich. Ich ging rüber, um sie im

Auge zu behalten. Schließlich kann eine Frau nicht vorsichtig genug sein, da braucht man bloß Zeitung zu lesen, dann wird es einem klar. Nicholls stand in meinem Schlafzimmer, und – hoho! – nach dieser kleinen Episode heute würde das wohl auch sein kühnster Vorstoß bleiben.

Ich sagte hilfsbereit: »Wenn ich wüßte, wonach Sie suchen, könnte ich Ihnen sagen, wo es sich befindet.« Alle Aktivität erstarb, und zwei Köpfe drehten sich mir zu. Es war mir unmöglich zu entscheiden, welcher der beiden mich mit tieferem Argwohn betrachtete. Clifford knurrte:

»Wir brauchen eine Trittleiter, wo haben Sie sie abgestellt?«

Das war nicht gerade die Frage, mit der ich gerechnet hätte, besonders deshalb, weil er gerade in der Schublade meiner Unterwäsche herumgegraben hatte, ehe er sie stellte. Außerdem hatte er ein paar schwarze Satinschlüpfer mit roten Schleifchen am Schnürschlitz vorn in der Hand. Das war wirklich nicht das, was ich gewöhnlich trage, und das Ding war in einer Dose mit Ringlaschenverschluß geliefert worden . . . Petes Vorstellung von einem »witzigen« Weihnachtsgeschenk! Ich betrachtete mir das Ding und die beiden Männer nachdenklich.

»Ich hab' schon mal was von Höschenfetischismus gehört«, sagte ich mit sympathietriefender Stimme. »Ist es ein gravierendes Problem für Sie?« Er wurde rot, und seine Augen wurden schweinsklein. Ich goß noch einen kleinen Schuß Gift nach. »Aber behalten Sie sie ruhig, wenn Sie mögen, es macht mir wirklich nichts aus.« Und dann überlegte ich mir, ob der Mann womöglich an erhöhtem Blutdruck litt; vielleicht war er ja deswegen nicht befördert worden.

Nicholls trat zwischen uns und blockte mein Sichtfeld ab. »Trittleiter!« sagte er brüsk.

Ich trabte zurück in die Küche und zerrte den Dreiertritt aus seinem Versteck. Nicholls sah ein wenig perplex aus. »Das da?«

»Mehr hab' ich nicht«, bestätigte ich.

Auch als er auf dem obersten Tritt stand, fehlten ihm noch gute anderthalb Zentimeter bis zur Decke. Diese alten Häuser sind nun mal nicht für Pygmäen gebaut. Er stieg wieder herunter. »Also, wie kommen Sie dann unters Dach rauf?« fragte er sauer.

»Was für ein Dach?«

Er packte mich am Ellbogen, stieß mich mit unhöflicher Eile in mein Badezimmer, trampelte auf meinem kuschelhübschen rosa Badeteppich herum und stocherte mit dem Zeigefinger in die Luft. »Der Dachraum da oben.«

Dann stierten wir beide zu der Falltür hinauf. Natürlich hatte ich gewußt, daß es so was da gab, aber mir fiel nicht eine einzige Gelegenheit ein, bei der ich durch das Ding hätte steigen wollen. Ich habe zwar nicht direkt Angst vor Spinnen, aber ich würde den lieben staksbeinigen Krabblern auch wohl kaum jemals nachkriechen. Ich sagte Nicholls das, doch er schien mir nicht zu glauben. Dann kam Clifford herein, und die beiden vertieften sich in eine Diskussion über das Problem. Ich sagte:

»Also, wenn Sie wirklich unbedingt da oben raufwollen, warum stellen Sie nicht einen Stuhl auf den Küchentisch?« Dann faltete ich die Arme über meinem keuschen Busen und lehnte mich bequem zurück. Die Show konnte spannend werden.

Mein Tisch war aus betagtem Kiefernholz, die Platte fünf Zentimeter dick; darunter diese klobigen Beine, auf die unsere viktorianischen Ahnen alles zu fixieren liebten. Also, wenn man darüber nachdenkt, hatten die damals wahrscheinlich derartige Sicherheitssymbolik nötig. Das Ding ins

Badezimmer zu schleppen mußte ein bis zwei Leistenbrüche zur Folge haben. Aber Nicholls war ja kein Hirnasthmatiker, er brauchte wirklich nicht länger als ein Regenwurm, um zu kapieren, daß ich unmöglich allein und ohne fremde Hilfe auf diesem Wege auf den Dachboden geklettert sein konnte. Das hätte ich ihm selbstverständlich auch gleich sagen können, aber wozu sollte ich ihm den Spaß verderben?

Nachdem sie sich die Pyramidenidee zu eigen gemacht hatten, schauten sie sich nach leichter beweglichem Baumaterial um, doch da die restliche Einrichtung hauptsächlich aus Einbaumöbeln und Hängeregalen besteht, hatten sie damit wenig Erfolg. Schließlich schickte Nicholls Clifford los, irgendwo eine Trittleiter zu borgen. Ich hielt dagegen, daß kaum jemand in der Nachbarschaft anzutreffen sein dürfte, doch meine weisen Worte trafen auf taube Ohren. Während wir wartend herumhingen, versuchte ich ein paar Informationen aus Nicholls herauszulocken, doch er mochte nicht mit mir plaudern.

Es dauerte eine Weile, bis Clifford ein altes Stufending aufgetrieben hatte, dem ich niemals mein Leben anvertraut hätte; doch anscheinend schätzte Clifford das seine nicht gleichermaßen hoch ein. Als er die Deckenluke aufschob, kam ein Wölkchen Staub herunter. Er schob Kopf und Schultern hindurch und tastete dort oben herum, und mich überkam erneut diese Unruhe, denn mir fiel wieder ein, daß mir gestern beim Nachhausekommen irgend etwas befremdlich erschienen war – ganz so, als hätte wieder jemand Fremdes meine Wohnung heimgesucht.

Und genau so war es.

Nicholls wirkte nicht gerade beglückt über ihren Fund, das will ich ihm immerhin zugestehen. Es war das erstemal, daß mir die berühmten »Rechte« vorgelesen wurden, und das war ein nervenstrapazierendes Erlebnis. Deshalb unterbrach ich Nicholls diesmal nicht, sondern ließ ihn ganz allein bis zum Ende stammeln. Außerdem, was hätte ich schon viel sagen können? Clifford war aus dem Loch wieder heruntergeklettert, und seine geile kleine Patschhand umklammerte den *Blauen Akt mit Nelke* und *Herbstwald an einem Regentag.* Mir war klar, daß die gewichtige Frage auf mich zukam, was die beiden Bilder auf meinem Dachboden zu suchen hätten, und ich wünschte wirklich, ich hätte darauf eine Antwort gehabt.

Als wir im Gänsemarsch auf die Straße traten, mühte ich mich, unschuldig dreinzublicken. Ich hoffte, daß meine Behauptung von vorher zutraf und keine Nachbarn daheim waren; wenn das nämlich so weiterging, würde ich bald als unerwünscht eingestuft werden. Ich fuhr auf dem Rücksitz des Sierra in die Stadt, und Nicholls vorne spielte die Rolle des starken männlichen Schweigsamen, was wiederum auf die Polizistin neben mir abfärbte. Ich wünschte, daß irgendeiner irgendwas zu mir gesagt hätte. Als wir an der Polizeistation anlangten, war der Gefrierfaktor beträchtlich größer geworden.

Ich hatte mir meine Riementasche gegriffen, ehe wir aufbrachen, und es paßte mir jetzt ganz und gar nicht, daß ich sie ihnen aushändigen sollte und daß sie den Inhalt auskippten. Aber angesichts der mich umgebenden Kraft und Herrlichkeit verzichtete ich lieber auf Streitigkeiten. Immerhin, als sie damit fertig waren, bekam ich mein eigenes Wartezimmer, auch wenn es schandbar ist, wie wenig sie sich bemüht hatten, es etwas gemütlich zu machen. Es war nicht gerade angenehm, auf einer harten Bank zu hocken, nachdem das kleine Fenster in der Tür zugeknallt worden war.

So Knall auf Fall in einer Zelle eingeschlossen zu sein, das war eine Erfahrung mehr, auf die ich gern verzichten konnte.

Nach einiger Zeit wurde ich allmählich wieder richtig wütend. Wenn Denton hinter der Sache steckte, dann mußte er zweifellos die Dinge nicht mehr richtig im Griff haben, denn damit wäre er ja direkt mit dem unappetitlichen Ableben von Thorne in Verbindung zu bringen, und für so blöd hielt ich ihn nicht. Die Geschichte mit dem Capri allerdings, die war wohl auf ihn zurückzuführen, da war ich mir ganz sicher. Ich überlegte: Die Probefahrt in dem Fiat war lausig unangenehm, aber doch nicht übermäßig gefährlich gewesen. Anders war es bei der Kawasaki-Nummer . . . die hätte tödlich sein können . . .*sollte* sie es vielleicht sein?

Daraus ergaben sich gewisse Schlußfolgerungen, und ich überdachte sie sorgfältig. Es war ein ausgesprochen tolles Gefühl zu wissen, daß mir nicht bloß ein Bösewicht im Nacken saß, sondern zwei. Ich überlegte, was Nicholls von der Idee halten würde. Ich war von dem braven Detective Sergeant enttäuscht; aber vermutlich ging es ihm in diesem Moment genauso mit mir.

Ich konnte nicht wissen, wie lange sie mich da hocken lassen würden, damit ich über meine Sünden (soweit vorhanden) nachdächte. Vor Urzeiten pflegte meine Oma gern zu sagen, ich steckte meine Finger und meine neugierige Nase in alles, und im Verlauf meiner Entwicklungsjahre bekam ich entsprechend oft eins auf diese Finger. Ich selbst allerdings hatte das stets etwas anders gesehen; daß ich mit einer unersättlichen Neugier geboren bin, das war schließlich nicht unbedingt meine Schuld.

Ich sah zwei Fliegen zu, die an der Zellendecke kopulierten; sie ließen sich ausgiebig Zeit; es war wie ein Bordkino.

Um halb eins bekam ich Corned beef und Fritten auf einem Pappteller. Der Service erfolgte wortlos. Die Gabel war aus Plastik. Ich überlegte, ob ich als gefährliche Gewalttäterin eingestuft worden war; doch diese besorgniserregende Vorstellung hinderte mich nicht daran, den Teller leer zu putzen, als wäre ich eine ganz normale harmlose kleine Knastmieze, die nicht weiß, wann sie wieder einmal was zu futtern bekommt.

Da ich so ungewohnt viel Zeit zum Nachdenken hatte, rückte etwas plötzlich scharf und augenfällig in den Mittelpunkt meines Interesses: Irgendwer hatte da wahrhaftig beste Maßarbeit geliefert, und wenn es mir nicht gelang, die Naht aufzutrennen, dann würde ich wirklich in einem Sack voll Ärger stecken.

Es hat etwas definitiv Egodämpfendes an sich, wenn man nicht ohne Eskorte aufs Klo darf; ich fühlte mich prompt in den Kindergarten zurückversetzt und in diese Geruchsatmosphäre aus nassen Höschen und kochenden Heizkörpern. Ich mußte da zweimal hin, ehe Nicholls Zeit fand, sich mit mir zu unterhalten, und ich kann euch gleich hier und jetzt sagen, es wirkt nicht unbedingt stimulierend, wenn man nichts weiter tun kann, als gegen kahle Wände zu starren.

Meine Vermutung ging dahin, daß die lange Wartezeit als Aufweichtaktik geplant war. Ich war den Fliegen an der Decke richtig dankbar . . . jede große Strategie hat einen schwachen Punkt.

Aus der Art, wie Nicholls immer wieder mit den gleichen Fragen auffuhr, mußte ich schließen, daß er Schwierigkeiten mit seinem Kurzzeitgedächtnis hatte. Es nervte mich, und da meine persönliche Verärgerungsgrenze bereits bedenklich überschritten war, geriet ich in Versuchung, die Langeweile zu durchbrechen, indem ich meine Antworten geringfügig abänderte; andererseits gedachte ich nicht, hier länger zu verweilen, als ich unbedingt mußte. Nach einer halben Stunde Gerede sah es so aus, als würde Nicholls akzeptieren, daß ich, falls ich nicht die Wahrheit sagte, wenn ich behauptete, nicht das geringste darüber zu wissen, wie diese Bilder auf meinen Dachboden gelangt seien, mindestens eine viel zu gute Lügnerin sein müsse, als daß er mich aufs Kreuz legen könnte. Aber eins war mir nun ganz klar: Sobald ich aus den Klauen der Kripo war, würde ich direkt zu einer Schlosserei eilen.

Nicholls schaltete das Tonband aus und bekam dafür von Clifford einen hinterhältigen Blick. Vielleicht klang seine Stimme deshalb so gereizt.

»Am liebsten würde ich Sie in eine Zelle schmeißen und dann vergessen, wo ich die Schlüssel gelassen habe. Also verschwinden Sie besser rasch von hier, Leah, ehe ich das wirklich tue. Ach, noch was: Wenn Sie die Absicht haben, länger als vierundzwanzig Stunden nicht unter Ihrer Anschrift erreichbar zu sein, dann wünsche ich davon vorher informiert zu werden. Ist das klar?«

»Überdeutlich!«

Das Problem bei Nicholls ist, daß er nicht weiß, wie man mit Leuten umgeht. Ich hätte ihm eine Menge interessanter Sachen sagen können, wenn der Kerl sich nicht dermaßen angestrengt hätte, mich in Wut zu bringen. Es ist erstaunlich, wie schnell die besten Vorsätze im Drainagesystem von Behörden fortgespült werden können. Noch heute früh war ich erwacht und hatte nichts weiter im Sinn, als fürderhin eine kleine brave Staatsbürgerin zu sein ... und da war ich bereits wieder, mit gesträubtem Fell und bereit zum Biß.

Er sagte: »Was diese Einbrechergeschichte angeht, ich dachte, Sie wären zu der Erkenntnis gelangt, es sei am sichersten, wenn die Tür zum Haus stets geschlossen ist.«

»Eine Kette ist nur so stark wie ihr schwächstes Glied», erinnerte ich ihn fromm und puritanisch, »und ich lebe dort nicht allein. Und weil wir gerade dabei sind, ich werde meine Schlösser auswechseln müssen; wenn Sie also irgendwie noch so ein paar alte altmodische Schlüssel herumhängen haben, erwarten Sie nicht, daß die bei mir noch passen.«

Clifford warf Nicholls einen verkniffenen prüfenden Blick zu; doch mir war es egal, ob sein Gehirn eine Generalwäsche nötig hatte. Oder vielleicht wußte er ja mehr über die Gewohnheiten von Nicholls als ich. Vielleicht hatte Nicholls ja heimlich eine ganze Schlüsselsammlung irgendwo.

Dann sagte Nicholls: »Falls Sie mir wieder ins Schußfeld kommen, werde ich Sie zu Ihrer eignen Sicherheit einbuchten lassen.«

Ich lächelte ihn süß an. »Das können Sie nicht.«

»Probieren Sie's aus!«

»Mit welcher Begründung?«

»Behinderung polizeilicher Ermittlungstätigkeit.«

Wir funkelten uns an wie zwei kampfwütige kreisende Hunde, und ich fragte mich schon, wer den letzten Biß abbekommen würde. Wahrscheinlich meinte Nicholls wirklich, was er sagte. Na und, der Scheißer! Warum sollte ich Platz machen, bloß um ihm das Leben leichter zu machen! Ich schlug die Arme übereinander und setzte mich bequem hin. »Ich möchte meinen Anwalt informieren. Unter diesen Umständen habe ich das Recht, ihn beizuziehen.«

Nicholls wurde seiner Gewohnheit untreu, denn als er diesmal aufstand, machte er sich nicht die Mühe, seine Papiere säuberlich zu ordnen; er klatschte nur die Kladde zu und rannte aus dem Zimmer.

Sein Pech!

Dann wandte ich meine Aufmerksamkeit Clifford zu. »Also, ich störe ja nur ungern das nette Beisammensein«, sagte ich, »aber da sind noch ein paar Kleinigkeiten, die ich gern zurückhätte, bevor ich tschüß sage. Eine ganze Liste von Sachen eigentlich.«

Es war irgendwas an dem Typ, das meine Nase reizte, und aus der verkniffenen Art, wie er mit mir sprach, schloß ich, daß auch er mich nicht mochte. Er sagte gehässig: »Wenn's nach mir ginge, ich würde Sie die Nacht über schmoren lassen.«

»Machen Sie sich nicht – ins Seidenunterhöschen!« beschied ich ihn höflich.

Ich werde das Wort nicht wiederholen, das er mir entgegenzischte, aber es würde wahrscheinlich jeden Durchschnittsbürger erröten lassen. Ich war froh, daß er es nur leise sagte, so daß die Polizistin drüben an der Tür es nicht hörte; sie war für derlei eindeutig noch zu jung. Ich dachte bei mir: Jetzt weiß ich, warum der es noch nicht bis zum Sergeant geschafft hat.

»Ach, probieren Sie's doch erst mal selber«, sagte ich, »dann können Sie mir vielleicht ein paar Tips geben.« Ich hoffte, ich würde nie mal rasch seine Hilfe brauchen. Vielleicht sollte ich ein bißchen mehr üben, wie man Freunde gewinnt und Menschen positiv beeinflußt. Er hatte ein Gesicht wie eine plattgedrückte Erdbeere, als ich die Rückgabe meiner Besitztümer quittierte, und er sagte mir nicht auf Wiedersehen. Darüber war ich wirklich gekränkt.

Auf meiner wiedergewonnenen Uhr war es halb fünf. Tom mußte also seit einer Stunde in meiner Gegend herumhängen, oder aber er hatte es aufgegeben und war gegangen. In beiden Fällen würden zwanzig Minuten mehr auch keinen großen Unterschied machen. Also trabte ich zu dem Schlossergeschäft auf der Market Street und kaufte mir ein Yale-Schnappschloß mit Sperrverriegelung und Fünfbolzensicherung; das zu knacken, da mußte einer schon ein echter Profi sein.

Auf dem Weg zum Taxenstand kaufte ich ein paar Fressalien. Ich hatte so das Gefühl, daß Toms Gemahlin Einwände gegen die Schokokremtorte haben könnte – angesichts der allgemeinen Kalorien- und Cholesterinhysterie –, doch falls er wirklich die ganze Zeit gewartet hatte, dann verdiente er eine Belohnung. Und wenn nicht, schön, auch ich brauchte etwas Tröstung.

Als ich in Palmer's Run aus dem Taxi stieg, parkte ein blauer Volvo, den ich bisher noch nie hier gesehen hatte, ordentlich an der Rinnsteinkante. Erst als ich auf gleicher Höhe war, sah ich Tom zusammengesunken auf dem Fahrersitz hocken. Er sah aus, als schlafe er. Ich tippte an die Scheibe, und er machte ein Auge auf, schaute mich an und schob sich aus dem Wagen.

»Ach, Sie haben noch eingekauft«, sagte er. »Oder haben die Sie etwa bei der Polizei beschenkt?«

»Bitte etwas weniger Sarkasmus. Ich hatte einen miesen Tag. Und ich hab' 'ne kleine Belohnung für Sie mitgebracht, weil Sie so geduldig waren.«

»Ich kann es durch die Tüte sehen. Der Kuchen teuflischer Verlockung! Also los, sprinten Sie rauf, und setzen Sie den Kessel auf.«

»Geben Sie sich mit einem kriechenden Schneckentempo zufrieden«, sagte ich. »Und woher wissen Sie überhaupt, wo ich war?«

»Von Marcie im zweiten Stock. Die hat mir haarklein alles über das Gehämmere und Gepoltere bei Ihnen berichtet. Sie sagte, es hat geklungen, als wollten die Ihre Wohnung abreißen.«

»Die suchten nach gestohlenen Sachen.«

»Also los!« Er klang überhaupt nicht überrascht, so daß ich zu ihm zurückblickte.

»Sie wußten schon davon, ja?« Er tippte sich auf die Nase.

»Das macht ein paar Sachen leichter für mich als für Sie. Ich hab' Freunde, die mich informieren, was so los ist.«

Ich schaffte den obersten Absatz und fischte meine Schlüssel aus den Taschentiefen. Es mußte wirklich ganz nützlich sein, Verbindungen zur Polizei zu haben. Ich fragte mich, warum er wohl den Dienst quittiert hatte; weil er genug Überstunden gemacht hatte, um sich pensionieren lassen zu können, oder weil er die Schnauze voll hatte? Und da ich nun einmal nicht zu dem Typ Mensch gehöre, der im Finstern weiterschmachtet, wenn er durch eine kluge Frage Licht werden lassen kann, fragte ich. Die Antwort war ziemlich dunkel.

»Genau wie Sie, Love, war ich es leid, von beiden Seiten unter Druck gesetzt zu werden.« Er erläuterte nicht, wer ihn unter Druck gesetzt hatte, und ich schob meine Frage für später auf.

Ich schloß meine Tür auf und schwirrte in die Küche.

»Weiß Nicholls von Ihrem Draht?« rief ich über die Schulter, während ich Wasser in den Kessel füllte. Stille . . . dann ein hochfrequentes Wimmern. Ich rammte den Stecker in die Dose und kam zurück, um zu sehen, was Tom da machte. Er tapste in meinem Flur herum und hielt dabei ein kleines schwarzes Kästchen in der Hand; aus dem kam dieses hohe leise Jaulen. Es war faszinierend. Er begann an einer Topfpflanze herumzufummeln.

In meinem Flur ist nicht genug Platz für einen Ablagetisch, also habe ich mich mit einem an die Wand gehängten halbrunden Rosenholzbord und einem schmucklosen Spiegel darüber begnügt. Mir reicht das gut und gern. Allerdings fiel mir ein, daß der Nestfarn darüber ein bißchen zurückgeschnitten werden sollte, also ging ich hin und sah nach, was daran Toms Aufmerksamkeit erregt haben könnte.

Toms Hand hörte auf, in dem Pflanzengestrüpp herumzutasten, und erschien vor meinen Augen mit einem Stückchen modernster mikroelektronischer Hexerei. Er schloß es fest in seine schweigende Faust. »Jemand hat Ihnen Wanzen reingesetzt«, sagte er, als machte er mir soeben die erfreuliche Mitteilung, daß ich einen Preis gewonnen hatte. Ausgesprochen entzückend! Beim Kehraus durch den Rest der Wohnung entdeckte er drei weitere Ungeziefer. Das überschritt nun wirklich das Maß dessen, was man noch komisch hätte finden können.

»Ich hoffe nur, Sie haben nichts angestellt«, sagte Tom, als er seine Kammerjägeraktion beendete, »denn da gibt es irgendwo einen Witzbold, der tödlich entschlossen ist rauszukriegen, was Sie vorhaben. Derartig teure Spielsachen verschwendet man nicht, um Weibergeschwätz abzuhören.«

»Ach ja?« fragte ich wütend. Inzwischen war ich es wahrhaftig leid, daß da alle möglichen Leute in meinem Privatleben herumtrampelten. Ich fragte Tom nicht, was seine Vorstellungen von Wanzenvernichtung waren, das war mir in diesem Moment unwichtig. Ich dachte, ein normaler Hammer sollte dazu ausreichen.

Aber Toms Hirn arbeitete mit einem unendlich perfideren Dreh. Während ich in dem Schrotthaufen unter meiner Spüle herumkramte, konnte ich hören, wie er drüben mit dem Radio herumspielte, bis er schließlich mit einer Heavymetal-Eigenproduktion aufwartete. Ich hätte ja nicht erwartet, daß sein Geschmack sich bis zu »Motorhead« verirren könnte, aber das Leben ist nun einmal voll von kleinen Überraschungen.

Dann wurde es wieder still. Vielleicht fuhr er ja doch nicht wirklich auf so was ab.

Als ich aus dem Unterschrank wieder herauskroch, schwappte mir ein Schwall neuen Lärms entgegen. »Heh!« brüllte ich. »Jetzt reicht's aber!« Das kakophonische Gehämmere brach ab. Mit geschwungenem Hammer stürmte ich ins Wohnzimmer. Und dort sah ich, daß Tom alle meine Hauswanzen säuberlich oben auf dem Radiogerät deponiert hatte.

»Das war richtig gemein«, sagte ich bewundernd, nachdem er sich die Papiertaschentuchpfropfen aus den Ohren gepult hatte.

»Ja, da hat wohl jemand leichte Ohrenschmerzen bekommen«, sagte er und drehte die Radiolautstärke wieder auf ein erträgliches Maß. »Würde mich interessieren, *wer* sich da dermaßen für Ihre Privatsphäre interessiert. Eine Polizeiaktion kann es nicht sein, die brauchten dafür viel zuviel Zeit, um die bürokratischen Hürden zu umgehen. Ich denke mir, Sie haben noch 'nen anderen Besucher gehabt.«

»Mehrere«, gab ich zu, während mich die Vorstellung wurmte, daß fremde Leute mein Domizil als ihre Privatspielwiese benutzen – ganz besonders, wenn ich aus dem Haus bin. Ich fragte mich, wie der nächste »unfreundliche Akt« aussehen würde; würden nach den Wanzen im dokorativen Pflanzenwandschmuck dann die Bomben in der Badewanne folgen? Keineswegs eine besonders beruhigende Vorstellung, mit der ich da ins reine kommen mußte. *Scheiße!* Ich war doch ganz froh darüber, daß ich in der letzten Zeit ein dermaßen unbeflecktes Leben geführt hatte.

Er bekam genau diesen Ausdruck im Gesicht wie mein Vater immer, wenn ich zu spät heimkam; ich vermute, manche Männer sind geborene Kümmernickel.

»Sie sollten sich überlegen, ein neues Schloß einbauen zu lassen«, sagte er, als wüßte ich das nicht schon längst.

»Schon im Gange. Ich hab' mir auf dem Heimweg gleich so was besorgt. Und was machen wir mit dem Zeug da?« Ich blickte auf die Wanzen und hob andeutungsweise den Hammer.

Tom sagte: »An Ihrer Stelle würde ich sie Nicholls in den Schoß legen, dann hätte er noch ein paar Sorgen mehr.«

»Vielleicht kümmert er sich ja nicht um die Vorschriften, und dann weiß er sowieso schon Bescheid darüber.«

»Das würde ihm noch mehr Sorgen machen, nicht? Drohen Sie ihm, Sie würden Ihren Parlamentsabgeordneten über sein Verhalten informieren, dann sitzt er richtig in der Tinte.«

Er klopfte seine Taschen ab. Er war nicht gerade das, was ich einen modebewußten Mann nennen möchte; seine Kleidung sah abgetragen und formlos aus, die grauen Flanellhosen hingen ihm ausgebeult über dem Po und schlugen vorne Falten. Vielleicht rührte dieser Eindruck von all dem Zeug her, das er mit sich herumschleppte. Es verblüfft mich immer wieder, was Männer alles an ihrem Körper verstauen – nur »für den Fall«. Zum Beispiel leere Tabakdosen. Er schob die Wanzen da hinein und schüttelte sie rasselnd. »Ich hab' gedacht, es gibt Schokoladenkuchen? Wenn ich noch länger so herumwarten muß, verhungere ich.«

Auch dies war wieder ein Zug an Tom, den ich liebgewann, daß er mit seinen Gedanken stets bei wichtigen Dingen blieb. In diesem Moment aber war ich noch zu sehr mit meinen eigenen Sorgen beschäftigt. Ich wollte wissen, wer sich da auf meine Wellenlänge gemogelt hatte, ganz besonders, da es wohl ebenso befriedigend sein mußte, einen Lauscher mit Ohrenschmerzen ausfindig zu machen wie einen Handtaschenschnapper mit Hodenbruchbeutel. Ich eröffnete Tom meine diesbezüglichen Denkprozesse, und er hörte mich freundlich an, als ich sagte, es sei vordringlich, erst einmal Jagd auf meinen Belauscher zu machen.

Als ich damit fertig war, erklärte er mir ein paar raffinierte Sachen aus der Mikroelektronik, von denen ich bis dahin nichts gewußt hatte. Es gehörte eben doch mehr dazu,

Privatschnüffler zu sein, als ich mir das hätte träumen lassen; beispielsweise wie man den Unterschied zwischen Wanzen erkennt, die ein stimmimpulsgesteuertes Tonband einschalten, das sich am Ort oder doch ziemlich in der Nähe der Stelle befindet, an denen sie versteckt wurde, sagen wir maximal dreißig, vierzig Meter, und der anderen Wanzenspezies, die einer regulären Empfangszentrale alles übertragen, was sich innerhalb einer Distanz bis zu drei Meilen rührt. Tom zufolge hatte man mir Ungeziefer der letzteren Art ins Haus gesetzt, und die hübsche kleine Antenne, die sich so schwesterlich auf der Fernsehantenne am Fenster eingenistet hatte, bewies, daß er recht hatte.

Ich ging brav und setzte das Teewasser auf. Es war schon immer ein Zeichen von Intelligenz, zu erkennen, daß und wann man geschlagen ist.

Als nur noch zwei stumme Teller Zeugenschaft ablegen konnten über die schweinische Orgie, die sich da zwei Schokosüchtige erlaubt hatten, fanden wir endlich Zeit, die wichtigeren Neuigkeiten auszutauschen. Tom war echt auf Draht gewesen. Neben den Aufgaben, für die er bezahlt wurde, hatte er auch noch Zeit gefunden, so nebenbei zu meinen Gunsten ein bißchen Gratis-Schnüffelwohltätigkeit zu investieren. Das beeindruckte mich stark. Aber ich beneidete ihn auch gleichzeitig, weil ihm Möglichkeiten der detektivischen Operationsverfahren offenstanden, von denen ich überhaupt nichts wußte. Anscheinend sprangen vor ihm versiegelte Türen auf, und versiegelte Münder begannen zu schnattern, wo immer er auftauchte. Autopsiebefund? Aber gern, Sir! Kein Problem, Sir!

Ich dachte über das nach, was er mir gesagt hatte. Ich versetzte mich zurück in die Kunstgalerie an jenem Tag, als der Regen aufgehört hatte und die Leute sich verzogen. Als Thorne ins Foyer herauskam, hatte auf seinem Gesicht eine feine Schicht von Schweiß gelegen, aber das hatte ich damals auf die feuchte Hitze zurückgeführt; und als er in der Herrentoilette verschwand, war dies ja möglicherweise nicht nur geschehen, um zu pinkeln. Ich rief mir ins Gedächtnis, was ich über Diabetes wußte; es war nicht sehr viel.

Tom sagte: »Die tödliche Mischung aus Prokain und Adrenalin wirkt nach zehn Minuten, vielleicht auch schon schneller.« Also nichts mit dem Chinesen und seinem Regenschirm; Thorne hatte sich selbst umgebracht. Ich fragte mich, wer eine Möglichkeit hatte, an seine Insulinflasche zu gelangen. Ich hatte diese Dinger schon gesehen, kleine gedrungene Vorratsampullen mit Gummiverschluß, durch den man die richtige Dosierung in die Spritze aufziehen kann. Nur war es bei Thorne eben anders gekommen.

»Nette Freunde muß der gehabt haben«, sagte ich nachdenklich. »Es könnte interessant sein zu erfahren, wer in der Nacht zuvor mit ihm zusammen war.«

»Er war nicht in seinem Bau. Möglich, er hat sich irgend so 'ne Biene aufgegabelt, oder vielleicht hat er die Nacht mit jemand verbracht, den er mehr als nur flüchtig kannte. Aber da er ja nicht von hier war, engt sich da das Feld etwas ein. Bleibt eigentlich nur jemand, mit dem er gearbeitet hat.«

»Ja, nur scheint er da nicht besonders beliebt gewesen zu sein.«

Er schaute mich fragend an, als wüßte ich etwas, was er nicht wußte, also wärmte ich für ihn das »Männergespräch« noch einmal auf, das ich in den »Three Tuns« belauscht hatte. Ich dachte eigentlich, ich hätte ihm das schon erzählt, aber ich hatte das Terrain inzwischen so oft abgegrast, daß ich Mühe hatte, mich zu erinnern, mit wem ich darüber gesprochen hatte.

»Vielleicht red' ich mal ein Wort mit Ken«, sagte Tom, »der Knabe klingt ziemlich nach Ärger. Und dieser Bewährungshelfer – den kannten Sie ja auch. Näher?«

Wenn ich es mir genau betrachtete, mußte die ehrliche Antwort darauf »Nein« lauten. Es war mir schon vor einiger Zeit bewußt geworden, wie wenig an persönlichen Dingen ich über Mike wußte; es würde mir im Grunde schwerfallen, überhaupt jemand zu finden, von dem ich weniger wußte. Von unserem Milchmann wußte ich, daß er drei Kinder hatte und daß seine Frau bei der zweiten Geburt Schwierigkeiten hatte. Ich wußte, daß er am Mittwochabend Darts spielte und sonntags mit der Familie zum Baden fuhr . . . Aber Mike? Himmel, verdammt noch mal, ich kannte den Mann seit vier Jahren, und was ich über ihn wußte, war eigentlich gleich Null. Prompt bekam ich Schuldgefühle, während wir jetzt die paar Knöchelchen abnagten, über die ich verfügte. Als ich den Namen Tony Murray ins Spiel brachte, den spätabendlichen Radartisten und Kawasaki-Besitzer, erriet Tom, in welche Richtung ich mich bewegte.

»Das falsche Pferd«, sagte er sachkundig, »verschwenden Sie darauf nicht Ihr Geld. Es war nicht Murray, der Ihnen zu 'nem Klinikbett verholfen hat.« Es macht mich immer ganz selig, wenn Leute mir Löcher in meine Theorien pusten!

»Aber es war das richtige Motorrad«, sagte ich deutlich, »und er hat die passenden Verbindungen. Er kannte Mike . . . Mike kannte Thorne . . . und Thorne ist auf meinem Schoß gestorben.«

»Ich gebe Ihnen mein Wort, die betreffende Kawasaki war nicht die von Murray. Jemand hat für Ihren Trip im Krankenwagen gutes Geld bezahlt, genug jedenfalls, um dafür den Führerschein zu verlieren. Und weil wir grad dabei sind, setzen Sie an die Stelle des Namens Thorne – Robert Alan Lewis. Lewis war von der Zoll- und Exportfahndung und arbeitete als V-Ermittler mit den Kriminalbehörden des Bezirks zusammen. Und diese Information ist nicht für die Öffentlichkeit bestimmt. Ich verlasse mich darauf, daß Sie diskret behandeln, was ich Ihnen sage. Ich habe die Liste der Jobs zurückverfolgt, in denen er im letzten Jahr gearbeitet hat, und bin dabei auf eine Reihe interessanter Kunstdiebstähle gestoßen. Bei einigen war er am Ort, als sie passierten, bei anderen Fällen tauchte er ein, zwei Tage danach auf ...«

Vor meinem inneren Auge tauchte die blaue benelkte Nackte auf. Vielleicht traf es ja wirklich zu, und ich hatte nicht die blasseste Ahnung von der Bewertung von Kunst; vielleicht hatte ich da ja eine Reinkarnation von Rembrandt gesehen und sie nicht erkannt. Ich spielte mit diesem Gedanken herum und fand, daß er mich nicht beunruhigte. Dann schenkte ich meine Aufmerksamkeit wieder dem, was Tom mir sagte.

» ... einige Corots, ein früher Picasso, zwei kleine Renoirs, alles so leichtverkäufliche Sachen.«

»Aber doch in 'ner anderen Klasse als die hiesige Kunstausstellung, oder war das hier nur ein Probelauf?«

»Mich bezahlt keiner dafür, das rauszufinden. Nein, betrachten Sie das bitte nicht als Beschwerde über unsere Abmachung ... aber meine völlig objektive Überzeugung ist es, daß Sie jetzt, wo Sie wissen, worum es bei der ganzen Geschichte geht, dem Rat von Nicholls folgen und ihn ungestört weiterarbeiten lassen sollten. Inzwischen sind doch alle Ihre Fragen befriedigend beantwortet. Ich persönlich vermute, daß Lewis irgendwie dichter an die Geschichte herangekommen war, als er selbst begriff, und wenn es dermaßen einfach war, ihn zu eliminieren, dann ist die Sache ganz bestimmt nichts für herumspielende Amateure.«

Ich überdachte dies. Mir schien, was immer ich von nun an unternehmen würde, konnte so oder so kaum einen gewaltigen Unterschied machen. Irgend jemand hatte in seinem hübschen kleinen Kopf bereits entschieden, daß ich ein Ärgernis war. Mir zwei geklaute »Gemälde« auf den Dachboden zu pflanzen, das gehörte möglicherweise nicht so ganz in die gleiche Kategorie, wie das jemand mich als Übungsobjekt für seine Igelplattwalzaktion benutzen wollte. Aber gegenüber einer befreundeten Person würde man so was doch kaum tun. Ich teilte meine Denkergebnisse Tom mit, doch der war davon nicht beeindruckt.

»Schwimmen Sie ruhig weiter herum, wo es Haie gibt«, sagte er, »dann wird da bald das Wasser ein bißchen röter werden. Danke für die Schoko-Orgie. Das müssen wir irgendwann mal wiederholen.«

Ich sagte: »Da ist noch was, das Sie wissen und mir nicht sagen wollen, stimmt's?« Er spreizte die Hände, und sein Gesicht sah genauso unschuldig drein wie das seines Bruders Ron, als der mir versicherte, daß er nichts von einer sonntäglichen Markttätigkeit wisse.

»Ist mir völlig schleierhaft, wie Sie auf so was kommen. Ach, werden Sie Nicholls die Wanzen geben?«

»Warum bringen nicht Sie sie ihm vorbei? Das spart mir einen Weg.«

»Aha. Sie ziehen also die Maximaldosis Ärger vor«, sagte er unbewegt. »Sicher, ich liefere sie unterwegs dort ab, wenn Sie das wollen, aber seien Sie dann nicht erstaunt, wenn Sie Besuch kriegen.«

»Mit einigem Glück«, sagte ich, »habe ich ja bis dahin mein Türschloß ausgewechselt.« Er grinste.

»Ich versteh' gar nicht, warum wir uns solche Sorgen um Sie machen.«

»Denken Sie nur nicht, ich wüßte das nicht zu schätzen.«

Ich begleitete ihn an die Tür und schaute hinter ihm her, als er die Stufen hinabzusteigen begann. Als er an der Treppenbiegung angelangt war, rief er zu mir herauf: »Passen Sie auf sich auf!«

»Darauf können Sie wetten«, rief ich hinunter. Und dann versuchte ich mich zu erinnern, wo ich den Schraubenzieher hingelegt hatte.

Wie das bei vielen sogenannten »rein männlichen« Betätigungen der Fall ist – wenn du dich richtig damit befaßt, ist es keineswegs so übermäßig kompliziert, Türschlösser auszuwechseln. Ich jedenfalls schlief am Samstag abend im Gefühl der Sicherheit ein. Gewiß, Leute mit SAS-Training* hätten sich natürlich durchs Fenster hereinschwingen können, doch irgendwie beunruhigte mich diese Vorstellung nicht besonders stark. Als ich am folgenden Tag erwachte, war es wieder heiß geworden, und der Himmel hatte jene Färbung von Blau angenommen, bei der Maler in Schweiß ausbrechen.

Ich dachte mir, wie angenehm es sein müßte, ein paar Runden durch den Park zu drehen. Die Lockerungsübungen gingen problemlos, also zog ich mir eine Radlerhose und einen dunkelblauen Sweater über und setzte mich gemächlich in Trab. Ich hatte recht lange geschlafen, eigentlich überschlafen, was als Beweis für ein unbeschwertes Gewissen angesehen werden darf, und es war bereits kurz nach neun. Als ich an Doras Grundstück ankam, bremste ich ab, um die hübschen Stapel von Backsteinen zu bewundern, die für die neue Garage da herumlagen.

Es kam mir der Gedanke, daß diese kleine Affäre von »Wer beißt wen wie« zunächst einmal aufgedröselt werden mußte, bevor Dora mich auffordern würde, in ihrer neuen Garage irgendwas abzustellen.

---

* Abkürzung für Special-Air-Service, eine Spezialeinheit der Fallschirmjäger (Anm. d. Ü.).

Bei einer Wiederholung des Schauspiels würde Dora vielleicht nicht mehr so gut wegkommen.

Ich trabte weiter. Im Grunde brauchte ich doch nichts weiter zu tun, als die Stückchen des Puzzles zusammenzufügen. Manche werden als Optimisten geboren, andere macht das schöne Wetter dazu . . .

Ich schaffte es in den Park und drehte eine Runde, bevor meine Beine entschieden, daß der Rasen eigentlich zu grün sei, um nicht von mir belagert zu werden. Ich strebte also einem sonnigen Fleckchen zu und inspizierte es auf Hundehäufchen hin. Von einigen Ausnahmen abgesehen, sind Hunde nette Mitgeschöpfe, und ich marschiere nicht in der Antihundebrigade mit; im allgemeinen tun Hunde nämlich nur, was ihnen ihre Menschen beibringen, und in Anbetracht dessen, was ich da so in Bramfield zu sehen bekomme, scheinen fünfzig Prozent der Hundehalter bei sich zu Hause auf den Wohnzimmerteppich zu scheißen.

Ich ließ mich fallen und begann meine verkrampften Wadenmuskeln zu kneten; es war mir egal, daß manche Leute über die Schmerzgrenze hinaus weiterlaufen, ich war aus weniger robustem Material gemacht.

Von meinem Liegeplatz aus konnte ich den Spielern auf den Tennisplätzen zusehen; vier von den sechs Plätzen waren belegt, und wahrscheinlich würden die beiden anderen auch schon bald bespielt sein. Die Technik war wohl nicht gerade grandios, aber die Kleidung machte das wett; ich hatte irgendwie nicht mitbekommen, daß es so knappe Shorts zu kaufen gab, aber vielleicht wurde ich ja allmählich alt. Ich sah einen Rotschopf einen komplizierten Ball zurückgeben, und es sah dermaßen qualvoll aus, daß ich stöhnen mußte; aber andererseits, vielleicht genoß die Spielerin es ja, sich in zwei Hälften zu reißen. Die beiden Helden auf dem Platz daneben schienen unter einigen Konzentrationsschwierigkeiten zu leiden, doch auch das überraschte mich nicht weiter; Tennis hatte ganz offensichtlich nicht zu den Gefahren des Lebens gehört, vor denen ihre Mamas sie gewarnt hatten.

Ich nahm einen Positionswechsel vor, um mir ein gemischtes Doppel anzuschauen. Sie spielten gut; aber nicht das interessierte mich, sondern das Mädchen in dem grellgelben Overall auf einer Bank mit dem Rücken zu dem hohen Maschendrahtzaun. Sie hatte ihr Strickzeug mit und nadelte an etwas Kleinem, Weißem herum, und ich überlegte mir, daß es nicht schaden könnte, wenn ich zu ihr rüberging und ein bißchen mit ihr plauderte. Ich war neugierig, wie es mit der Protestaktion weiterging. Ich trabte diagonal über den Rasen und trat leise durch das Gatter. Als ihr klar wurde, daß ich kein aufdringlicher Fremdling war, rutschte sie ein wenig zur Seite, und ich nahm neben ihr Platz.

»Hab' ich mir doch gedacht, daß Sie es sind«, sagte ich fröhlich. »Was tut sich bei der Demo? Haben sie noch mehr olle Wikingermünzen ausgebuddelt?«

»Was würden Sie zu 'nem Fragment von einem Bronzehelm sagen?«

»Das lag da einfach so rum?«

»Also, das denn doch nicht, die schachten da diese riesigen Gruben aus, wissen Sie, und dann füllen sie die wieder mit einem festen Trägerkern und Flüssigbeton. Die meisten sind schon fast wieder zu, aber bei einem oder zwei auf der anderen Seite sind sie noch nicht soweit.«

»Glück muß der Mensch haben.«

»Genau!«

Der Strahlemann auf der anderen Seite des Netzes winkte ihr zu, und sie winkte zurück. »Ich wär' ja jetzt drüben bei ihm, aber dem widerspricht die' Familienplanung.« Sie seufzte und klapste sich zärtlich auf den Bauch.

»Lieferung im Juli.«

»Das erste?«

»Nummer zwei. Die Oma hat heute früh Harriet übernommen. Sie ist drei. Ich hab' sie einmal versuchsweise mit hierhergenommen, aber sie ist andauernd mit den Bällen davongewackelt.«

»Außerdem nicht ungefährlich«, sagte ich, als ein verschlagener Ball nicht weit rechts von mir den Maschenzaun einbuchtete.

»Sie wird irgendwann sowieso lernen müssen, sich zu ducken«, sagte meine neue Freundin gelassen. »Übrigens, ich bin Jenny Mace.«

»Leah Hunter.« Wir gaben uns flüchtig die Hand. »Also, was ist passiert, als dieses Bronzeding aufgetaucht ist?«

Sie grinste. »Wir haben einen vorläufigen Baustopp erreicht. Das wird zwar nicht lang wirken, aber es gibt dem Abgeordneten einen zeitlichen Spielraum, mit dem Umweltministerium irgendwas auszuhecken.«

»Mmm-mmm, da wird aber unser Stadtrat wieder ganz schön wespig werden.«

»Und nicht bloß die«, sagte sie vertraulich. »Ich hab' gehört, der berühmte Mister Denton hat da auch seine Pfoten drin.«

»Ach, wirklich?« Die Idee senkte sich in meinen Kopf und stöberte dort ein paar Kaninchen auf. Denton schien in eine Menge Dinge verwickelt zu sein, neben seinen Steuerhinterziehungen.

»Hab' ich jedenfalls gehört«, sagte Jenny. »Ich weiß, da hat einer Geld investiert, und wer sonst in der Gegend hat schon ein derartiges Finanzpolster?«

»Ich hab' geglaubt, es ist ein Gemeindeprojekt.«

»Das haben wir alle auch gedacht, bis da einer was hat durchsickern lassen, der jemand kannte, der wieder wen anders kannte und so weiter – Sie wissen ja, wie das so läuft.«

»Aber es muß doch irgendwo in den Sitzungsprotokollen festgehalten sein. Für so was brauchen die doch die Genehmigung der Regierung.« Sie schaute mich scharf an.

»Sie sind ja wohl auch nicht gerade mal bloß so Missis Normalbürger, wie?« fragte sie. »Sonst wüßten Sie doch nicht über so was Bescheid.« Ich merkte, daß sie sich überlegte, ob ich vielleicht irgend so eine gemeine Schnüffeltante von der Stadtverwaltung war und ob sie nicht bereits zuviel gesagt habe. Ich hob beruhigend die Hände hoch.

»Steuerbehörde Ihrer Majestät«, sagte ich, »und wir wissen eben immer gern, wer da Geld scheffelt, ohne uns was davon zu sagen. Keine Angst, ich renn' schon nicht los und sag' jemandem, was ihr vorhabt. Was mich ganz privat angeht, steh' ich ganz auf eurer Seite.« Sie sah erleichtert aus.

»Manchmal quaßle ich einfach zuviel«, bekannte sie. »Ich führ' das auf die Hormone zurück. Ich schwatze nicht halb soviel, wenn ich nicht schwanger bin.«

»Damit hab' ich noch keine eignen Erfahrungen. Später mal vielleicht.«

»Wenn der richtige Mann kommt?«

»Ja, so was in der Art. Grad im Moment hab' ich nichts für engere Beziehungen übrig. Vorläufig lebe ich auf der Basis, daß das einmal gebrannte Kind doppelt so stark vorm Feuer zurückschreckt. Wenn mich mal Mutterwünsche überkommen sollten, schreib' ich mich vielleicht in eine Spermabank ein.«

»Autsch! Das hört sich aber an, als wär' da was echt unter die Haut gegangen!« Sie ließ ihr Strickzeug sinken und beschenkte mich mit einem jener schwesterlichen Sympathieblicke, für die wir Frauen angeblich so begabt sind.

»Möchten Sie darüber reden?«

Die Sache lag drei Jahre zurück, und ich hatte mit niemandem darüber gesprochen. Also, fand ich, konnte ich damit auch noch eine Weile länger alleine zurechtkommen. Und außerdem war das nicht so das richtige Thema, über das eine Frau in ihrem Zustand wirklich etwas würde hören wollen. Sie hatte im Moment ein ganzes und ein Siebenneuntelkind und einen blendend aussehenden Ehemann – es lag ihr bestimmt nichts daran zu hören, daß ihr lustiger Lächler da drüben möglicherweise einem Seitensprung nicht abgeneigt sein könnte.

»Danke«, sagte ich, »aber das ist so eine von den Geschichten, die am besten nicht wieder ausgegraben werden.« Ich schaute dem Spiel ein paar Minuten lang zu, dann fand ich, es war an der Zeit zu verschwinden. Ich stand auf, gab all die erforderlichen Höflichkeitsfloskeln von mir und hoffte ganz ehrlich, ich würde sie mal wiedersehen.

Ich trabte zum Joggingpfad zurück und von dort heimwärts. Als ich an der Wegbiegung angelangt war, drehte ich mich um. Das Match war beendet, und Jenny und ihr Sonnebrocken turtelten Kopf an Kopf miteinander. Süß, so was.

Ich wünschte mir, daß mich diese Begegnung nicht wieder dazu veranlaßt hätte, über Will nachzugrübeln. Wenn etwas einem so sehr weh tut, schaufelt ... »frau« eben eine dicke Begräbnisschicht darüber; und bisher war ich auch mit meinem Leben recht gut zurechtgekommen, seit ich seine Zahnbürste in den Müll gesteckt hatte. Es besteht schließlich kein vernünftiger Anlaß dafür, zu frieren, nur weil einem da mal ein Feuer außer Kontrolle geraten ist.

Was mich allerdings wirklich verletzt hatte, war, daß Will zu feige gewesen war, mir zu sagen, daß er bereits verheiratet war. So was erfährt keine Frau gern aus zweiter Hand. Wahrscheinlich wußte er aber auch, daß ich ihn, wenn er anständig und offen gewesen wäre, erst gar nicht auf meine

Spielwiese eingeladen hätte. Ich legte einen Zahn zu, strampelte heftiger und war froh, daß mir die Beine weh taten. Verdammt, ich hatte den Mistkerl wirklich geliebt!

Die Entscheidung, was den Preis an Häßlichkeit verdiente, war schwierig: die Ruinenlandschaft der bereits erzielten städtischen Bebauungswüste – oder aber jenes halb Dutzend von Reihenhäusern, die sich hilflos Rücken an Rücken lehnten und ausharrten. Ich persönlich stimmte die für Abbruchwüstenei. Unordnung wirkt immer so häßlich. Aus einem mit Brettern vernagelten Haus flitzte etwas, das groß, dunkel und pelzig war, zu einem anderen hinüber, und ich stieß leise einen Fluch gegen Charlie aus, weil er Mist gebaut hatte: Hier wohnte kein Mensch mehr, und die verkommenen Häuser sahen aus wie zerfallende Leichen, die nur darauf warteten, daß jemand mit einer Schaufel komme.

Mein Bastard hüpfte von Schlagloch zu Schlagloch, und das grasbewachsene Kopfsteinpflaster hatte Mühe, sich gegen eine Schicht von zertrümmerten Backsteinen und Glasscherben noch zur Geltung zu bringen. Vielleicht sollte ich mir ja Mühe geben, bis zu Charlie vorzudringen, damit der mir zu einer neuen Bereifung verhalf.

Ganz am Ende kam Grundy Street.

In Nummer fünf hing am Fenster noch so was wie ein

halber Spitzenstore, und daneben ebenfalls; schwierig, die ursprüngliche Farbe zu erraten, denn inzwischen waren sie zu einem vollendeten Braungrau verblichen. Ich saß in meinem Autochen draußen und überlegte mir, ob sich die Sache für mich wirklich lohnte. Wozu brauchte ich eigentlich Dietriche? Der Vorhang nahm einen dunkleren Grauton an. Offensichtlich war ich nicht die einzige hier, die die Augen offenhielt. Ich gab vorsichtig einen Zahn zu und versuchte mich zu entscheiden. Hatte ich einen Grund, Charlie zu mißtrauen? Nein. Also, was beunruhigte mich dann so? Die Tür von Nummer fünf ging auf, ehe ich eine Antwort darauf gefunden hatte, und mir wurde wieder einmal eine der mustergültigen Überraschungen meines Lebens beschert.

Sid gehörte nicht in ein derartiges Haus; das verrieten schon sein Pringle-Sweater und die handgearbeiteten Schuhe. Er ging meiner Schätzung nach auf sechzig zu, und er sah genau wie der Typ Mann aus, dem du arglos deine Großmutter anvertrauen würdest. Und genau dies beunruhigte mich noch mehr, denn niemand, der ein Bekannter von Charlie war und Diebeswerkzeug verkaufte, durfte eigentlich dermaßen ehrenwert aussehen. Er lächelte mich freundlich mit seinen gutgepflegten Zähnen an. Ich kurbelte die Scheibe herunter. »Sid?«

»Kommen Sie ruhig rein«, sagte er. »Hier ist nichts, was Sie beißen könnte.« Ich war froh, das zu erfahren, fragte mich aber, wieso er da so sicher sein konnte. Ich stieg aus und schloß ab.

»Muß hier ganz schön einsam sein«, sagte ich, »jetzt, wo alle anderen weg sind.«

Er lächelte noch ein bißchen stärker, trat zurück und ließ die Tür nur einen Spaltbreit offen. Als ich ihm folgte, strömte mir von dort muffige Luft entgegen. Von der Haustür kam man gleich ins Wohnzimmer, und ich stellte mir vor, daß es im Winter hier ein Paradies gewesen sein mußte. Ich sage »gewesen sein mußte«, weil mir beim Eintreten sofort klar wurde, daß hier niemand mehr wohnte.

»Auf der Schule«, sagte er mit einer knappen Handbewegung, »ging es nie so fein zu wie daheim.«

Ich fragte mich, auf welcher Schule er wohl gewesen war. Das Linoleum auf dem Boden zerfiel in sich selber, ein Backsteinstapel ersetzte das fehlende vierte Bein am Tisch. Abgesehen von grauen Schimmeltapeten an den Wänden und einem Pappkarton zu seinen Füßen, war dies das ganze Mobiliar.

»Nett hier«, sagte ich. »Wie ist die Miete?«

Er grinste. »Ein Apfel und ein halbes Wachtelei. Hat Charlie Ihnen einen Preis genannt?«

»Nein.«

»Der schlimme Schlingel! Das sind nämlich nicht gerade Sachen, die man im Discountmarkt um die Ecke finden kann.«

»Heutzutage ist alles möglich, wenn die Gewinnspanne nur hoch genug ist.«

»Kapitalismus in übelster Reinkultur. Hundertfünfzig, und damit tu' ich Ihnen noch einen Gefallen.« Er hob die Schachtel auf den Tisch, der unter ihrem Gewicht leicht schwankte.

Das Reißverschlußtäschchen, das er mir gab, fühlte sich glatt und weich an und sah aus wie ein Maniküre-Etui. »Feinstes Maroquin«, sagte er. »Spezialausstattung für Damen . . . komischerweise ist die Nachfrage aber nicht sehr groß.«

»Bei Boot's kriegt man mehr fürs Geld.« Ich machte das Etui auf. Die Instrumente darin waren schmal und blitzten und sahen ausgesprochen begehrenswert aus. Sie erinnerten mich an die Meccano-Baukästen meiner Kindheit, die für Mädchen streng tabu waren.

»Wenn's Ihnen aber natürlich nicht ernst ist – es besteht für Sie keinerlei Kaufzwang. Ich schulde Charlie so den einen oder anderen kleinen Gefallen.«

»Hundert«, sagte ich.

»Eins dreißig.«

»Hundert.«

»Eins fünfundzwanzig.«

»Hundert.«

»Um Sie braucht man sich keine Sorgen zu machen«, sagte Sid. «Charlie hat nicht erwähnt, in welcher Branche Sie tätig sind.«

»Das ist drollig«, erwiderte ich, »mir hat er auch nicht viel über Sie gesagt. Ich werde Ihnen einen Scheck geben müssen.«

»Ich hab' nicht viel übrig für Schecks. Sorgen Sie dafür, daß Charlie es morgen bar hat, ich hol' es mir dann von ihm.« Ich reichte ihm das Etui zurück, doch er nahm es nicht. »Vertrauen«, sagte er, »darum geht es vor allem im Leben. Aber denken Sie daran, falls Sie nicht bezahlen möchten, werde ich es mir von Charlie holen – so oder so.« Er lächelte noch immer dabei, doch ich bekam allmählich das Gefühl, daß die durchschnittliche Oma inzwischen doch ein wenig besorgt werden würde.

»Er ist ein netter Kerl, der Charlie«, sagte ich.

»Doch. Er kümmert sich um seine Freunde«, pflichtete Sid mir bei. »Also, wie ist es, soll ich Ihnen jetzt mal zeigen, wie man mit den Dingerchen spielt?«

Ich hatte mir die ganze Zeit schon überlegt, was er sonst noch in seinem Karton haben mochte. Es waren Schlösser – große, kleine, antike, moderne; ganz offensichtlich hatte ich es mit einem glühenden Sammler zu tun.

Ich suchte mir ein Fünferriegelschloß und öffnete den Reißverschluß meines kleinen Etuis erneut; der Augenblick jetzt war ebenso günstig wie irgendein anderer Zeitpunkt, um herauszufinden, ob mein Nest unterm Dach jetzt wirklich so sicher war, wie ich es hoffte.

Ich war mir nicht sicher, ob ich mit den Dietrichen ein gutes Geschäft gemacht hatte, ich war mir nicht einmal ganz sicher, wozu ich sie haben wollte, aber als ich mich von Sid verabschiedete, verstand ich von Schlössern eine ganze Menge mehr als vorher. Wenn Thomas Magnum jemals einen Partner brauchen sollte – ich war es! Ich verstieg mich ein bißchen ins Tagträumen, ganz besonders was die zu erwartenden diesbezüglichen Sondervorteile betrifft. Wie der große Dichter sagte – wir sind aus gleichem Stoff, aus dem sie unsre Träume bauen (oder so ähnlich). Ich überfuhr beinahe ein Rotlicht, und die Aufregung brachte mich wieder auf die Erde zurück. Eine weitere Versicherungsgeschichte wäre wirklich das letzte gewesen, was ich gerade jetzt brauchen konnte. Ich wartete auf die Ampelschaltung. Und im Moment, wo sich das Gelb zum Rot schaltete, fuhr auf der Hauptstraße eine schwarze Kawasaki vorbei. Ich kippte den Blinker von rechts nach links und bekam dafür von einem dicht hinter mir aufgerückten Sierra ein wütendes Hupen, als ich am Lenkrad kurbelte. Er konnte ja nicht wissen, daß ich gerade heute meinen Verkehrsschweintag feierte.

In jeder Stadt gibt es eine Gegend, in die »man« nicht geht, also jedenfalls bestimmte Leute; für andere ist es so selbstverständlich, sich dort aufzuhalten, wie sich unter einem Stein zu verkriechen. In Bramfield grenzte diese Graubeziehungsweise Rotzone direkt an der Sanierungsslum um die Grundy Street herum. Während wir mit den Schlössern spielten, hatte mir Sid ein paar Informationsappetithäppchen verabreicht. Mister Denton sollte wirklich nicht dermaßen bescheiden seine Besitztümer zu unterschlagen versuchen, wie er dies bislang tat. Aber mir würde es jetzt ziemlichen Spaß bereiten, mich mit seinem Buchhalter zu unterhalten, sobald ich meine Arbeit wieder aufnahm.

Der Fahrer der Kawasaki gab nicht Gas, also nahm ich an, daß er bald anhalten werde, und ich hielt mich ein, zwei Wagen hinter ihm. Die meisten der zerfallenden Gebäude zu beiden Seiten der Straße waren schon seit Jahren für den Abbruch freigegeben worden, doch aus irgendwelchen Gründen gab es da immer wieder einen Aufschub. Laut Sid hatte Denton eine Menge damit zu tun. Wenn nämlich dieser Rotlichtkiez stadtsaniert werden würde, dann würde Denton eine Menge Geld einbüßen. Zwar stand sein Name nicht auf den zugemalten Schaufensterscheiben des Sexshops, und die unter den Prostituierten, die nicht als Freiberufler arbeiteten, liefen auch nicht herum und verteilten an die Kunden Dentons »Miet-Miezen-Service«-Karten mit seiner Telefonnummer drauf. Doch, wie Sid mir sagte, so was spricht sich herum. Die Kawasaki hielt, und ich bog fast genau gegenüber in eine Seitenstraße und bremste. Durch das Heckfenster beobachtete ich, wie der Fahrer den Sturzhelm abnahm.

Und Bingo!

Ich fragte mich, was Tony Murray in einem Sexshop zu suchen hatte – ging es um Geld oder um Geilheit. Es schmerzte mich, daß ich nicht in der Lage war, das herauszufinden. Ich wendete und machte mich zum Warten bereit. Und während ich da so wartete, ging ich versuchsweise eine neue Gleichung durch, etwa so: Lewis (alias Thorne) + Perryman + Murray + Denton . . . und die Lösung würde zwangsläufig recht kompliziert sein.

Eine Viertelstunde später kam Murray wieder heraus und stülpte sich den Helm über. Ich ließ meinen Bastard an. Um diese Stunde an einem Sonntag war der Verkehr nicht sehr dicht, es lag nur ein Montego zwischen uns. Der drehte nach einem knappen Kilometer ab, und dann waren nur noch Murray und ich auf der Strecke. Drunten am See, wo die betuchteren Bürger residieren, bog die Kawasaki von der Straße auf eine gewundene Privatauffahrt ab. Ich fuhr daran vorbei und zurück zu meiner Wohnung.

Hinter mir hatten Denton und Murray anscheinend etwas zu besprechen. Und ich hätte eine Menge gegeben, wenn ich hätte erfahren können, worum es dabei ging.

Es kam mir so vor, als verfügte ich über ein nettes Paket an Wissen, mit dem ich nichts anzufangen wußte. Ich legte die Stücke des Puzzles zusammen, doch an den entscheidenden Stellen klafften überall noch Lücken. Dentons Geschäftsinteressen erstreckten sich auf ein ausgedehntes Aktionsfeld unterschiedlichster Art, und es war ja möglich, daß Murray nichts weiter als irgendein kleiner Sklave auf seiner Lohnliste war. Es gab da sicher Bereiche, in denen es vorteilhaft war, wenn jemand ein Exknasti war, und wenn Murray noch immer süchtig war, würde er sich nicht übermäßig große Gewissensbisse machen, jeden bezahlten Auftrag auszuführen, um genug Geld für seinen Stoff reinzukriegen. Bei etwa fünfundsiebzig Pfund pro Gramm Heroin im Straßenverkauf – und Koks war ja auch nicht viel billiger – mußte der Junge echte Geldsorgen haben. Und dann war da noch die Kawasaki . . . eine Spitzenmaschine und bestens in Schuß. Ich nahm bei dem Gedanken regelrecht geistig Gas weg. Murray mußte irgendwo eine ziemlich sprudelnde Geldquelle haben.

Ich brauchte dringend jemanden, der über so was Bescheid wußte und mit dem ich darüber reden konnte. Mike hätte helfen können; keiner wußte so gut Bescheid über das, was sich auf der Schattenseite von Bramfield abspielte, wie er, und vielleicht war das ja auch der Grund, warum er nicht mehr da war.

Ich hätte eine Menge dafür gegeben, wenn ich irgendwie in Tony Murrays Wohn-Schlaf-Höhle hätte eindringen und in seiner Abwesenheit dort herumschnüffeln können, doch ich wußte natürlich, daß das nicht praktisch durchführbar war. Also schwamm ich langsam in dem schütteren Verkehrsstrom mit. Ich empfand jenes Gefühl der Überdrehtheit, das sich einstellt, wenn einem der Kopf voller Probleme steckt, aber nirgendwo Lösungen in Sichtweite sind.

Nach einer Weile begriff ich, daß ich menschliche Gesellschaft brauchte. Meistens bin ich zwar lieber allein, aber in diesem Augenblick sehnte ich mich nach freundlichem Mitmenschengeschwätz. Die maskuline Variante wäre mir dabei als besonders angenehm erschienen, aber leider gab es an diesem Schwellenpunkt in meinem Leben überhaupt kein derartiges Geschöpf, das ich mir so nahe hätte kommen lassen wollen . . . also, sofern wir von Nicholls einmal absehen. Nun ja, ich mußte zugeben, in der Hinsicht gab es schon noch ein paar interessante Möglichkeiten . . . aber die würden noch ein wenig Zeit brauchen.

Ich fuhr also zu meiner Schwester Em. In homöopathischen Dosen ist ein bißchen Familiengetue manchmal ganz angenehm, besonders wenn die übrigen Aspekte eher düster aussehen. So gegen zehn war ich dann zu Hause und gab meinem Bastard einen Gutenachtklaps. Dann setzte ich Milch auf die Wärmstufe und duschte kurz, bis sie heiß war: Es gibt wirklich kein besseres Schlafmittel als eine Kombination von lauwarmem Kakao und Fernsehprogramm. Aber ist es nicht zum Verrücktwerden, daß nie etwas so klappt, wie du es geplant hast?

Ich schüttelte mir ein paar Kissen zurecht und machte es mir so richtig gemütlich. Etwa in dem Entwicklungsstadium, in dem ich auf »Bananarama« abfuhr, litt meine Mutter unter dem gräßlichen Zwang, sich alles reinziehen zu müssen, wenn nur James Garner mitspielte, und damals wurden gerade diese »Detektiv-Rockford«-Serien zum x-ten Mal wiederholt. Wenn ich mir überlegte, wie wenig meine Mutter und ich gemein haben, erschien es mir jetzt als bequeme Möglichkeit, zwischen uns eine überfällige Solidarität herzustellen. Also schenkte ich der Handlung mehr als die gewohnte Aufmerksamkeit. Und vielleicht konnte ich ja dabei auch ein paar brauchbare Hinweise aufschnappen.

Mir fiel dabei übrigens zum erstenmal auf, wie häufig Rockford ohne eigene Schuld zusammengeschlagen wird. Anscheinend reichte es bei ihm jedesmal schon, wenn er bloß die Tür von seinem Caravan aufklappte, und schon hatte er jede Menge Ärger. Ich begann eine gewisse Sympathie für den Typ zu empfinden.

Und außerdem war ich natürlich neidisch.

Es war ja noch ziemlich leicht, in die Scheiße reinzuschliddern, und das konnte ich ja auch schon recht gut, aber mir mangelte es einfach an diesem Rockford-Flair, mit dem der herausbekam, warum.

Und noch etwas kerbte sich meinem Denken ein, nämlich wie der Mann durch ausgesprochen gesetzeswidrige Handlungen wie Einbruch immer so erfreuliche Endresultate an Land ziehen konnte. Selbstverständlich hält sich das echte Leben meist nicht an die Regeln der Fiktion. Ich hätte mit mir selber wetten mögen, daß das Haus von Denton beispielsweise eine Brutstätte von Detektoren und Antieinbruchselektronik war. Das erschien mir als so klar, daß ich es vorzog, nicht die Probe aufs Exempel zu machen.

Aber Mikes Domizil bot da wohl günstigere Voraussetzungen. Zwar beunruhigte mich der Gedanke ein wenig, ich könnte erwischt werden, doch der Drang, ein bißchen herumzuschnüffeln, überwand meine Bedenken.

Ich dachte nicht mehr ans Bett, und gegen Mitternacht stieg ich in einen schwarzen Trainingsanzug und schlich auf leisen Sohlen die Treppen hinab auf die Straße. Die Scheinwerfer schaltete ich erst ein, als ich an Doras Haus vorbei war, und als ich Burntwood Drive erreichte, schaltete ich sie wieder aus und parkte am höchsten Punkt, wo ein überhängender Baum die Straßenbeleuchtung abschirmte, die ein paar Nummern von Mikes Haus entfernt stand.

Ich hütete mich, die Schotterauffahrt zu betreten, hielt mich vorsichtig auf dem Rasenstreifen und schlich zum Hintereingang. Genau wie seine Nachbarn hatte auch Mike eine Vorliebe für hohe Zäune und schönes dichtes Gebüsch als Sichtschutz. Also brauchte ich mir kaum Sorgen zu machen, daß meine kleine Stablampe Aufmerksamkeit erregen könnte, als ich begann, mich an dem Türschloß zu betätigen. Es ist wirklich erstaunlich, wieviel Sachkunde man an einem einzigen Nachmittag aufpicken kann. Es machte mir richtig Spaß zu hören, wie die Sperren aufklickten.

Sid hatte mir eine weitere kleine Spezialistenperle geschenkt: daß nämlich neun von zehn Alarmanlagen in Privathaushalten gleich hinter der Tür einen Druckauslöser haben, der den Alarm einschaltet. Also legte ich großen Wert darauf, mir auf dem Abstreifer mit dem einladenden »Welcome« *nicht* den Staub von den Sohlen zu scheuern. Wie hatte meine Oma stets gesagt? Zwei Minuten Denken erspart zehn Minuten Weinen.

Es raubt einem wirklich den Mumm, wenn man irgendwo ist und nicht weiß, warum; und ich hätte wahrhaftig gern gewußt, wonach ich suchte. Die Küche begann mich zu langweilen, und so ging ich weiter ins vordere Zimmer. Die Vorhänge waren aufgezogen, und das orangegelbe Mondlicht verlieh den Möbeln einen Hauch von Surrealismus. Ich fand, es wäre klug, die Vorhänge zuzuziehen. Ich war bereits halb am Fenster, als ich erstarrte: Jeder, der einen Schlüssel zur Vordertür besaß, mußte zweifellos mehr Recht haben, hier hereinzukommen, als ich.

Scheiße!

Ich schob vorsichtig einen Lederzweisitzer von der Wand ab und verkroch mich dahinter. Die Haustür fiel leise ins Schloß, aber es ging kein Licht an. Das war interessant.

Schritte vom Korridor, dann schloß sich die Tür dorthin; ein Rauschen von den Gardinen, als die unbekannte Person mir meine Idee klaute. Vielleicht war es ja Mike, und er war zurückgekommen, wo immer er gewesen sein mochte. Ein positiver Gedanke, besser jedenfalls als ein Grab im tiefen Beton. Ich schwitzte in meinem engen Schlupfwinkel und suchte verzweifelt nach brauchbaren Erklärungen für mein Hiersein. Dann ging das Licht an, und ich konnte aufhören, mir darüber Sorgen zu machen, und mich ganz neuen zuwenden: etwa der Überlegung, was Tony Murray hier zu suchen hatte, in seiner ganzen schwarzledernen Schönheit . . . Von meinem Versteck aus konnte ich verdammt wenig sehen, eigentlich nur die Tür und den Lichtschalter, aber ich hörte, wie er Möbel verschob und dabei vor Anstrengung grunzte. Ich wagte mich etwas weiter vor, um einen Blick auf ihn zu erhaschen. Er hatte ein viktorianisches Bücherregal verschoben und den Teppich zurückgeschlagen und sich so Zugang zu einem hübschen kleinen versteckten Loch verschafft.

Bei dem Gedanken, daß Nicholls' Mannen zu unfähig gewesen waren, das Versteck bei der Durchsuchung zu finden, wurde mir ganz warm ums Herz; aber vielleicht finden die Armleuchter sowieso nur was, wenn ihnen gesagt wird, wo sie suchen müssen. Ich wartete, bis Murray alles wieder in Ordnung gebracht hatte, dann stand ich auf und sagte: »Hi, Tony. Also hier verstecken Sie den Vorrat?«

Das war nicht übermäßig brillant von mir, und ich hätte wirklich einen günstigeren Moment abwarten sollen; die geröteten Lidkanten seiner Augen verrieten mir, daß er noch immer User war und wahrscheinlich in diesem Augenblick dringend einen Fix brauchte. Sein Gesicht sah ziemlich gemein aus, als er halb durch den Raum auf mich zukam.

Ich zog mich recht hastig zurück und dachte dabei daran, wie ich es bis zur Tür schaffen sollte, falls die Sache eine üble Wendung nahm. Ich streckte ihm eine Hand entgegen.

»He, Mann, Frieden«, sagte ich. »Ich bin eine Freundin von Mike.«

Er dachte darüber nach. »Komisch, wir sind uns nie übern Weg gelaufen.«

»Aber Sie können es mir aufs Wort glauben.«

»Wie bist du hier reingekommen?«

»Durch die Tür«, sagte ich gelassen und wahrheitsgetreu. Aber Murray wirkte davon unbeeindruckt. Ich sah am linken Auge den nervösen Tic zucken und versuchte mir was Nettes einfallen zu lassen, was ich ihm sagen könnte.

»Mike war aber nicht der Typ, der rumläuft und links und rechts seine Hausschlüssel verteilt«, sagte er schließlich stumpf.

»So, und wieso haben Sie dann einen? Und wo ist er übrigens? Ich muß dringend mit ihm sprechen.«

»Ach jaah?« Er trat noch einen Schritt weiter vor und stand nun neben dem Kamin und außerdem nahe genug vor mir, daß ich seinen Atem riechen konnte, und der roch nicht gerade angenehm.

»Sehen Sie mal«, sagte ich, »wir stehen auf derselben Seite.«

»Und welche ist das?«

Wie zum Teufel hätte ich das wissen sollen? Ich war ja noch nicht einmal so weit vorangekommen, daß ich die Spieler auf den gegnerischen Feldern gekannt hätte.

Also fragte ich sanft: »Weiß Mike, daß Sie mit Denton dealen?«

Ich weiß es wirklich nicht, warum ich so was immer wieder tue. Meine Frage war ein Schuß ins Blaue, und sie führte keineswegs zu dem von mir erhofften Ergebnis. Er griff sich nämlich den reichverzierten Schürhaken und holte damit gegen mich aus.

»He!« sagte ich scharf und wich nach rückwärts aus. »Passen Sie auf, Mann, oder Sie zerdeppern noch was.«

»Genau, nämlich deine bescheuerte Birne!« erwiderte er bösartig und holte zu einem weiteren Hieb aus. Auf seiner Gesichtshaut lag ein dünner Schweißfilm, und das paßte genau zu dem nervösen Augenzucken und den geröteten Lidern. Er hielt den Feuerhaken jetzt mit beiden Händen.

Mir blieben noch etwa zwei Meter, bevor die Wand einen weiteren Rückzug unmöglich machen mußte. Die Geschichte kam verdammt außer Kontrolle, und Murray wollte mich keineswegs mehr nur erschrecken, vielmehr verriet sein Gesichtsausdruck, daß ich in ernsten Schwierigkeiten steckte.

Er holte erneut aus. Ich wich aus, fühlte aber die Luft dicht am Gesicht vorbeiströmen. Mike sollte wirklich in der Wahl seiner Freunde ein wenig wählerischer sein! Ich federte auf den Fußballen ab und versuchte mich an all das zu erinnern, was Jack mir beigebracht hatte.

Murray riß den Mund auf und stieß so wütend zu, daß er

mich glatt aufgespießt hätte, wäre ich nicht darauf vorbereitet gewesen.

»He, Mann, jetzt reicht's!« brüllte ich. »Wir wollen doch hier keinen Krieg anfangen!« Ich weiß nicht, ob er mich gehört hat oder nicht, jedenfalls ließ er sich nicht davon abhalten, weiter auf mich zuzukommen. Die Wand im Rücken kam näher, und der einzige Fluchtweg, der mir blieb, war über das Sofa. Ich verschob meine Position ein wenig zur Seite, und er erwischte mich, ehe ich wieder in Balance war. Ich riß die Arme hoch und spürte das Knirschen von Knochen unter Metall.

Und dann platzte in meinem Kopf die Wutblase, und der Schmerz setzte ein Aggressionspotential frei, von dem ich gar nicht gewußt hatte, daß es in mir war.

Ich war wieder in Balance, wich dem nächsten Schlag aus und verpaßte Murray einen hochgesetzten Kick seitlich am Kopf, der seinen Hals schlackern ließ. Und das war möglicherweise sogar ein tödlicher Schlag. Aber in diesem Moment war es mir egal.

Er sackte nach hinten, und ich lief zur Tür. Der Schürhaken klirrte zu Boden, und ich riskierte einen hastigen Blick über die Schulter. Ich brauchte mir keine Sorgen zu machen, daß der Mann tot sein könnte, denn er wälzte sich gerade herum und auf die Knie und schickte sich an, hinter mir herzukommen.

Ich schaffte meinen persönlichen Schnelligkeitsrekord durch die Küche und beglückwünschte mich zu meiner Schlampigkeit, daß ich beim Hereinkommen nicht wieder hinter mir abgeschlossen hatte.

Ich behielt mein Rekordtempo bei, bis ich wieder in meinem Bastard saß. Hinter mir brach die Hölle los. Es war wirklich eine Schande, daß ich auf meiner Flucht auf den Fußabstreifer treten mußte.

Die elektrische Alarmglocke hämmerte betäubend in die nächtliche Stille, und ich hatte so den Eindruck, daß Murray darauf verzichten würde, mich weiter zu verfolgen, weil er sich schleunigst selber verziehen mußte.

In meinem System pulste immer noch das Adrenalin, und ich fühlte mich wunderbar. Ich hatte eine Schlacht gewonnen. Ich schwebte auf einem Hoch dahin und atmete gierig Sauerstoff ein, und ich gluckste vor Lachen in dem ungetrübten primitiven Lustgefühl, gesiegt zu haben.

In den umliegenden Häusern gingen die Lichter an; und irgendwo im Viertel riefen in diesem Augenblick bestimmt irgendwelche Nachbarn die Polizei an. Ich duckte mich hinter meine Windschutzscheibe und wartete ab. Es wäre ja blöd gewesen, wenn ich gerade jetzt auf mich aufmerksam gemacht hätte. Ein, zwei Minuten später hörte ich, wie Murrays Kawasaki dröhnend zum Leben erwachte . . . und das freute mich sehr, denn damit hatten die Nachbarn etwas, worüber sie sich der Polizei gegenüber wichtig machen konnten.

Ich bewahrte noch einige Minuten länger Profigeduld, dann löste ich die Handbremse und ließ den Wagen sanft abwärts rollen, und kurz bevor ich die flache Bahn erreichte, schaltete ich den Motor ein und fuhr dann ganz zivilisiert und gemächlich davon. Mein euphorisches Hoch schwächte sich mehr und mehr ab, und an der Stelle, wo mich der Schürhaken getroffen hatte, pulste der Schmerz auf und ab; morgen würde ich dort wieder eine Regenbogencoloration haben – als Ersatz für die inzwischen fast abgeheilten.

Pete entgeht kaum etwas. Null Chance für mich, heimlich in den Aktenraum zu schleichen, solange seine Knopfäuglein aufpaßten. Ich zog ein Unschuldslächeln auf mein Gesicht, als er aus seinem Büro auf mich zukam. »Sie sehen ja wieder ganz gesund aus, Leah.« Seine Augen glitten über das rosa Narbenschlänglein. »Das muß weh getan haben, armes altes Mädchen.«

»Ich hab' es überlebt. Und die schönsten Prellungen sind nicht öffentlich.«

»Wie interessant. Kommen Sie rein, und zeigen Sie mir den ganzen Horrorfilm, und ich verwöhne Sie mit Tee und Mitgefühl.«

Kein Mann, dem ich je begegnete, konnte ein derart boshaft lüsternes Grinsen zustande bringen wie Pete; eines Tages würde ich ihn beim Wort nehmen und ihn dann zappeln lassen. Die Hand auf meiner Schulter verriet eine lange Praxis in Zudringlichkeit, und so trabte ich lammbrav mit ihm in sein Büro. Es war immer noch früh genug, ihm einen Klaps zu geben, sobald ich hatte, was ich wollte.

Er steckte den Kopf noch einmal auf den Flur und befahl Cathy, Tee zu machen – an der Rolle der jüngsten Kraft im

Büro hat sich nicht viel geändert, sie ist immer noch beschissen. Ich setzte mich auf den Besucherstuhl und bemühte mich, naiv auszusehen, und das fällt mir immer ziemlich schwer. Pete kehrte zurück und pflanzte sein Hinterteil in seinen Drehsessel, der nach hinten gekippt werden kann, so daß er die Beine auf den Schreibtisch legen kann. Das tat er auch jetzt und verschränkte die Hände über dem Kopf.

»Wieso kriege ich so ein Gefühl, daß Ihr Erscheinen weniger eine Höflichkeitsgeste ist als eine Art beiläufige Infiltration?« sagte er. »Irgendwo schwebt in meiner Erinnerung die Vorstellung, daß Sie noch eine Woche krankgeschrieben sind. Wieso sind Sie nicht in Marbella und erholen sich?«

»Zuviel Lust und billiger Wein wären in meinem derzeitigen Zustand kontra-indiziert«, sagte ich. »Außerdem muß ich in der Denton-Akte ein paar Zahlen nachsehen; der Fall kommt erneut zur Verhandlung, und zwar am Tag nach meiner Rückkehr, und ich möchte nicht von einem smarten Anwalt auf Fehlern ertappt werden.«

Auch dies habe ich schon als kleines Kind gelernt: Mit einer Halbwahrheit kannst du dich leichter vom Haken loszappeln als mit einer ganzen Lüge. Pete wußte, daß Denton wieder vor Gericht erscheinen mußte, und ich wollte tatsächlich einige Zahlen nachsehen. Er brauchte wirklich nicht zu wissen, daß beides nichts miteinander zu tun hatte.

»Den Tag möchte ich sehen!« sagte Pete scharf.

»Ach gehn Sie doch, Pete! Außerdem arbeite ich noch immer hier, wissen Sie.« Er warf mir einen Raubvogelblick zu, der mich beunruhigte. Auch was er als nächstes sagte, machte mir Kummer.

»Ich habe Sie für diese Woche für einen hochgestochenen Kurs für höhere leitende Beamte vorgeschlagen, weil ich mir dachte, das würde Ihnen Spaß machen. Ist sowieso an der Zeit, daß Sie weiterkommen, die Schwingen ausbreiten.«

»Dabei würde mir nur schwindelig, und ich mag die Arbeit, die ich jetzt mache. Aber trotzdem, danke.«

Er sagte: »Aber Sie würden dort kurlauben. In Malvern. Netter kleiner Ort. Und so gesund.«

»Schicken Sie Arnold.«

»Arnold wird vor Gericht gehen, Sie werden in Malvern sein«, eröffnete er mir kategorisch. Ich schluckte die Kröte, mochte sie aber nicht; ich hatte den Eindruck, daß ihm jemand zugesetzt hatte. Cathy kam und schleppte zwei Humpen an, über deren Rand die Fäden der Teebeutel hingen, was ich ausgesprochen widerwärtig finde. Pete tätschelte ihr die Hüfte. »Noch eine Kleinigkeit, Catherine my Love, ja? Holen Sie mir doch die Denton-Unterlagen her. Die müßten bei den laufenden Gerichtsklagen liegen.«

Ich verspürte eine Wallung von Aggressivität in mir aufsteigen. Aus meiner Sicht erlaubte sich die männliche Hälfte der Gesellschaft eine Menge Frechheiten, als wäre das ihr gutes Recht.

»Pete, ich will weder rauf- noch runter-, noch seitwärts*steigen,* jedenfalls nicht im Moment. Und Arnold könnte die Sache verhauen, er kennt sich doch überhaupt nicht mir der Denton-Akte aus.«

»Ach, innerhalb einer Woche wird er das schon schaffen, Leah-Dear. Sie sind ja so gründlich in Ihrer Arbeit. Darum ist es vielleicht wirklich an der Zeit, daß Sie zu Größerem aufsteigen. Vertrauen Sie mir doch, ich bin schließlich Ihr Vorgesetzter.«

Ich sagte ziemlich giftig: »Darf ich das so verstehen, daß Nicholls sich schon wieder beklagt hat? Was ist es denn diesmal?«

Ich hatte offenbar genau den richtigen Punkt getroffen.

Pete sagte verlegen: »Also, eigentlich war es ja nur, daß es für Sie viel besser wäre, wenn Sie für eine Weile – anderswo – hmmm, beschäftigt wären.«

Er tunkte seinen Teebeutel im heißen Wasser auf und ab; es ist bemerkenswert, wie solch kleine Betätigungen kleinen Geistern entgegenkommen, die es nicht wagen, dir ins Auge zu schauen! Ich sagte:

»Pete, es ist leider so, daß ich befürchte, ich könnte einen Spätfolgerückfall kriegen. Es wäre doch wirklich ein Jammer, wenn das ganze Geld des Steuerzahlers für einen Kurs rausgeschmissen würde, an dem ich dann vielleicht gar nicht teilnehmen kann.« Das bremste ihn, und er hörte auf zu spielen. Wenn es etwas gibt, was die Finanzprüfer Ihrer Majestät sehr ungern sehen, dann sind das unbesetzte Planstellen . . . Ich konnte richtig sehen, wie es in seinem Kopf klickte und wie er sich abmühte, einen Weg zu finden, Arnold in die Aufsteigerwüste zu schicken, sollte ich wirklich daheim bleiben wollen.

Er plazierte seinen Teehumpen exakt in die Mitte seiner Schreibmatte und ruckte dann senkrecht und aufrecht nach vorn. Ich kannte die Signale: Pete war drauf und dran, in die Rolle des gewichtigen Chefs zu schlüpfen. An und für sich kann er das ganz gut durchziehen, hauptsächlich weil es ja doch ziemlich nervt, wenn ein ganz lieber, konstant alkoholverkateter Verlierertyp auf einmal den glasschartigen Boß herauskehrt. Aber bei mir klappte der Trick nicht so ganz. Ich kannte ihn einfach schon zu lange. Er sagte – ganz behutsam und deutlich akzentuiert –: »Es wäre eine kurzsichtige Entscheidung, wegen persönlicher Differenzen auf berufliche Aufstiegschancen zu verzichten. Das muß ich Ihnen sagen, Leah. Nur damit wir da nicht in Mißverständnisse geraten.«

»Aber ganz und gar nicht«, versicherte ich ihm. »Mir geht

es ja bloß darum, gesund zu bleiben, und Sie wissen doch, daß es mir das Herz brechen würde, Sie im Stich zu lassen!« Dann kam Cathy mit der hochschwangeren Akte herein. Ich schoß aus meinem Stuhl und nahm sie ihr ab, bevor sie den Berg in Petes Reichweite bringen konnte.

Pete sagte steif-kühl: »Wenn Sie damit fertig sind, bringen Sie das bitte zu mir zurück.«

Ich habe es wohl schon einmal gesagt, der Mann kann wahrhaftig zu einem Gefrierpack werden, wenn ihm danach zumute ist.

Ich saß dann an meinem eigenen kleinen Schreibtisch, und Leute kamen vorbei und plauderten nett mit mir. Dazwischen arbeitete ich Dentons Aktiva durch. Da war nichts über den Hochbau zu finden, aber ein guter Steuerberater konnte ihn da leicht herausreden und sagen, das werde in der Steuererklärung des Folgejahres berücksichtigt werden; nicht herauswinden aber konnte sich Denton aus Angaben über Einkünfte aus Liegenschaftsbesitz in der Pontefract Road. Wenn ich Sid Glauben schenkte, hatte Denton jeden anderen Hauseigentümer auf der »sündigen Meile« schon vor einiger Zeit hinausgeekelt. Und dies bedeutete, daß die Einnahmen aus dem privaten Filmclub, aus dem schmuddeligen Revuelokal und aus dem »diskreten« Sexladen alle in seine Tasche flossen.

Mir wurde ganz heiß bei dem Gedanken, was für einen Spaß es mir bereiten würde, das alles zu überprüfen.

Als ich die Unterlagen zurückbrachte, grollte Pete noch immer. Also glättete ich ein wenig die Wogen. »Danke, Pete, ich weiß es wirklich zu schätzen, daß ich die paar Sachen überprüfen konnte. Ich habe keine zusätzlichen Punkte notiert, weil alles klar zu sein scheint, nichts, was verhindern könnte, daß der Fall glatt abläuft.« Ich sah, wie er sich dabei entspannte, obwohl er mir das natürlich nicht sagen würde.

»Das ist ja fein«, sagte er statt dessen und blätterte in der Akte herum, ohne mich anzusehen. »Sollten Sie irgendwelche weiteren Sorgen haben, geben Sie sie einfach an mich oder Arnold weiter. Rufen Sie mich am Freitag an, ich informiere Sie dann über die endgültigen Arrangements für Montag.«

Auch das ist typisch für Pete in schlechter Laune: Er läßt nicht so leicht locker.

Daß die Kommunalbehörden im selben Gebäude sind wie wir, war wirklich angenehm; zum erstenmal sah ich einen Vorteil darin, daß sie aus dem Rathaus aus- und bei uns eingezogen waren, schon weil mir dadurch erspart blieb, einen neuen Parkplatz finden zu müssen. Ich fuhr im Aufzug in den obersten Stock und bedauerte dies sofort, denn es ist die Art von betrunkenem Lift, die von einer Seite zur anderen schwankt und in denen du dich fragen mußt, ob das Kabel halten wird.

Die Planungsabteilung summte vor Aktivität. Das Ganze war ein einziges Großraumbüro, so daß also niemand sich gekränkt fühlen durfte, weil er kein so angenehmes Zimmer abbekommen hatte wie der Scheißer am Ende des Ganges, der nie was tat und dafür doppelt soviel verdiente.

Ich zog in immer größeren Kreisen umher, bis ich den richtigen Schreibtisch gefunden hatte. Mir fiel auf, daß es auch hier womöglich doch nicht so egalitär zuging, denn wenn dies so gewesen wäre, wieso klebten dann die meisten Frauen in einer Ecke zusammen und hämmerten auf Tastaturen ein? Ich war froh, daß ich am Morgen mein formelles Kostüm gewählt hatte; auch dies habe ich für Exkursionen in männlich-dominierte Machtbereiche gelernt – wenn du nicht dumm angequatscht oder angegrapscht werden willst, mußt du »effizient« aussehen.

Auf dem Schreibtisch befand sich ein weißer Plastikriegel,

auf dem in schwarzen Lettern *Denis Higgs* zu lesen stand. Ich nehme an, in solch einem Mammutbüro ist das nötig, damit du nicht vergißt, wer du selber bist.

Higgs wirkte schlaff und müde und seine Kleidung ebenfalls; alles an ihm hing nach unten. Das besserte sich aber, als er auf den Beinen war und aus dem Büro strebte. Ich mußte traben, um mit ihm Schritt zu halten. Wir landeten in einem Raum voller Karteikästen, grauer Aktenschränke und langer Konsolen mit breiten flachen Schüben. Higgs brauchte nicht lang, bis er gefunden hatte, was ich über die Besitzverhältnisse der Liegenschaften in der Pontefract Road wissen wollte. Dentons Name tauchte nicht direkt auf, aber so was läßt sich ja umgehen, und ich beispielsweise wußte, daß die »Northern Properties Ltd.« nichts weiter war als eine dünne Camouflage; wenn man den Schutzfilm runterzog, würde man da mittendrin Denton hocken sehen.

Ohne daß ich ihn darum gebeten hätte, trug Higgs die Bebauungsgenehmigungsanträge zum Fotokopierer und machte ein paar Kopien. Ich sagte: »Danke! Genau, was ich gebraucht hab'. Wäre es furchtbar unbescheiden, wenn ich Sie bitte, noch etwas anderes für mich zu suchen?«

»Auf die Weise brauche ich nicht gleich wieder in den Miststall zurück«, sagte er. »Und alles, was das möglich macht, lohnt sich. Was brauchen Sie denn?«

»Mich würde interessieren, ob das neue Parkhochhaus ausschließlich aus Kommunalmitteln finanziert wird.«

Er trat an einen anderen Aktenschrank. »Sie haben von dem Bürgerprotestkomitee gehört?«

»Ja, ich hab' sie demonstrieren sehen.«

»Ich kann es ihnen nicht verübeln. Das Terrain hätte man für etwas Besseres nutzen können.«

»Aber hat das denn keiner gesagt?«

»Behördenangestellte werden dafür bezahlt zu beraten, dann liegt es bei der Planungskommission, dem Rat zu folgen oder nicht.«

»Und in diesem Fall hat sie nicht?«

»Nein. Das Feedback ging dahin, daß wir überpingelig wären. Und natürlich waren die Argumente *für* das Parkhaus recht stichhaltig; die Gemeinde braucht wirklich mehr Parkmöglichkeiten, um die Straßen freizukriegen, und wo immer man so ein Autosilo hingestellt hätte, es hätte Proteste gehagelt; das ist immer so. Sobald das Ding dann steht und in Betrieb ist, legt sich die ganze Aufregung wieder.« Er fingerte durch die Aktenordner. »Was die Finanzierung betrifft, das kann ich Ihnen sagen, ohne erst nachsehen zu müssen, die ist nicht ausschließlich aus dem Stadtsäckel, und das hat möglicherweise bei ihrer Entscheidung eine Rolle gespielt, besonders da ein Teil der Gewinne in das kommunale Budget abgezweigt werden sollen. Eben die alte Geschichte mit dem geschenkten trojanischen Gaul.« Er klappte einen Ordner auf und ließ mich lesen. Der Erstantrag war dreimal an die Planungskommission zurückverwiesen worden, ehe er gebilligt wurde. Ich sagte:

»Es hat den Anschein, als wären ein paar Leute nicht so leicht zu überzeugen gewesen. Mich würde interessieren, was sie dazu bewegte, ihre Meinung zu ändern.«

Higgs Achselzucken war sehr ausdrucksvoll. »Es wurde gemunkelt, daß ziemlich viele von der Opposition am Abend der Endabstimmung daheim geblieben sind.«

Ich blätterte die Seiten durch, dann fand ich als Bauträger des städtischen Bauvorhabens partnerschaftlich die »Stadt Bramfield« und die »County Development Company, Ltd.« aufgelistet. Was für ein hübscher Firmenname, dachte ich, das hat so einen echt soliden, bodenständigen und vertrauenswürdigen Klang! Ich fragte mich, ob Denton sich jemand leistete, der sich so etwas ausdachte.

»Und jetzt brauche ich eigentlich nur noch eine Liste der leitenden Direktoren.«

»Also, da kann ich Ihnen nicht helfen. Solche Informationen wären für uns in der Baubehörde nicht erforderlich, außer daß vielleicht...« Er nahm mir die Akte aus der Hand und blätterte einige Seiten zurück. »Da haben wir's ja – Erstantrag, im Handelsregister eingetragene Firma das Büro Grayson & Chubb, Park Square Nummer 18, Bramfield.« Ich kritzelte mir das auf die Rückseite einer Fotokopie.

»Und was ist mit dieser anderen Firma da, Northern Properties Ltd., haben Sie für die auch eine Firmenadresse?«

»Könnte sein.« Er holte einen Aktenkarton herunter und suchte in den rosa Kopieseiten. »Ha! Da ist es: G. W. Bentham, Steuerberater, Millhill...«

»Danke«, sagte ich, »ich kenne die Firma. Und vielen Dank für Ihre Hilfe.«

»Es war mir eine Wonne«, sagte er und fügte etwas dunkel hinzu: »Ich weiß ja nicht, wonach Sie suchen, aber passen Sie auf, wo Sie hintreten, es liegen 'ne Menge Eierschalen in der Gegend herum.«

Dieser Rat war eins von den Problemen, über die ich auf dem Weg zu Dentons Steuerberater nachdachte. Benthams Büroräume lagen über einem Schreibwarenladen in einer stillen Seitenstraße, und ich hatte die enge Stiege schon viele Male zuvor erklommen, und die Empfangs- plus Telefon- plus Tippsen- plus Teekochdame kannte mich genau. Ich könnte nicht behaupten, daß sie jemals erfreut ausgesehen hätte, wenn ich ankam. Wahrscheinlich, dachte ich, hatte das von ihrem Boß auf sie abgefärbt. Bentham war stets höflich mir gegenüber, in der Regel hilfsbereit in allem, was sich nicht gegen ihn oder einen Klienten verwenden ließ, doch ich hatte jedesmal das Gefühl, daß der Mann weit lieber mit einem Pferd verhandeln wollte als mit einer Frau. Mich störte das nicht weiter, das war schließlich sein Problem.

Bentham ließ mich eine Weile warten, damit ich gebührend auf den Stand der Dinge zurückgestutzt würde, dann erlaubte mir sein Summer, zu ihm vorzudringen. Er wuchtete sich halbwegs aus seinem Sessel, als ich eintrat, und das war angesichts seiner Körpermassen ein relativ mutiger Versuch. Ich ließ mich auf dem spindligen Besucherstühlchen nieder und wartete geduldig, bis er seine diversen Kinnfalten wieder bequem übereinandergelegt hatte.

Er eröffnete: »Ich hab' gehört, Sie sind Rekonvaleszentin. Wie nett, daß Sie sich wieder so rasch erholt haben.«

Als ich seine Stimme zum erstenmal hörte, hat es mich fast vom Stuhl gerissen; sie war wie die eines alt gewordenen Kapauns, einfach viel zu hochgelagert für das Körpervolumen.

Ich sagte: »Wie nett von Ihnen, daß Sie sich um mich Sorgen gemacht haben. Aber ich bin hier, um mit Ihnen über die Northern Properties Limited zu reden, das ist eine von Dentons Firmen, nicht wahr?«

Er baute seine Finger zu einem gotischen Kirchturm auf und erwog meine Frage in seinem fetten Herzen. Eigentlich würde man ja bei einem wohlbeleibten, also feisten Mann plumpe Patschhändchen erwarten, aber die seinen waren zierlich-elegant – wie übrigens auch seine Füße. Nach einer Weile sagte er: »Anscheinend ist diese Kleinigkeit Ihnen bereits bekannt. Besteht bezüglich dieser speziellen Firma irgendein steuerliches Problem?«

»Ja, so könnten Sie es wohl ausdrücken. Sie erscheint

nämlich nirgendwo in einer von Mister Dentons Steuererklärungen. Mich würde interessieren, warum.«

»Mich auch, liebes Kind, mich auch«, sagte er mit ernstem Diskant. »Und ich werde mich auch sofort darum kümmern, das verspreche ich Ihnen. Mir fällt als Erklärung nur ein, daß es da wahrscheinlich einen kleinen Fehler in Ihrem Büro gegeben hat, eine Sekretärin, die zwei Seiten überschlagen hat . . . bedauerlich, aber so was kommt ja gelegentlich vor. Schlamperei!«

»Wenig originell, aber immerhin möglich. Aber – Northern Properties gehört, soweit ich weiß, so ungefähr ein Kilometer Grundstücke an der Stirnseite der Pontefract Road, also im sogenannten Rotlichtviertel, wo sich unsere Schmuddelkerle und Rinnsteinfeger herumtreiben.«

Er sagte: »Also, so übel, wie Sie das da hinstellen, ist die Gegend wirklich nicht, Miss Hunter, und davon abgesehen können Sie ja nicht meinen Mandanten für irgendwelche Formen von Straßengewerbe verantwortlich machen.«

»Also, darüber könnte man streiten«, sagte ich. »Meiner Information nach bezieht Ihr Klient eine Prozentualbeteiligung aus der Erwerbstätigkeit der Mädchen, die in dem Bezirk arbeiten.«

Er baute den Fingerkirchturm ab und begann zu trommeln. »Wegen dieser Unterstellung könnte Mr. Denton Sie wegen Verleumdung vor Gericht bringen.«

»Gewiß, aber ich würde nur verurteilt, wenn es nicht die Wahrheit wäre. Im anderen Fall gilt das noch immer als zu versteuernde Einkünfte«, erklärte ich ihm. »Vielleicht haben Sie es ja versäumt, Mr. Denton diesbezüglich genau aufzuklären. Wir stehen, glaube ich, am Montag wieder vor Gericht, und es wäre mir recht unangenehm, wenn es da noch weitere Klagepunkte gäbe.«

Er sagte kalt: »Ich kümmere mich darum, was mit den

Erklärungen passiert ist, und werde Sie noch vor Montag voll ins Bild setzen.«

»Ja, das tun Sie mal«, sagte ich, »und möglicherweise fallen Ihnen ja dabei auch noch ein paar andere Kleinigkeiten ein, zum Beispiel die ›Bramfield City and County Development Company‹ . . .«

Diesmal war er wirklich überrascht, das war völlig unverkennbar. Vielleicht vertraute ihm Denton ja doch nicht in allem.

»Das ist doch ebenfalls eine von Mr. Dentons Firmen, nicht wahr?« stocherte ich weiter. »Mit sehr beträchtlichem Umsatz, soweit ich informiert bin, und ebenfalls ohne daß dafür Steuererklärungen abgegeben worden wären. Sie waren sehr nachlässig, Mr. Bentham.« Damit hatte ich einen wunden Punkt getroffen, und sein Gesicht nahm eine hübsche Puterfarbe an. Ein, zwei Sekunden lang machte ich mir seinetwegen Sorgen, dann kam ihm die Stimme wieder, und er sagte gerissen:

»Diese spezielle Firma gehört nicht zum Bestand meines Klienten, Miss Hunter. Ausnahmsweise hat Sie Ihr Informant diesmal gravierend getäuscht. Aber was die andere Sache betrifft, werde ich sofort das Nötige veranlassen. Und jetzt, wenn es Ihnen nichts ausmacht, ich habe noch andere Verpflichtungen . . .« Er verschob ein paar Papiere und blickte fest auf seinen Schreibtisch.

Ich stand auf und wandte mich zum Gehen.

»Ich bin für heute sowieso fertig«, sagte ich. »Ich besorge mir eine Liste der Direktoren von Bramfield City and County, und wenn sie für den Fall relevant ist, übersende ich Ihnen eine Kopie.«

»Ja, tun Sie das«, erwiderte er beleidigt.

Ein Teil meines Wesens neigt zu echter Verschlagenheit,

und wenn ich auch zugeben muß, daß dies nicht eben ein besonders wünschenswerter Charakterzug ist, so ist es doch unbezweifelbar ein sehr nützlicher. Ich blieb in meinem Bastard sitzen und wartete, bis Pete essen ging. Um exakt ein Uhr begab er sich die paar Schritte vom Rückeingang zu dem XR3i, der sein neuestes Potenzsymbol ist. Ich versteckte mich hinter dem *Telegraph* und sah aus dem Augenwinkel den schwarzen Wagen vorbeischimmern; ein paar Minuten später schloß ich ab und ging in das Gebäude.

Es macht wenig Sinn, schuldbewußt dreinzuschauen, wenn du etwas Unrechtes tust. Und mich wurmte es, daß ich herumschleichen mußte, wo ich doch, verdammt, hier arbeitete. Ich stapfte in den Aktenraum und begab mich auf die Suche nach den Northern-Properties-Unterlagen. Das große Fragezeichen in meinem Kopf betraf Körperschaftssteuern; falls die nämlich nicht entrichtet worden waren, dann steckte Denton noch mehr im Dreck. Ich fand den Hefter und merkte, daß Bentham diesmal gespurt und tatsächlich die Unterlagen eingereicht hatte. Ich fügte eine kurze Notiz bei, daß es sich lohnen könnte, hier mit dem Feinkamm durchzugehen, und stellte den Ordner wieder an seinen Platz zurück. Für den Augenblick würde sich da jemand anderes graue Haare wachsen lassen müssen.

Ich ging zu den B-Akten und suchte nach »Bramfield City and County«. Aber diesmal hatte ich kein Glück, denn es gab keine solche Akte.

Ich hatte so ein Gefühl, daß Nicholls auf der Suche nach mir sein könnte, und das war ausreichend Grund, mich nicht an Orte zu begeben, an denen er mit mir rechnete. Ich ging die ganze Liste der Örtlichkeiten durch und landete schließlich bei dem fettstinkenden Café nahe der Bewährungsstelle als sichersten Atzungsplatz. Die Erinnerung an Bratkartoffeln gelangte bis zu meinem Magen, und er strampelte vor seligem Gedenken; vergiß das Polystyrol, her mit den triefenden Fritten! Es ist einfach schrecklich, wie unwiderstehlich es mich zu Junkfood hinzieht, wenn ich unter Streß bin. Ich parkte in der Gasse hinter dem Café und hoffte, daß nichts Größeres als ein Fordson da durchfahren wollen möge.

Da Bewährungsstelle und Café so dicht beisammenliegen, haben sie natürlich auch überwiegend den Kundenstamm gemein. Das störte mich nicht besonders; fünf Jahre an der Bramfield Girl Academy hatten nicht den von meinen Eltern so sehnlichst erwünschten Erfolg gezeitigt, denn anders als meine Schwester Em war ich nicht am anderen Ende als Junge-Dame-Raffinade herausgekommen. Ich spähte nach dem am wenigsten versauten Tisch, setzte mich und begann zu essen. Der Mittagsfresseransturm war vorbei, und es waren nur noch zwei weitere Tische besetzt. Drüben am Fenster stellten zwei frühreife Teens ziemlich aufdringlich viel Hühnchenbein in einer Weise zur Schau, die ihren Müttern wohl kaum angenehm gewesen wäre, wenn sie es gesehen hätten. Und vom anderen Tisch her genossen zwei pickelige Jungmannen die großzügig gewährten Einblicke. Das Gekichere und die verstohlen-deutlichen Seitenblicke schienen zu wirken, und ich fragte mich, ob die beiden Lolitas wirklich eine Ahnung hatten, worauf sie sich da möglicherweise einließen.

Am Nebentisch hatte jemand ein Schmuddelblatt liegenlassen, ich griff es mir und klemmte es gegen die Essigflasche und den Teller, dann ließ ich mich von der *Sun* mit Informationen über die wichtigsten Tagesereignisse erleuchten. »Parlamentsmitglied treibt fröhliche Spiele mit Unterhöschen« verdrängte so unwichtige Nachrichten wie die Wirtschaftsrezession und Bürgerkrieg auf dem Balkan auf die Innenseiten und damit völlig aus meinem Interessenbereich. Als die Tür aufging und einen weiteren Gast hereinspülte, blickte ich also nicht einmal auf, denn ich war dermaßen fasziniert zu erfahren, was »mann« alles mit einer Straußenfeder anstellen kann.

Aber schon bald deponierte ich die Zeitung zu dem übrigen Müll auf dem Tisch und wandte meine Aufmerksamkeit wieder den zur Fledderung auffordernden Junghühnchen zu. Ihr Publikum hatte sich um eine Person vermehrt, aber ich stellte mit einiger Freude fest, daß Tony Murray sich von ihnen nicht über Gebühr beeindrucken ließ.

Nach ein paar Minuten tauschte Murray ein schmales weißes Päckchen gegen Geldscheine aus. Ich klapperte verwirrt mit den Augenlidern. Was sollte ich jetzt machen, um Himmels willen? Der Kerl machte unter meinen Augen frech einen Deal! Die Halbmänner standen auf und verschwanden, und falls sie je an den Hühnchen interessiert gewesen sein sollten, so war davon nichts mehr zu merken. Ich packte mir meinen Kaffee und setzte mich zu Murray. Er schaute mich an, als wäre ich soeben frisch vom Mars gekommen, und außerdem mochte er mich zweifellos sowieso nicht; seine rechte Hand fuhr in die Jackentasche und blieb dort. Ich sagte:

»Stoff an Kinder zu verhökern, das ist nicht grad 'ne feine Art, sich für die ganze Unterstützung zu bedanken, die Mike Ihnen gegeben hat, oder?«

»Sie stinken mich regelrecht an, Lady. Verpiß dich!«

»Wie wär' es, wenn ich der Polizei ein Wörtchen über Sie sagte, Tony?«

»Dabei könnten Sie sich verdammt weh tun, wenn Sie das probieren.« Seine Augen schätzten mich ab, leere, ausdruckslose Augen, als wäre das, was immer hinter ihnen liegen mochte, lange tot. »Was giften Sie überhaupt hier rum? Hat er Sie aus dem Bett gebootet?«

»Sie könnten Hilfe kriegen, damit Sie allmählich von den Drogen wegkommen«, sagte ich, und versuchte Sympathie in meine Stimme zu schmuggeln.

»He, was glauben Sie denn, wer Sie sind? 'ne verdammte Sozialnudel?« Seine Augen wichen mir aus, und er begann an seinen Fingernägeln herumzupulen.

»Nein. Ich versuche nur rauszufinden, was mit einem meiner Freunde passiert ist. Und Sie könnten mir dabei helfen, Tony. Sagen Sie mir, wo er ist, und ich werde zu keinem was über Ihre Dealersachen sagen.«

Er ließ einen ganzen Rosenkranz von Flüchen los. Dann beruhigte er sich wieder. »Sie haben so richtige Schnüffleraugen, wissen Sie? Na schön, ich bin ein User. Aber wer, glauben Sie, hat mich drauf gebracht?« Seine

Augen hefteten sich flüchtig an meinen Blick, seine Hände ohrfeigten in die Luft zwischen uns. »Aaach, was soll's, du blöde Schnalle!« Er stieß den Tisch heftig von sich und schoß durch die Tür davon. Bis ich mich aufgerappelt hatte und ihm folgen konnte, war er mit seiner Kawasaki längst verschwunden.

Es gab eine Menge Sachen, die sich um mich herum angesammelt hatten, die ich im Grunde Nicholls hätte sagen müssen; Sachen, die der Polizei anzuzeigen man sich als anständiger Normalbürger geradezu drängen sollte. Der einzige Fehler dabei war nur der, daß der normale Bürger kaum je in die Lage kommt, mit solchen Sachen konfrontiert zu sein.

Ich holte mir meinen Bastard und steuerte ihn das kurze Stück bis zum Park Square. Die Büroräume von Grayson & Chubb relegierten Benthams Loch eindeutig in die Kategorie der Armseligkeit; über den historischen »georgianischen« Platz waren dermaßen viele denkmalschützerliche Verordnungen niedergeprasselt, daß es inzwischen fast schon gebührenpflichtig war, hier auch nur die Luft zu atmen. Und das an sich sagte mir eigentlich schon eine Menge über »Bramfield City and County«.

Grayson war nicht abkömmlich, und Chubb war nicht in der Stadt, aber es gelang mir, einen Teilhaber zu erwischen, der James Bryce hieß, aussah wie in seinen Dreißigern, aber mit verfrühtem Glatzeneinsatz. Eigentlich wollte er mir ja keinerlei Informationen geben, doch mein Ausweis als Steuerinspektor verschaffte mir eine Art Brückenkopf. Ich begreife zwar immer noch ums Verrecken nicht, wieso er einen dermaßen beunruhigten Eindruck machte, denn am Ende hatte ich weiter nichts aus ihm herausgefragt als Namen und Anschrift einer Dachgesellschaft in London. Und Bryce behauptete, nicht das geringste über die zu wissen.

Allmählich kam ich mir vor wie ein Kind, das loszog, Kaulquappen zu fischen, und plötzlich einen Hecht landet.

Inzwischen war es halb fünf, und mir fiel weiter nichts Nützliches ein, was ich in der Stadt hätte erledigen können. Ich war schon halb daheim, als mir Charlie einfiel und das Geld, das ich ihm für Sid zu geben hatte. Ich wendete und fuhr zu einem Geldautomaten. Es wäre mir gar nicht recht gewesen, wenn Charlie sein Vertrauen in mich verloren hätte. Als ich dann auf seinen Werkstatthof fuhr, prangte dort aufreizend ein 2-Liter-Jaguar und nahm eine Menge Raum ein, und Sid war im »Büro« und redete mit Charlie. Er machte sich nicht die Mühe, die Scheine zu zählen, denn – wie er sagte – wenn es nicht stimmte, wisse er ja, wo er mich finden könne.

Auf dem Heimweg überlegte ich, in was für Geschäftsbereichen, außer der Beschaffung von Dietrichen, er wohl noch tätig sein mochte. Was immer das war, es schien sich zu lohnen.

Palmer's Run verläuft an einem sanften Hang, und von unten her entdeckte ich den Wagen von Nicholls. Ich nahm Gas weg und fuhr gemächlich weiter, schließlich konnte er ja allerhöchstens seit neun Stunden da gewartet haben. Ich parkte den Bastard gegenüber meinem Haus und ging an seinem Wagen vorbei und die Stufen zur Außentür hinauf, ohne hinzusehen. Irgendeine auf Sicherheit bedachte Seele hatte daran gedacht abzuschließen, und ich brauchte ein paar Sekunden, bis ich das Schloß aufkriegte. Inzwischen hatte er seine Wagentür dermaßen laut zugeknallt, daß wahrscheinlich der Lack abgeplatzt war, und fauchte mir seinen heißen Atem in den Gehörgang. Er war erneut in unfreundschaftlicher Stimmung. Das zeigte sich am zischenden Ton: »Wo zum Teufel haben Sie gesteckt?«

Ich konterte mit einer meiner Meinung nach vernünftigen Gegenfrage: »Warum?« Dann ging ich einfach die Treppe hinauf. »Ach, danke übrigens, daß Sie den armen Pete zur Schnecke gemacht haben«, sagte ich, während ich meine Wohnungstür aufschloß. »Es wird Sie befriedigen zu erfahren, daß er den Anweisungen gefolgt ist, mich aus dem Weg zu schaffen. Nächste Woche hocke ich gelangweilt in einem Manager-Seminar, das mich nicht im geringsten reizt, in Malvern.«

Er sagte: »Denken Sie jetzt nicht an Malvern. Wo waren Sie gestern nacht?«

Ich streifte die Schuhe ab und patschte in die Küche, wo ich eine frische Filtertüte in die Kaffeemaschine stopfte und sie anwarf. Erst dann beantwortete ich die Frage.

»Hier bei mir, ich hab' mir Detektiv Rockford angeschaut.«

»Und dann, was?«

»Dann bin ich ins Bett gegangen. Leider allein. Meinen Schmuseteddy hab' ich schon vor Jahren verschenkt.« Ich wechselte das Thema. »Haben Sie die Wanzen erhalten, die Tom gefunden hat?«

»Von denen er sagt, er hat sie gefunden.«

»Er hat sie gefunden, ich war dabei.«

Darauf sagte er: »Wie gut kannten Sie eigentlich Mike Perryman?«

Ich erstarrte bei dem Tempus – *kannten* hatte so einen ominösen Beiklang.

»Habt ihr ihn gefunden?«

»Verdammt, Leah, beantworten Sie meine Frage.«

»Das haben wir schon alles durchgekaut, und die Antwort ist immer noch dieselbe: Ich kannte ihn wirklich nur von unseren Begegnungen im Gericht.«

»Er ist nie hierher in Ihre Wohnung gekommen?«

»Nie.«

»Und Sie haben ihn auch nie bei ihm zu Hause besucht?«

»Nein. Aber jetzt hören Sie mal, als ich Mike das erstemal erwähnte, sagten Sie mir, daß er nichts mit Ihren Ermittlungen zu tun habe.«

»Die Dinge ändern sich manchmal«, sagte er unbestimmt.

»Ja, das tun sie, weiß Gott!«

»Gestern nacht wurde in Perrymans Haus eingebrochen; und wieso komme ich auf die Idee, daß das nicht überraschend ist?«

»Wie sollte ich das wissen?«

»Der Einbruchsalarm wurde ausgelöst.«

»Dann muß es ja wohl ein Amateur gewesen sein«, sagte ich, wie stets bemüht, anderen zu helfen. »Womit sich die Zahl der Verdächtigen beträchtlich verringern dürfte. Aber, wissen Sie was, geben Sie mir fünf Minuten, ich muß einfach aus diesem Kostüm raus.«

Ich verzog mich und dachte ein wenig nach. Es gab natürlich durchaus die Möglichkeit, daß irgendeine schlafgestörte Seele an einem Fenster gelauert hatte. Ich gönnte mir eine ökobewußte Zweiminutendusche. Danach kam ich zu dem Schluß, daß dies doch wenig wahrscheinlich war. Und wenn Nicholls sicher gewesen wäre, daß ich am Tatort war, dann würde er ja jetzt nicht herumfischen, no Sir, dann würde ich längst schon wieder drunten im Bullenstall sitzen und eine erneute Aussage machen müssen. Ich zog mir Jeans und ein gelbes Sweatshirt an und begab mich wieder in die Küche. Vielleicht hatte er sich ja inzwischen einige frische interessantere Fragen ausgedacht. Der Kaffeepegel war gesunken, und als ich das mit Stirnrunzeln demonstrativ zur Kenntnis nahm, erinnerte er sich an seine Kinderstube und goß den zweiten Humpen voll. Dann versuchte er, mich mit einem schnellen Seitenkick aufs Kreuz zu legen.

»Wonach haben Sie dort überhaupt gesucht?« fragte er wie nebenbei.

»Ich war hier, in meinem Haus, ich hab' ferngesehen, einen Kakao getrunken und bin ins Bett gegangen.«

»Was mich dabei wirklich interessiert«, redete er im Plauderton weiter, »das ist, wer da wen gestört hat. Nach der Art, wie ihr abgezischt seid, gehörte der Typ nicht grad zu Ihren Intimfreunden. Ich wette, ihr habt euch beide vor gegenseitiger Angst fast in die Hosen gemacht.« So ist das nun mal bei Nicholls, hartnäckig ist er!

»Lospreschen und harmlose gutgläubige Verbrecher zu fangen, das muß ja wirklich furchtbar anstrengend sein«, sagte ich boshaft.

Schlimm dabei war nur, daß mein Gewissen bleischwer war. Drogen sind ein Dreckszeug, und ich fühlte mich so schon mies genug, weil ich gesehen hatte, wie Murray aus Mikes Haus Nachschub geholt hatte; aber noch viel übler kam ich mir vor, nachdem ich mit angesehen hatte, daß er den Stoff in dieser Frittenhölle an Kinder weiterdealte. Ich hatte mir wirklich Mühe gegeben, einen Umweg zu finden, wie ich ihm rübermorsen könnte, was da los war, ohne mir selbst eine Anklage wegen Einbruchs auf den Hals zu laden. Bisher war mir aber nichts Gescheites eingefallen.

»Irgendwas wissen Sie, Leah«, sagte er. »Und außerdem sind Sie auch eine echte Plage! Holen Sie sich Ihre Tasche, Sie kommen mit.« Ich griff nach seinem Kaffeehumpen, aber er knallte die flache Hand darauf. »Also, bewegen Sie sich, ich hab' nicht viel Zeit für Spielchen.«

Ich sagte: »Ich verabscheue es, schmutziges Geschirr herumstehen zu lassen. Das ist eine Phobie, so wie Leute zwanghaft frische Unterwäsche anziehen müssen, bevor sie aus dem Haus gehen, weil sie von einem Auto überfahren werden könnten.« Aber das beeindruckte ihn gar nicht. In seinem Gesicht waren die Jalousien runter, und er sah aus wie ein kleiner Junge zu Weihnachten, der feststellt, daß die Bescherung ausgefallen ist. Also ging ich brav in den Flur und dann die Treppen mit ihm hinab.

Er fuhr ohne den kleinsten Versuch, eine beiläufige Unterhaltung in Gang zu setzen, und ich erlaubte ihm seinen Spaß. Diese Fahrten zum Revier wurden allmählich ziemlich fad.

Die Erkenntnis, daß ich im Unrecht bin, fördert unweigerlich meine negativsten Seiten zutage. Und diesmal hatte ich mich wieder arg geirrt. Ich fragte mich, wieso er zum Krankenhaus fuhr.

Wir fuhren an der Notaufnahme vorbei und um den Hauptparkplatz herum. An der Hinterfront ragte ein langgestrecktes eingeschossiges Gebäude hervor wie ein nachträglich angeklebter Schwanz; hochgelegene kleine Fenster mit dem Typ Milchglasscheiben, den man von öffentlichen Bedürfnisanstalten gewöhnt ist. Nicholls stürmte durch eine Pendeltür hinein und schubste mich durch einen kurzen Korridor. Es stank nach Formaldehyd und anderen Desinfektionsmitteln, und wenn er mich nicht derart vorwärts geschubst hätte, ich wäre da nicht hineingegangen. Eine Leichenhalle war nun wirklich einer der Orte, von denen ich gehofft hatte, sie nie betreten zu müssen.

Tony Murray lag auf einem langen Metalltisch unter einer dieser Reflektorlampen, wie man sie in Operationsstationen hat. Das Kopfende des Tisches war etwas nach unten gekippt, und sein Kopf hing nach hinten. Die Arme lagen steif an seinen Flanken. In seiner Stirn war ein sauberes kleines Loch, und die Haut darum herum sah runzelig und geschwollen aus. Das Formaldehyd konnte den anderen Geruch nicht überdecken, der von dem Tisch aufstieg: der Gestank von Blut und Tod. Seine Lippen waren zu einem steifen Lächeln verzogen, das seine Zähne sichtbar werden ließ. Bemerkenswert gepflegte Zähne, stellte ich fest. Dann spürte ich, wie mein Magen ins Schaukeln geriet. Aber wenn ich mich jetzt übergeben muß, dachte ich, beim Himmel, dann werde ich mich bemühen, Nicholls zu treffen.

»Kennen Sie ihn?« fragte er grob.

Ich nickte stumm. In diesem Augenblick mochte ich den Kerl wirklich nicht sehr. Eine Warnung, was er mir zumuten wollte, wäre durchaus wohlwollend akzeptiert worden.

Ich sagte: »Sie sind ein richtiger Scheißtyp, wissen Sie?« Ich machte kehrt. Er riß mich zurück und zwang mich, wieder hinzuschauen.

»Murray war kein kleiner Zufallsgauner«, sagte er brutal. »Der hat gesessen, und der wußte recht gut, wie er auf sich aufpassen muß. Und jetzt liegt er da mit 'nem Loch im Kopf. Sagt Ihnen das was?«

»Es sagt mir, daß es gescheit ist zu wissen, wer ein Freund ist, und ich hab' nicht die Absicht, seinen Fehler nachzumachen.«

»Das ist ja wundervoll, das ist echt grandios. Und was bringt Sie auf den Gedanken zu glauben, daß Sie gegen Kugeln unverwundbar sind?«

»Das tu' ich doch nicht, verdammt noch mal«, schrie ich. »Was verlangen Sie denn eigentlich von mir? Soll ich mir ein Loch graben und mich drin verstecken?«

»Jedenfalls wär' ein solches Loch besser als eins im Kopf!« brüllte er zurück.

»Danke!« sagte ich beißend. »Unendlichen Dank!«

Er fuhr mich heim, und wir wechselten unterwegs nicht ein Wort, was mir eine Menge Gelegenheit zum Denken gab. Tony Murray war höchstwahrscheinlich nicht gerade Mister »Nett und proper« gewesen, aber sein Tod hatte ihm einfach gar keine Chance gelassen, sich zu ändern.

Nicholls fuhr Palmer's Row hinauf, und ich machte ihm ein Waffenstillstandsangebot. »Sie haben recht, ich hab' eigentlich kein Bedürfnis nach einem Loch im Kopf«, sagte ich. »Kommen Sie rauf, und ich mach' uns einen frischen Kaffee, dabei redet es sich leichter.«

Ich merkte, daß er das Angebot falsch interpretierte, nämlich als Zeichen eines starken Verlangens meinerseits, ihm meine Seele bloßzulegen. Das ist immer das Problem mit den Männern: Du versprichst ihnen ein Löffelchen Honig – und sie erwarten den ganzen Topf!

Wenn er ein bißchen darüber nachgedacht hätte, hätte er eigentlich zu der Erkenntnis gelangen müssen, daß es unterschiedliche Arten und Grade der Beichte gibt. Ich, von meiner Position aus, sah jedenfalls keinen Grund, gleich bis ins Extrem zu gehen. Es gab Sachen, von denen ich dringend wünschte, daß Nicholls sie wisse, und andere Dinge, bei denen es für uns beide wirklich besser sein würde, wenn er diesbezüglich weiter im Zustand der Unwissenheit verbleiben würde.

Also ließ ich mir Zeit mit dem Kaffeeautomaten und legte meine Prioritäten fest. Und als das Kaffeemehl durchgefiltert war, war auch der Flickenteppich aus Fakten und Erfindung fertig, demzufolge ich – in einem Anfall von Schlaflosigkeit – dummer-, aber ganz unschuldigerweise spätnachts nach an Mikes Haus vorbeigefahren war, dort im Vorderzimmer Licht gesehen hatte . . . und so weiter. Es war eine gute Story, und fast glaubte ich sie schon selbst.

»Es war ein echter Schock für mich«, bekannte ich, »da drinnen diesen Murray zu finden und nicht Mike. Und da war ein Stück vom Fußboden weggehoben . . . und mindestens ein Kilo weißes Pulver in einer Plastiktüte. Man braucht ja nicht grad ein Genie zu sein, um dabei an Drogen zu denken. Er sah auch gar nicht erfreut aus, als er mich da sah.«

»Hat er das reingelegt oder rausgeholt?«

»Er nahm es heraus, da bin ich mir sicher.«

»Und wieso haben Sie mir bisher nichts davon gesagt?«

»Das hätte ja auch nichts gebracht, oder? Murray ist tot, Mike nicht auffindbar, also was würde es schon nützen, wenn?« Das war genau die falsche Antwort, und ich begriff es, sobald sie mir über die Lippen gekommen war.

»Versuchen Sie's noch mal«, sagte er, »aber diesmal lassen Sie Murray aus dem Spiel. Sie haben nicht gewußt, daß er tot ist, bis Sie ihn als Leiche gesehen haben. Sie geraten ins Schleudern, Leah. Also, was war der wirkliche Grund?«

Diesmal konnte mir die Wahrheit nicht schaden; das machte die Sache zwar nicht appetitlicher, aber es mußte nun eben sein. Es ging um Mike. Ich hatte einfach nicht akzeptieren wollen, daß er in das alles verwickelt sein sollte, und zwar auf der falschen Seite, aber mit einem Versteck voller Drogen mußte er ja wohl.

Kaum hatte ich es laut gesagt, klang es auch nicht besser als vorher in meinem Kopf. Aber vielleicht geht es uns ja immer so: Wir möchten gern, daß Menschen, die wir kennen . . . oder die zu kennen wir glauben, bei den Heerscharen der Engel stehen. Und außerdem, wenn Mike auf die Finsterseite verschoben wurde, bekam das ganze Bild völlig neue Perspektiven, und mir reichte es schon, die bisherigen zu begreifen.

Nicholls verdaute meine neuen Märchen, und dann stieg ich so richtig ins kalte Wasser und erzählte ihm von den Teens in der Frittenhölle. Das von meinem Gewissen runterzuwälzen, bereitete mir echten Genuß. »Ich hätte Ihnen das sowieso gesagt«, erklärte ich, »aber ich hab' eben nicht gewußt, wie ich das richtig anstellen soll.«

»Sie meinen, ohne Ihren Freund Perryman in die Sache zu verwickeln?«

Ich zuckte die Achseln. »Ja, so ungefähr.«

»Loyalität am falschen Platz.«

Er stand auf, und ich erwartete schon, daß er wieder die alte Arie singen würde. Vielleicht sollte ich mir ja ein paar Zeugenaussagen-Formulare gleich mit nach Hause nehmen, dann könnte ich beim nächstenmal, wenn es nötig wurde, gleich eines fertig haben. Statt dessen sagte er diesmal nicht, ich solle meine Jacke holen, sondern versprühte Hilfsbereitschaft.

»Wenn Sie demnächst mal wieder nicht schlafen können, lesen Sie doch einfach ein gutes Buch. Ihre mitternächtlichen Streifzüge sind wirklich nicht gesund.«

Ich fragte: »So, und was passiert jetzt?«

»Wir durchsuchen Perrymans Haus, und ich mach' den Leuten die Hölle unterm – Dings heiß, die das beim erstenmal versiebt haben.« Und dann schenkte er mir eines von seinen hübschen lieben Lächeln, die ich inzwischen schon fast vergessen hatte. Dann stand ich in meiner Tür und schaute bewundernd seinem Po hinterher. Auf dem Treppenabsatz im Halbstock drehte er sich um. »Die anderen Bilder sind übrigens wieder aufgetaucht. Irgendwer hat sie auf der städtischen Müllhalde deponiert«, sagte er. »Ich habe mir gedacht, das wird Sie möglicherweise interessieren.«

»Vielen Dank«, sagte ich. »Es wurde inzwischen wirklich ein bißchen mühselig, jeden Tag den Dachboden zu inspizieren.«

Ich schaute mir die Abendnachrichten bis zum Ende an, dann hatte ich die Nase voll und kroch unter meine Daunendecke. Beide Arme taten mir weh, wo Murray mich mit dem Schürhaken erwischt hatte, ein pulsender dumpfer Schmerz wie bei einem schiefen Zahn. Nach zehn Minuten kroch ich wieder aus dem Bett und schluckte zwei Aspirin. Ich möchte nicht gerade sagen, ich war erschöpft, aber doch nahe daran, und im Grunde wollte ich nichts weiter, als daß mein Hirn aufhören solle, hinter Hasen herzujagen, die ich nicht fangen konnte. Ich wußte, daß sich da etwas herumtrieb, das ich festnageln mußte; doch ich wollte mich auch nicht die ganze Nacht damit herumplagen. Einer der Hasen stürzte in ein Loch, und ich folgte ihm in schwarzes traumloses Vergessen, das anhielt, bis ich, kurz vor dem Morgengrauen, den Hasen wieder einholte.

Ich lag mit offenen Augen in der Dämmerung und betrachtete mir das Lichtmuster an der Decke, und ich versuchte, in den Griff zu bekommen, was mich da gerade aufgeweckt hatte. Dann fiel es mir ein. Kurz bevor ich einschlief, hatte ich darüber nachgedacht, ob Murray das

Loch im Kopf bekommen hatte, weil er mit mir geredet hatte. Ich war um diese Möglichkeit herumgeschlichen und hatte sie beschnuppert, und ich hatte sie schließlich als denn doch zu paranoid fallengelassen. Aber im Schlaf hatte mein Gehirn eifrig weitergearbeitet und sich schließlich an etwas erinnert, das ich Nicholls *nicht* gesagt hatte.

Murray und ich hatten über Mike Perryman gesprochen, oder jedenfalls ich hatte über ihn gesprochen und Murray gesagt, was für ein guter Freund ihm Mike doch sei. Manchmal war ich schon wirklich arg vernagelt ... *Und wer, glauben Sie, hat mich drauf gebracht?*

Ein Krampf schoß mir in den Fuß, und ich schob mich vorsichtig aus dem Bett und hatschte herum, bis er wieder verging. Angenommen, Mike war gar nicht der angenehme Philanthrop und Fürsorger, für den ich ihn gehalten hatte ... und sagen wir ferner, er hätte Murray mit Drogen bekannt gemacht ... und Murray wäre nicht der einzige gewesen. Sämtliche Leute, die Mike beruflich betreut hatte, waren verurteilte Straftäter, und dies bedeutete, daß ihnen bereits früher auf ihrem Lebensweg die richtige Einstellung zu den Spielregeln, nach denen unsere Gesellschaft funktioniert, verlorenging. Also war es vielleicht gar nicht schwer, sie in die Kette der Suchtabhängigkeit einzuklinken, wo es sowieso zwei zu null gegen sie stand, daß sie wieder im Knast landen würden. Eine eklige Vorstellung, aber sie wollte einfach nicht aus meinem Kopf weichen.

Ich gab die Hoffnung auf, noch etwas Schlaf zu finden. Das Licht schwamm bereits von Hellgrau ins saftige Pfirsichgelb. Und ich weiß, wann ich mich geschlagen geben muß. Ich putzte mir die Zähne, wusch mir das Gesicht, zog meine Sweatsachen an und ging los zu einem Morgenlauf. Der frühe Morgen hat etwas für sich, was allen anderen Tageszeiten fehlt; vor allem weil die Luft noch nicht dermaßen abgasvergiftet ist und du spüren kannst, wie sie dir wie Sprudelwasser in die Lungen saust.

Ich hatte nicht viel, aber dafür um so tiefer geschlafen und fühlte mich leidlich besser. Ich drehte gemächlich meine Fünfmeilentour bis wieder nach Hause zurück und unter die Dusche; das Ganze in dreißig Minuten, und das freute mich. Ich hatte ein anständiges Tempo gehalten, und jetzt suhlte ich mich in der Illusion, daß ich körperlich wieder völlig in Schuß sei.

Nachdem ich das Frühstück hinter mir hatte, sah ich auf einmal Verbindungen, wo es vorher nur fehlende Puzzlestücke gegeben hatte. Es dauerte eine Weile, aber als ich schließlich soweit war, in die Stadt zu gehen, hatte ich alle meine Fakten zu einem wackeligen Konstrukt zusammengebaut, das mit der Hilfe des Himmels vielleicht standhalten würde.

Beverley thronte wie gewohnt hinter dem Empfangstisch in der Bewährungsstelle, und wir hechelten eine Weile die erfreuliche Tatsache durch, daß ich mein Kawasaki-Abenteuer so rasch überwunden hatte. Dann sprachen wir darüber, wie merkwürdig es sei, daß Mike noch immer nicht zurückgekommen sei, und ich überlegte mir mit Besorgnis, wie Beverley zumute sein würde, sollte sich herausstellen, daß Mike ein so schwarzer Schuft war, wie ich ihn mir in meiner Phantasie ausgemalt hatte. Als wir das Sympathieduett beendet hatten, bat ich um einen Termin mit Fraser. Zwar war die Chance, daß er mir die Informationen, die ich brauchte, geben würde, wohl etwa so groß wie die, einer sprachfähigen Gans zu begegnen, aber wer nichts wagt, kann eben auch nicht gewinnen.

Ich stieg zu seinem Büro im ersten Stock hinauf und versuchte es mit Charme. Charme ist im übrigen etwas, das einzusetzen ich mich nur höchst selten gedrängt fühle. Ich ziehe es vor, nach dem Prinzip »Keine Mogelpackung« zu verfahren, generell jedenfalls, aber wie die Dinge nun einmal lagen, schob ich meine Skrupel beiseite. Fraser schwebt so in den späten Vierzigern herum, er ist knochig, sandbraun, und irgendwie knirscht nach dreißigjährigem Exil noch immer das angeborene schottische »rrr« in seiner Stimme. Außerdem ist er Frauen gegenüber bezaubernd altmodisch-höflich, er rückt Sessel zurecht, macht uns die Türen auf, als wären wir Frauen als armlose Wesen geboren. Meistens geht mir das wider den Strich, weil ich denke, das gehört alles zum maskulinen Dominanzkomplex, aber Fraser ist eben dermaßen echt und nett in seiner Art, daß ich bei ihm deswegen nicht wirklich biestig werden kann.

Wir absolvierten die obligaten Höflichkeitsrituale über die Gesundheit und das Wetter, und dann kam ich zur Sache und sagte ihm, was ich wollte. Er sah mich an, als hätte ich von ihm verlangt, eine Schatzkammer aufzubrechen. Ich sagte mit sanftester Stimme:

»Es handelt sich ja nicht gerade um ein Staatsgeheimnis. Ich will ja auch gar keine Namen wissen, nur die Zahl.«

»Derartige Informationen dürfen wir eigentlich nicht preisgeben«, sagte er abwehrend. »Unsere Betreuungsfälle erwarten von uns völlige Diskretion. Wie wäre es, wenn ich Sie fragte, wie viele Steuersünder ihr habt?«

»Dann würde ich es Ihnen sagen. Ich würde zwar keine Namen nennen, aber die Zahlenangabe würde ja keinem weh tun.«

»Wenn ich vielleicht erfahren könnte, warum Sie das wissen möchten . . . vielleicht würde uns das weiterbringen. Ich meine, ich verstehe nicht, was die Zahl von Mikes Betreuungsfällen und der Drogensüchtigen darunter mit der Steuerbehörde zu tun haben sollte. Verzeihen Sie mir, wenn ich da vielleicht begriffsstutzig bin.«

»Es geht um ein kleines privates Forschungsprojekt, an dem ich arbeite«, log ich. »Es hat überhaupt nichts mit dem Finanzamt zu tun. Eine soziologische Untersuchung, könnte man sagen, über Drogensuchthäufigkeit bei ehemaligen Strafhäftlingen. Ich möchte nämlich gern meinen Magister machen.« Ehrlich, ich verabscheute mich, daß ich ihn so anlog, aber die Wahrheit wäre noch übler gewesen.

»Ach so, ja, ich verstehe. Nun, wenn es sich um Wissenschaft handelt, sieht das natürlich ganz anders aus. Ich würde mich ja ebenfalls nur zu gern auf dem Gebiet mal versuchen, wenn ich nur die Zeit hätte. Aber warum müssen es unbedingt die Fälle von Perryman sein? Würden meine eigenen nicht auch genügen? Ich weiß nicht, was er dazu sagen wird, wenn er wieder da ist.«

»Mike hat mich auf die Idee gebracht; er sagte, daß achtzig Prozent der Fälle auf seiner Liste drogensüchtig sind.«

»Nie im Leben! Das müssen Sie mißverstanden haben ... zwischen zehn und fünfzehn vielleicht ... aber achtzig Prozent, das wäre monströs!«

»Genau, und deshalb dachte ich mir, ich müßte das vorsichtshalber noch einmal nachprüfen«, sagte ich. »Es wäre mir ausgesprochen unangenehm, wenn ich da inkorrekte Zahlen angeben würde, das sähe dann doch aber gar nicht gut aus.« So ist das nun einmal mit einer guten Lüge, sie setzt sich in dir fest, und es fällt dir schwer, davon wieder runterzukommen. Ich lehnte mich zurück und bemühte mich, so auszusehen wie der Stoff, aus dem man halbwegs intelligente Akademikerinnen macht.

Er massierte sich den Nasenrücken, und dann sah er mich wieder an. Wie schon gesagt, seine Vorstellungswelt ist ein bißchen vorgestrig, und ich wußte, er würde mir allein aufgrund der Tatsache, daß ich eine Frau bin, gern helfen.

Nach einer Pause sagte er: »Aber Sie brauchen doch die Daten nicht jetzt gleich?«

Ich bemühte mich, enttäuscht dreinzublicken. »Ich habe nur noch drei Tage, um das Ganze zusammenzustellen«, flüsterte ich, »dann muß ich wieder ins Büro. Ich hatte irgendwie gehofft . . .« Den Rest verhauchte ich, um die richtige Wirkung zu erzielen. Dann, während er unterwegs war, um mir das Gewünschte zu suchen, dachte ich bei mir: Was müssen seine weiblichen Knastis mit ihm für ein leichtes Spiel haben. Ich kam mir ausgesprochen lausig vor.

Als er dann wieder hereinkam, sah er aus wie einer, der eine Menge anderer Probleme im Kopf herumschleppt, und nachdem ich die gewünschten Zahlen bekommen hatte, blieb ich nicht länger. Irgendwie hatte ich den Eindruck, daß er selbst ein bißchen herumstochern würde, sobald ich fort war. Fraser war der Senior in dem Laden, und er würde zweifellos wissen wollen, wieso Mike unter seinen »Kunden« fünfundsechzig Prozent Drogenabhängige hatte, wo doch der Durchschnittswert so um zehn lag, und woher es kam, daß *er* davon nichts gewußt hatte. Meine Schätzung war gewiß ein gutes Stück zu hoch gegriffen, doch auch die wirklichen Zahlen mußten ihn durchaus beunruhigen.

Ich ging zum Palmer's Run zurück und holte meinen Bastard, dann fuhr ich zum Golfklub hinaus . . . zu dem kotzbrockenfeinen natürlich, wo sich die BMWs ein Stelldichein geben. Vielleicht irrte ich mich ja, als ich annahm, daß der Laden zu elitär für Mike gewesen war; vielleicht planschte er ja fröhlich in den trüben wie den saubereren Marktströmungen herum.

Ich schlenderte in die Bar und plazierte mein Hinterteil auf einen der echtledernen Barhocker. Sie waren tiefdunkelkirschrot, genau wie die Hauspantoffel, die mein Papa zu tragen pflegte, und ebenso glattpoliert vom Gebrauch. Der

Barkeeper besaß gleichfalls »Stil«: glatt zurückgekämmte Haare und blinkende Zähne im Gesicht eines Junggreises, der nicht viel herumgereist war, aber dabei unterwegs eine Menge gesehen hatte. Er war ausgesprochen höflich, als er mir eröffnete, daß in der Bar nur Clubmitglieder Zutritt hätten, und ich wußte das zu schätzen.

Ich sagte, ich hätte möglicherweise vor, mich um eine Mitgliedschaft zu bewerben, und er verzog keine Miene, und auch das war eine gekonnte Leistung. In unserem diplomatischen Korps hätte man bestimmt Verwendung für ihn gehabt. Es befanden sich bereits zwei Musterbeispiele von weiblichen Clubmitgliedern in der Bar, und verglichen mit denen muß ich wohl ausgesehen haben, als würde ich gerade noch einen mittelguten Caddy abgeben. Ich sagte:

»Eigentlich hatte ich gehofft, hier irgendwo einen Freund zu treffen. Perryman. Mike Perryman. Sie kennen ihn?«

»Ich hab' ihn hier – seit etwa einem Monat nicht mehr gesehen.«

»Wie blöd«, sagte ich. »Irgendwer hier, mit dem er öfter zusammen ist?«

»Jetzt ist nicht die rechte Tageszeit. Am späten Nachmittag, und sonntags gegen eins, da ist er meistens hier.«

»Klar. Hätte mich erkundigen sollen. Und sein Freund ... ehh-hmm ...« Ich schnippte mit den Fingern und dachte gewaltig nach. » ... ach ja, Denton«, sagte ich dann. »Mike hat immer wieder von ihm geredet.«

»Das ist komisch, ich hab' die zwei nie zusammen reden sehen. Sind Sie sicher, er hat Denton gesagt?«

Die Damen schlenderten aus der Bar und warfen mir im Vorübergehen einen verkniffenen Blick zu. Der Pudel meiner Schwester Em hatte genau den gleichen Gesichtsausdruck, wenn er vom Hundesalon zurückkam.

Der Barkeeper sagte: »Die Dame links ist Mrs. Denton.«

Ich kreiselte meinen Lederpilz herum, so daß ich ihr durch das Fenster nachsehen konnte.

»Sie sieht teuer aus. Und ich hätte gedacht, sie müßte eine Spur älter sein.«

Er kam zu dem Schluß, daß ich vertrauenswürdig sei, und ließ wieder die Zähne blitzen. »Zweitwagen«, flüsterte er verschwörerisch. »Der Erstaufguß war ein wenig schal geworden. Was möchten Sie trinken?«

»Was ist plötzlich mit der Vorschrift geschehen, daß hier nur Mitglieder was kriegen?«

»Es sind keine in der Nähe.«

»Trinken Sie was mit«, sagte ich. »Ich möchte ein Pils. Kalt, falls Sie das haben.«

Er kappte die Kronkorken, und aus den Flaschen stiegen feine Dunstwölkchen. Ich bezahlte und überlegte mir, ob im Barpreis auch der Lunch enthalten war.

»Als ein potentielles künftiges Mitglied sollte ich mir vielleicht Ihren Namen merken«, sagte ich fröhlich. »Ich kann ja schlecht jedesmal ›He, Sie‹ rufen, wenn ich was zu trinken haben möchte.«

Er kippte die Hälfte seines Glases hinunter und stellte es dann außer Sichtweite hinter den Tresen. Dann kroch er zu mir herüber. »Daniel, und da hier sowieso keiner sonst ist, warum erzählen Sie mir nicht, was Sie wirklich wollen, und ich seh' dann, ob ich da was machen kann?«

»Ich will was über Perryman und Denton wissen«, sagte ich.

»Zeitung?«

»Steuerprüfung.«

Das machte ihm Spaß. Nachdem er seine Heiterkeit wieder unter Kontrolle hatte, goß er den Rest von seinem Pils hinunter, und ich lud ihn zu einem frischen ein. Ich hoffte sehr, es werde hier nicht voll werden, ehe ich aus ihm den Gegenwert an Informationen herausgeholt hatte.

Ich sagte: »Erzählen Sie mir doch, mit wem außer mit Denton Perryman hier so herumhängt.«

»Die zwei sind aber hier nie zusammen, bestimmt nicht hier drin. Vielleicht haben Sie den falschen Denton im Auge.«

»George Aloysius«, sagte ich.

»Doch, das ist er schon, aber mit Perryman redet der nie. Außerdem, Perryman ist so 'n Einzelgänger, der sitzt immer da drüben in der Ecke und wartet, bis Leute ihn aufsuchen.«

»Was für Leute suchen ihn denn auf?«

»Ooch, so jüngere Leute, gut bestückt.«

»Möchten Sie vielleicht 'ne vorsichtige Vermutung riskieren?«

Er begann Gläser zu polieren, während er darüber nachdachte. Dann stülpte er das zweite Pils in sich hinein und spülte auch dieses Glas säuberlich ab.

Ich sagte einladend: »Trinken Sie doch noch eins!« Er klopfte sich auf den Bauch. »Zuviel Gas. Whisky hilft.«

»Ich lade Sie ein.«

Er goß einen Doppelten ein. Und nun wußte ich auch, warum Detektiv Rockford in einem Wohnwagen hausen muß.

Er ließ den Whisky verschwinden, ehe ich es mir anders überlegen konnte. Dann kroch er wieder halb über die Theke auf mich zu.

»Also, ich möchte Ihnen ja nichts sagen, was dann irgendwie bei den falschen Leuten landet.«

»Pfadfinderehrenwort!« Ich hob feierlich zwei Finger in die Luft und versuchte mich zu erinnern, ob das wirklich das Schwurzeichen der Wichtel war. Ach was, er würde den Unterschied sowieso nicht kennen. »Meine Lippen sind versiegelt«, sagte ich und hoffte, es werde mich nicht noch einen Doppelstöckigen kosten, ihn weichzukriegen.

Er schüttelte den Kopf und wich zurück.

»Die Bezahlung hier ist nicht so toll, daß man darüber nach Hause schreiben möchte, aber die Trinkgelder sind gut«, bemerkte er auffordernd. Wofür hielt mich der Knabe?

Ich holte eine Fünfpfundnote aus meiner Tasche und strich sie fein säuberlich auf der Bartheke glatt. »Angenommen, ich rate, und Sie sagen mir, wenn ich mich irre. Auf die Weise haben Sie mir nichts gesagt, was ich nicht schon wußte«, ermunterte ich ihn.

»Sie können's ja mal versuchen.«

»Er verkauft den Stoff, der zur Gewöhnung führt. Sehr teuren Stoff in kleinen Päckchen.«

Daniel sagte: »Ich hab' gehört, daß sein Preis immer höher wird.«

Ich nahm den Fünfer, ehe seine Finger ihn erreichten, und er sah zu, wie er in meiner Tasche verschwand.

»Das ist das Spiel der freien Kräfte auf dem Markt«, belehrte ich ihn und glitt vom Barhocker. »Das Geld ist ein Fluch – wie gewonnen, so zerronnen. Es ist einfach kein Verlaß drauf.«

Wahrscheinlich hatte ich in dem Mann den Glauben an die Anständigkeit der Frauen zerstört, doch das hätte ihm auch auf weitaus schlimmere Weise passieren können.

Ich begab mich nach Hause, wo ich mir ein leichtes Mittagessen bereitete, ein Omelett mit Salat. Dann legte ich was Leises, Hübsches von Vivaldi auf und machte mich daran, ein paar weitere Steinchen in mein Puzzle einzufügen. Die Dinge fügten sich gut zusammen, und ich begann allmählich wieder Spaß an mir selbst zu haben. Vielleicht hätte ich das als Warnung betrachten sollen.

Diesmal schrieb ich die Geschichte nieder; ein säuberliches kleines Spinngewebe aus Fakten und Vorstellungen und in der Mitte – Denton. Ich legte die Beine hoch und bewunderte mein Werk. Es kam mir nicht in mein Spatzengehirn, daß ich mich möglicherweise irren könnte.

Das ganze Herumsitzen, bei dem ich nichts weiter als meine Zerebralzellen bewegte, löste in mir ein Gefühl der Ruhelosigkeit aus, also packte ich gegen drei meine Tasche und machte mich auf zum Fitneßclub, um dort einen Teil meiner überschüssigen Energie abzuarbeiten. Es kam mir vor, als wäre ich ewig lange nicht mehr dort gewesen, und so hatte ich fast das Gefühl, als ginge ich einen alten Freund besuchen.

Die Nautilusgeräte sind so konstruiert, daß sie sämtliche Muskeln trainieren, einschließlich jener, von denen du nicht einmal weißt, daß du sie überhaupt hast, und jede Maschine zielt auf eine andere Muskelgruppe. Natürlich kann jemand, der statt mit dem Kopf nur mit dem Bizeps denkt, sich bei falschem Gebrauch auch ernsthafte Schäden zuziehen. Deswegen haben auch alle, die an den Geräten hier arbeiten, ein speziell für ihre Fähigkeiten aufgestelltes Trainingsprogramm. Der dafür verantwortliche Mann ist eine wandelnde Reklame für die Wirksamkeit der Nautilusgeräte, und ich bewundere sehr, wie seine Muskeln sich unter dem Trainingsdreß bewegen; so ein Welleneffekt, und du kannst dabei richtig ins Schwärmen geraten. Er heißt Jeff Holt, und ganz abgesehen von seinem prachtvollen Aussehen ist er auch ein echt netter Typ – so jemand, den du mit heimbringen und deiner Mutter vorstellen würdest, wenn du dir nicht Sorgen machtest, daß sie bei seinem Anblick vor Entzücken ohnmächtig werden könnte.

Er entdeckte mich sofort, als ich eintrat, und wollte wissen, wo ich mich die letzten drei Wochen herumgetrieben hätte. Ich berichtete es ihm, und er befahl mir, das Kraftprogramm runterzuschrauben.

»Gehen Sie's ganz leicht an!« kommandierte er. »Fünf Wiederholungen an jedem Gerät weniger, und bauen Sie langsam wieder auf.«

»Aber mir geht es prima«, entgegnete ich. »Das ist doch gar nicht nötig.«

»Wir sprechen uns noch, wenn Sie fertig sind und heimwollen, dann glaub' ich es Ihnen vielleicht. Fünf weniger an jedem Gerät. Okay?«

»Okay.«

Ich zog mich um und steckte meinen Kram in einen Spind, dann trabte ich in den Übungsraum. Der menschliche Körper rostet viel rascher als ein Auto, das ist leider eine Tatsache. Seit meinem letzten Training war es doch gar noch nicht so lange her, doch meine Muskeln schienen seit damals in Urlaub gegangen zu sein. Ich fühlte mich fast so mies wie bei meinem allerersten Training. Ich arbeitete mich verbissen weiter, bis ich zur Beinarbeit kam: Ich schaffte zehn Curls flach auf dem Bauch auf der Polsterbank, als meine Sehnen Notsignale auszusenden begannen. Als der Roller zum zehntenmal mein Hinterteil berührte, entschied ich, daß es genug sei. Gemäß meiner normalen Routine hätte ich noch drei Geräte durcharbeiten sollen, doch, zum Teufel, was sollte das. Wozu sollte ich mich umbringen, wo mir doch so viele andere diese Mühe abnehmen wollten.

Ich hatte dermaßen geschwitzt, daß ich mindestens ein halbes Pfund leichter sein mußte. Vielleicht war das ja nur gut, wenn man bedenkt, was für ungesunden Fraß ich in der letzten Zeit in mich hineingestopft hatte. Ich zog mich aus und blieb dann unter der Dusche, bis das Zucken nachließ, dann rubbelte ich mich trocken und schlüpfte in meinen Trainingsanzug.

Als ich in den Empfangsraum trottete, lehnte Jeff über die Theke. Er kreuzte die Arme, und ich sah die leichten Wellenbewegungen. *Hübsch.* Er bedachte mich mit einem ausgiebigen langsamen Lächeln, das bestimmt ganz andersgeartete Zuckungen hervorgerufen hätte, wenn ich nicht schon vor langem gelernt hätte, nicht mit Lehrern herumzuspielen.

»Na?«

»Na ja, also schön, Sie wissen eben genau Bescheid«, sagte ich und verschwand durch die Hintertür. Jetzt war ich froh, daß ich meinen Bastard hergefahren hatte, denn in diesem Zustand wäre mir der Fußmarsch nach Haus recht lang geworden.

Die Menschen, die mit mir im Haus wohnen, sind eins ganz bestimmt: inkonsequent. Gestern mußte ich nach dem Schlüssel fummeln, um hineinzukommen, heute stand die Haustür weit offen. Ich schloß sie und hangelte mich die Treppe hinauf.

Aber anscheinend darf ich nicht einmal für eine Minute fortgehen!

Jemand hatte wieder ein Paket dagelassen, in braunem Papier und mit Schnur zugebunden, wie beim letztenmal. Wenn das so weiterging, würde ich bald genug Backsteine für einen Anbau haben.

Ich schloß auf und nahm das Paket; es war gewichtig, aber irgendwie nicht backsteinschwer, und ich fragte mich, womit man mich diesmal beschenkt hatte. Vielleicht waren die Leute im Park zugange gewesen und hatten die Geschichten aufgesammelt, die ich so geflissentlich zu vermeiden suche. Ich bohrte an einer Ecke ein kleines Loch und versuchte zu schnüffeln. Mir wehte ein schwacher Marzipanduft entgegen.

Süßigkeiten – und das mir, um Himmels willen! *Ach, nehmen Sie doch ein köstliches vergiftetes Petitfours, Miss Hunter!*

Ich wollte das Ding gerade verächtlich in einen Winkel des Treppenhauses werfen, bis ich Zeit hatte, es in den Müll zu tun, als sich etwas in meinem Gedächtnis regte. Ich blieb stocksteif halb in der Tür zu meinem Heim stehen. Von hier aus wirkte es so nett und gemütlich, ein Platz, wo ich die Beine hochlegen und mich sicher fühlen konnte. Ach, wenn ich nur auch in diesem Augenblick dieses Gefühl hätte haben dürfen!

Ich hielt den Karton ganz behutsam in der Hand, während ich mein karges Wissen über Bomben zusammenkratzte. Ein Zeitmechanismus kam nicht in Frage, da niemand wissen konnte, wann ich zu Hause sein würde. Briefbomben explodierten beim Öffnen; vielleicht das Ding hier auch, oder wenn ich es wegwarf. Dieser letzte Gedanke beunruhigte mich, denn der Treppenwinkel war recht nahe. Ich hätte möglicherweise jetzt schon in kleinen Leah-Partikelchen verstreut hier herumliegen können. Eine vierte schreckliche Möglichkeit kroch herauf: Jemand beobachtete das Haus und hielt den Finger auf einem Knopf. Ich machte sehr langsam kehrt und schlich wieder treppab, und der Schweiß brach mir aus den Poren.

Wenn das Ding hochging, würde ich es nicht einmal bemerken, doch irgendwie war das kein tröstlicher Gedanke. Ich schaffte es bis zur Eingangshalle hinunter und dann durch das kurze Stück Korridor an die Hintertür, dann fummelte ich an dem Schloß und dem Doppelriegel herum und schwitzte noch mehr. Im Hinterhof wehte eine leichte Brise, was angenehm und nicht bedrohlich wirkte. Es war kein sehr großer Hinterhof, die Breite des Hauses und dann vielleicht zehn, zwölf Meter tief, und es gab hier weiter nichts als Abfalltonnen und Topfpflanzen, die sich da im Lauf der Jahre angesammelt hatten, halbherzige Versuche, der betonierten Ödnis ein wenig »Patio«-Charakter zu verleihen.

Am unteren Ende führte ein Klapptürchen in der schulterhohen Steinmauer auf eine schmale Zufahrt. Jenseits von dieser lagen die langgezogenen Hintergärten der Doppelhäuser aus der Vorkriegszeit. Ich zwängte mein Geschenkpäckchen zwischen die Müllbeutel und den übrigen Abfall in den beinahe vollen Müllkübel und schleppte dann diesen in die fernste Hofecke. Dann beeilte ich mich, an mein Telefon zu kommen.

Nicholls, der Himmel segne sein liebes Herzchen, war noch an der Arbeit, und darüber war ich froh, denn es ersparte mir die Mühe, einem völlig fremden Beamten erklären zu müssen, warum ich fürchtete, daß sich in meinem Hinterhof eine Bombe befinde. Während ich wartete, ging ich wieder runter und klopfte als brave Nachbarin an die Türen der anderen. Aber nur Marcie war daheim. Manchmal frage ich mich wirklich, wofür die Leute im Erdgeschoß überhaupt Miete zahlen. Marcie zimperte nicht lang herum, sondern griff sich nur ihren Wackelzwerg, einen Mantel und ihre Handtasche und war aus der Wohnung, wobei sie über die Schulter brüllte, sie sei bei ihrer Mutter, falls jemand nach ihr fragen sollte.

Ich ging wieder in mein Nest hinauf. Selbst wenn die Bombe hochging, da droben konnte sie kaum viel Schaden anrichten. Das war ein tröstlicher Gedanke. Ich fragte mich, wie lang sie brauchen würden, um einen Bombenspezialisten zu finden. Dann hörte ich schwach in der Ferne die Sirene eines Streifenwagens; vielleicht war das die Antwort. Und dann hörte ich einen anderen gleichfalls vertrauten Lärm, nur viel näher: das nervend-unablässige Piep-piep des Müllwagens, der rückwärts durch die Gasse heranrückte.

Ehe die Stadtverwaltung sich mit der jüngsten Kosten-Produktivitäts-Abmachung durchgesetzt hatte, wären die Herren Müllmänner um diese Zeit längst zu Hause vor der Glotze gesessen, doch nun, da die Kröten in der Lohntüte direkt von der Zahl der entleerten Mülltonnen abhingen, schufteten sie sich den Hintern wund.

Bis ich an meinem Fenster war, trabte die Tonne im Eiltempo auf das Mauertürchen zu.

Ich streckte den Kopf hinaus und brüllte: »Laß das stehen! Setz es ganz vorsichtig ab, und verschwinde pronto. Da ist 'ne Bombe drin!« Das bremste den Mann ab, und sein Kopf fuhr herum. Dann trabte er wieder rasch weiter.

»Laß dir was Besseres einfallen, Lady« brüllte er zurück.

»Scheiße, es ist ernst, du verdammter Trottel! Setz das Ding ganz vorsichtig ab, und verpiß dich!« Diesmal schien ich in seiner Sprache zu ihm geredet zu haben, und er kapierte die Botschaft. Zumindest fast. Das letzte Stückchen hatte er nicht mitgekriegt, das sah ich an der Art, wie er die Tonne wieder zurück in die Ecke wuchtete. Er wartete erst gar nicht ab, bis sie auf dem Betonboden landete, um rauszufinden, ob ich ihn reingelegt hatte. Und ich wartete ebenfalls nicht ab, um zu sehen, ob er es durch das Mauertürchen schaffen würde.

Als ich hinter dem Sofa auf den Boden knallte, flog das Fenster ins Zimmer herein. Drunten hörte ich Glas bersten. Jedenfalls würde Nicholls jetzt nicht behaupten können, daß ich mir das alles nur einbildete. Das Zucken in meinen Beinmuskeln war wieder da, und ich blieb ganz still liegen und wartete, daß es vergehe. Meine Wohnungstür hatte ich offengelassen, und ich hörte drunten auf der Straße Sirenen jaulen. Das war erfreulich, und vielleicht würde mir ja einer mein Fenster wieder einsetzen. Ich versuchte mir darüber klarzuwerden, ob mir schwummerig war oder nicht. Drunten hämmerten sie gewaltig gegen die Türen. Ich sollte mich doch besser aufrappeln und den Leuten sagen, daß niemand zu Haus war. Das erwog ich gerade in meinem Herzen, als Nicholls hereinkam und seinerseits Anzeichen von Nervenzucken erkennen ließ.

Als ihm aufging, daß ich nicht verletzt war, sondern hinter meinem Sofa nur eine kleine Siesta hielt, wurde er wieder zu seinem üblichen ärgerlichen Selbst und ließ mich da einfach allein neben dem Sofa sitzen.

»Gottverdammt, Leah, wo haben Sie diesmal wieder Ihren Rüssel reingesteckt!« sagte er bissig. »Ich hoffe, Sie sind gut versichert!«

»Darum soll sich der Hausbesitzer kümmern. Mich geht das nichts an. Was ist mit dem Müllmann?«

»Was für einem Müllmann?«

Verflucht, ich hätte nachschauen müssen. Ich versuchte mich aufzurichten. Ich schämte mich. Während ich hier zitternd und bebend herumhockte, war der Mann vielleicht verblutet. »Er hat die Mülltonne rausgebracht«, sagte ich. »Und ich hab' ihm zugerufen, er soll sie vorsichtig hinstellen, aber der hat das verdammte Ding einfach weggeschleudert.« Ich stand auf, und das Zimmer drehte sich langsam um mich und kam dann zur Ruhe. Nicholls stakte durch die Trümmer zum Fenster, und ich kam hinterdrein. Der Hinterhof war ein Trümmerfeld. Die halbe rückwärtige Mauer war umgekippt, und zerfetzter Müll lag überall herum; und dann war da noch das Loch im Beton. Da könnten wir gut einen Baum reinsetzen, dachte ich, mit einem niedrigen Mäuerchen drum herum, das würde bestimmt ganz hübsch aussehen. Der Müllwagen stand noch immer hinten in der Gasse, aber soweit ich erkennen konnte, lagen nirgends Stücke von einem Müllmann herum, deshalb schloß ich, daß er es noch geschafft hatte.

Ich wandte mich von meiner Fensterhöhle ab und betrachtete mir den Saustall in meiner Wohnung. Allmählich wurde ich es wirklich leid, immer wieder den Dreck wegmachen zu müssen.

Es war fast elf Uhr nachts, ehe sie alle abgerückt waren. Bis dahin hatte ich die Trümmer der Fensterscheiben aufgesammelt und mir die Finger in den Gelben Seiten wundgeblättert, um einen Glaser auszugraben, der bereit war, am nächsten Morgen zu erscheinen. Die Feuerwehrmänner hatten Bretter vor die zerstörten Fenster genagelt; wirklich bemerkenswert, was für unterschiedlichste Arbeiten den Männern aufgebürdet werden.

Ich braute mir dann einen Kakao und machte meine Vorbereitungen fürs Bett. Ich war dermaßen groggy, daß ich nicht einmal daran dachte, Angst zu haben, ich könnte nicht einschlafen. Und genau den Moment suchte Nicholls sich aus, um zurückzukommen und an meine Tür zu pochen. Ich war davon ausgesprochen unbegeistert, wirklich, zog mir aber meinen Bademantel über und ließ ihn herein.

»Und ich hatte gehofft, ihr wärt alle verschwunden«, sagte ich ungnädig. »Was ist denn jetzt schon wieder?«

Er machte die Tür hinter sich zu und latschte in meine Küche. Auf dem Tisch stand noch der kleine Humpen mit meinem Kakao, und er hob ihn hoch und schnüffelte daran.

»Meine Mutter hat mir immer Kakao gekocht«, sagte er quengelig.

»Ach du lieber Himmel!«

Ich wusch den Topf aus und erhitzte frische Milch. Ich tu' ja alles, dachte ich, wenn er dann bloß geht und mich schlafen läßt.

»So, da haben Sie es!« Ich knallte ihm seinen Gutenachtdrink vor die Nase auf den Küchentisch. »Ich gebe Ihnen fünf Minuten, mir zu sagen, was Sie von mir wollen.«

»Ich bin eigentlich nur gekommen, um mich zu überzeugen, daß Sie okay sind«, sagte er. »Mehr war da nicht. Ich dachte mir eben, Sie sind vielleicht nervös.«

»*Nervös? Ich?* Ich bin viel zu müde, um nervös zu sein. Wie ist der Kakao?«

»Der Kakao ist gut.«

Dann saßen wir ein Weilchen schweigend da, und schließlich dämmerte mir die Erkenntnis, daß wir beide dem Schlummertrunk eigentlich recht wenig Aufmerksamkeit schenkten. Ich hatte mir diese süßen blauen Teddybäraugen angesehen, die *mich* die ganze Zeit ansahen. Und es war mir auch aufgegangen, daß ich irgendwann auf der Strecke aufgehört hatte, so absolut groggy zu sein, und daß gewisse Säfte sozusagen zu fließen begannen. Wir starrten uns noch eine Weile länger an, dann stand er auf und kam um den Tisch herum. Es war mir unmöglich, nicht zu bemerken, daß er einen Linksdrall hatte, und zwar ganz unübersehbar. Ach, Mist, Mist, Mist, dachte ich, während mein Kreislauf in den Schnellgang schoß, jetzt geht das wieder los!

In diesem Moment wäre wirklich noch Zeit gewesen, irgendwie keß und banal etwas zu sagen, das sich wie eine kalte Dusche ausgewirkt hätte, aber ich war ganz und gar nicht in der Gemütsverfassung, mir ins eigene Fleisch zu schneiden. Ich stand ebenfalls auf und ging bewußt auf Kollisionskurs. So ganz nahe roch er interessant, ein Schwall männlicher Pheromone, gemischt mit leisen Düften von Rasierwasser und Arbeit.

Er sagte: »Leah, wenn du willst, daß ich gehen soll, ich geh' ohne Widerrede.«

»Wie nett von dir«, sagte ich und knüpfte seine Krawatte auf. Bis wir im Schlafzimmer waren, hatte ich ihn halb ausgezogen. Ich hoffte, daß er wußte, was von ihm erwartet wurde. Es war lange her, daß ich mein Bett mit jemand geteilt hatte, und ich war nicht scharf auf neue Enttäuschungen. Doch ich hätte mir keine Sorgen zu machen brauchen; nach der ersten hungrigen Vereinigung, bei der wir wie Gladiatoren übereinander herfielen, zeigte er sich als gefühlvoller sanfter Liebhaber, und ich schlief befriedigt und entspannt in seinen Armen bis zum Morgen.

Ich hatte wieder einmal Glück gehabt, und ich wußte es. Wenn alles nach Plan verlaufen wäre, würde man jetzt immer noch Restchen von mir von den Wänden kratzen; aber es betrübte mich, daß meine eigenen Planungen vertagt werden mußten. Ich verspürte noch immer das sanfte wohlige Wärmegefühl, das sich nach geglücktem Sex einstellt, und es hielt an, bis der Glaser gegangen war und ich Marcie bei der Schadensbekämpfung in ihrer Wohnung geholfen hatte. Sie nahm die ganze Sache höchst anständig auf, wenn man bedenkt, daß sie ja damit rechnen mußte, daß irgendwann in einer kommenden Nacht das ganze Haus niedergebrannt werden könnte. Natürlich erwähnte ich solche Gedanken ihr gegenüber nicht, und mir selbst wäre ohne so etwas auch wohler gewesen. Als wir fertig waren, stieg ich wieder zu mir hinauf und rief Tom an. Es schien mir nicht sinnvoll, den ganzen Tag nutzlos verstreichen zu lassen, wo es doch etliches gab, was ich mit ihm durchsprechen konnte.

Er erbot sich, zu mir zu kommen, und ich bedankte mich gebührend und sagte, wenn er nichts dagegen hätte, würde ich lieber zu ihm kommen. Dafür gab es zwei Gründe:

Erstens wollte ich aus dem Haus hier heraus, zweitens wollte ich endlich einmal seine Operationsbasis sehen. Ich hatte da so eine romanhafte Vorstellung: ein vergammeltes Büro mit einer Blondine im Vorzimmer und einer Whiskyflasche in der untersten Schreibtischschublade.

Zuweilen lauert Enttäuschung, wohin immer du auch blickst. Wie sich herausstellte, befand sich Toms Büro über einer Fahrschule namens »Quick-Pass«, und von der Straße aus wirkten die klaren schwarzen Lettern »T. A. Tinsley – Detective Agency« sehr diskret. Auf der Glastür am Fuß der Treppe war die Schrift sogar noch diskreter:

Private Ermittlungen
Inkasso – Mahnbescheide
Vermißtensuche

Ich ging hinauf und kam in einen winzigen Empfangsraum mit einem halben Dutzend Polsterstühlen in Schwarzplastik und einer Gegensprechanlage in der Wand neben der inneren Tür. Auf einer mit Reißzwecken befestigten Karte stand: BITTE KNOPF DRÜCKEN UND SPRECHEN. Ich komme mir stets idiotisch vor, wenn ich in Maschinen hineinspreche, aber ich tat es.

Tom streckte den Kopf heraus. »Kommen Sie rein.« Ich trabte an ihm vorbei und sah mich um. Auf dem Boden lag ein salbeigrüner genoppter Teppichbelag, und die drei hohen Aktenschränke hatten ein Mahagonifurnier, passend zum Schreibtisch. Am Fenster hatte er ein niedriges Bücherregal mit Bänden wie *Jurisprudenz, Regeln der Beweisführung* und *Handelsrecht.* Vor seinem Schreibtisch waren drei Besuchersessel gruppiert, und die Sitzflächen waren tief genug gelagert, daß es niemandem leichtfallen würde, sich rasch aus ihnen zu befreien. Sie nahmen das Thema der schwarzen Lederimitation aus dem Wartezimmer wieder auf. Der

Schreibtischsessel glich dem von Pete, und ich unterstellte, daß auch Tom gern die Beine hochlegte.

»Na? Gefällt es Ihnen?« fragte er.

»Hübsch. Ich würde ja vielleicht noch ein paar Topfpflanzen aufstellen, aber davon abgesehen, doch . . .hübsch.« Meine Enttäuschung ließ ich mir nicht anmerken; die Dinge ändern sich nun mal, Marlowe wäre inzwischen ein alter Mann, und die schäbigen Straßen waren alle wohlstandswegsaniert. Na ja, also fast alle. Ich ging um den Schreibtisch herum und probierte seinen Sessel aus; so auf Anhieb fand ich, daß ich mich recht gut darin eingewöhnen könnte.

Tom sagte: »Haben Sie vor, mir Konkurrenz zu machen?«

»Könnten Sie 'nen Partner brauchen?«

Wir grinsten uns an. Ich stand auf und überließ ihm freundlich wieder seinen Platz. Ich trat ans Fenster, stützte die Hände auf den Sims, verlagerte mein Gewicht auf sie und betrachtete mir das drunten vorbeidefilierende Bramfield. In Anbetracht der Tatsache, daß die Hauptverkehrsstraße keine zwanzig Meter entfernt war, wirkte der Lärm recht gedämpft. Wer immer hier die Doppelverglasung eingebaut hatte, hatte gute Arbeit geleistet.

Ich sagte: »Wissen Sie noch, als Sie mir von den Kunstdiebstählen erzählten, hatte ich den Eindruck, Sie hielten mit etwas zurück. Ich glaube, ich weiß jetzt, was es war.«

»Keine Ahnung, wovon Sie reden.«

»Ja, so was sagten Sie auch damals. Aber lassen Sie mich Ihnen vielleicht ein paar Ideen zur Prüfung vorführen: Es ist leicht, hab' ich irgendwo mal gelesen, gestohlene Kunstwerke drüben auf dem Kontinent abzusetzen. Und Drogen sind dort relativ leicht zu kaufen. Sagen wir, jemand will Drogen haben, aber nicht mit Geld dafür bezahlen; also bringt er ein paar Bilder nach drüben und kommt dafür mit Stoff zurück. Und dem war Thorne – also Lewis – auf der Spur, oder?«

»Und das haben Sie sich alles selber ausgetüftelt?«

»Also, so schwer war es ja nicht«, sagte ich bescheiden. »Kein Vergleich mit dem Kreuzworträtsel der *Times.*«

»Leah . . . Hören Sie, ich hab' Ron versprochen, auf Sie aufzupassen, also machen Sie es mir nicht schwer. Halten Sie sich raus!«

Ich sagte ruhig: »Irgendwer hat gestern an meiner Wohnungstür eine Bombe deponiert. Und ich glaub' nicht, daß irgendwas, was ich jetzt unternehme, den geringsten Unterschied machen wird.« Ich wandte mich vom Fenster ab. »Aber ich wäre für ein paar gute Ratschläge dankbar.«

»Mein Rat ist noch immer der gleiche: Überlassen Sie das den Profis, und fahren Sie in Urlaub, bis alles geklärt ist.«

»Ich glaube, ich weiß, wer dahintersteckt.«

Das mußte er erst verdauen. »Haben Sie das Nicholls schon gesagt?«

»Sie kennen ihn doch«, sagte ich. »In Bereichen, die er beherrscht, ist er – wirklich gut.« Und mir fiel ein Bereich ein, in dem er wahrhaftig sehr gut war, und wieder flutete diese rosige Wärme durch mich. Tom schaute mich scharf an.

»Doch, das war er immer«, sagte er. »Manchmal ist er so smart, daß er sich selber in den Hintern beißt.«

Smart? Darüber mußte ich nachdenken. Doch, vielleicht war Nicholls smart; ich wußte schließlich nicht, wie weit er in der Lösung der Geschichte wirklich vorangekommen war, und ich hatte ihn ja schließlich auch nicht über alle meine laufenden Denkprozesse in Kenntnis gesetzt.

Ich sagte: »Also, von meinem Kenntnisstand aus begreife ich nicht, warum er nicht längst den ganzen Fall gelöst hat. Die Gegenseite scheint immer einen Schritt voraus zu sein. Und wenn die von der Landeskripo wirklich solche Supersahne sind, dann ist das nur schwer zu verstehen.«

»Was bringt Sie auf den Gedanken – daß die Gauner schneller sind?«

Ich zuckte die Achseln. »Ach, hören Sie, es tut mir leid. Ich verschwende hier nur Ihre Zeit, und Sie haben anderes zu tun.«

Ich trat vom Fenster zurück. Tom sagte:

»Setzen Sie sich endlich hin, um Himmels willen! Ich kann überhebliche selbstgerechte Weiber nicht ausstehen.« Ich ging wieder ans Fenster und lehnte mich gegen den Sims. Natürlich hätte ich die Beleidigte spielen und einfach gehen können, aber ich verabscheue es nun einmal, einem Mann auch noch den Beweis zu liefern, daß er recht hat mit seiner Meinung.

Er sagte: »Also weiter. Raus damit. Was war los?«

Ich hatte eine Menge zu berichten, aber er sah gar nicht gelangweilt aus dabei. Als ich fertig war, wollte er wissen, wieviel davon ich Nicholls gesagt hatte. Ich sagte, so wenig wie möglich, da nach jeder Aussage, die ich machte, meine Probleme sich anscheinend nur potenzierten.

»Das muß ganz schön kompliziert sein«, sagte er, »wenn man in der einen Minute auf ihn voll abfährt und sich gleich danach fragen muß, was für ein verdammtes Spiel da einer treibt. Am besten wäre es wahrscheinlich, das Ganze für sich zu behalten, bis man sicher ist, was man tun will.«

»Aber ich bin sicher. Ich werde beweisen, was ich schon weiß.«

»Und es der zuständigen Behörde melden?«

Seine Stimme hatte einen sehr merkwürdigen Unterton. Ich versuchte, in seinem Gesicht zu lesen und zu begreifen, was er mir damit sagen wollte.

»Ganz recht«, sagte er, »denken Sie darüber nach!« Zweifel keimten in mir auf. Ich schüttelte den Kopf. »Das werden Sie aber müssen«, drängte er weiter, »das gehört nun mal dazu. Regel Nummer eins der Ermittlungsprozedur: Fall nicht auf den Augenschein herein.«

Das wußte ich; regelmäßig gab ich den gleichen Rat unseren Auszubildenden. »Also, wen sollte ich dann informieren?« fragte ich mühsam.

»Eine übergeordnete Stelle. Unter Umgehung der unteren Chargen sozusagen.«

Ich sagte: »Ach, Mist. Ich kann nicht glauben, was ich grad denke.«

»Das haben Sie gesagt. Jedesmal wenn Sie eine Aussage machen . . .«

». . . haben sich meine Probleme potenziert«, ergänzte ich. Ich hatte es ja gesehen, hatte es auch erkannt, aber ich hatte warten müssen, bis Tom mich zwang, das wirklich zur Kenntnis zu nehmen. Von allem Anfang an waren Sachen nach einem gleichen Muster passiert, und das gestern war einfach nur eine Fortsetzung. Ich hatte über Murray und die Drogen Bescheid gewußt. Ich hatte Nicholls davon berichtet, und am nächsten Tag bekam ich eine Bombe als Dankeschön dafür.

Ich wollte weg aus diesem Büro, und Tom begriff es. Wenn ich nämlich noch geblieben wäre, ich hätte mich an seiner Brust ausgeheult.

Und wenn ich nicht seelisch dermaßen abgesackt gewesen wäre, dann hätte ich bestimmt den Mercedes rechtzeitig bemerkt, der um die Ecke wartete, ehe ich hineingezerrt wurde. Der Akt wurde dermaßen sauber ausgeführt, daß jeder, der beiläufig zuschaute, hätte denken müssen, ich stiege zu einem Bekannten in den Wagen. Ein Muskelaffe stieg vom Beifahrersitz und blockte mich ab, und die Rücktür ging auf und Denton packte mich am Arm. Der Gorilla kantete einen Fuß in meine Kniekehlen und versetzte mir einen seitlichen Schubs. Es war gewiß nicht die eleganteste

Art, wie ich jemals in ein Auto stieg, aber es muß zweifellos die schnellste gewesen sein.

Der Merc beschleunigte, und ich massierte mir den neuen Kratzer am Schienbein. »Danke schön«, sagte ich. »Es ist immer nett, wenn einen jemand so höflich einlädt.«

»Sie wären inzwischen schon fast auf der Polizei, wenn ich Sie höflich gebeten hätte«, sagte Denton, »also wieso sollte ich da ein Risiko eingehen? Es ist Zeit, daß wir uns mal ein bißchen unterhalten.«

»Worüber? Oder wollen Sie sich vielleicht für die ständigen Schikanen entschuldigen?«

»Und was sollten das für Schikanen sein?«

»Einbrüche in meine Wohnung, Verseuchung derselben mit Abhörwanzen, Zerstörung eines Fiat Panda, eine Bombe an meiner Wohnungstür . . .« Ich zählte die Vorfälle an den Fingern ab, und ich hätte noch ein paar mehr hinzufügen können, doch ich wollte das nicht überstrapazieren.

»Sie reden irre«, sagte er. »Als Steuerprüfer sind Sie eine echte Plage, aber wenn es darum geht rauszufinden, wer Ihnen schmutzige Tricks spielt, haben Sie keine Ahnung. Also beschränken wir uns bitte auf das, was mich stört. Gestern erhielt ich einen Anruf von meinem Buchprüfer und dann ebenfalls einen von meinem Anwalt. Mir scheint, Sie schießen über Ihre offiziellen Befugnisse hinaus, Miss Hunter.«

»Erläutern Sie mir das!« schnappte ich. »Und dann erklären Sie mir auch gleich, wieso Tony Murray mit einem Loch im Kopf in der Leichenhalle liegt.«

»Diese Angelegenheit habe ich bereits mit Ihrem Freund von der Polizei durchgesprochen, und glauben Sie mir, ich wünschte, daß ich die Antwort darauf hätte, aber mir kommt wirklich nichts in den Sinn, was Tony getan haben könnte, was zu seinem gewaltsamen Tod geführt hat.«

»Drogen«, sagte ich. »Er war ein Dealer.« Vielleicht sollte ich irgendwann mal meine Zunge abbeißen.

»Ach? Erzählen Sie mir ein bißchen mehr«, sagte er leise.

»Das wissen Sie doch alles schon.«

»Wenn ich wirklich hinter Tonys Drogengeschäften stecken würde, dann würde ich Sie ganz zweifellos nicht auf bequeme Weise nach Hause fahren lassen, sondern wir würden statt dessen eine einsame Betonmischmaschine ansteuern. Diese kleine ärgerliche Sache mit dem Fiat war ein Mißgriff; einer meiner Männer hat sich da ein wenig hinreißen lassen in seiner Begeisterung, und ich bedaure das. Er hat dafür eins auf die Finger gekriegt. Aber die anderen kleinen Probleme, die Sie hatten, gehen nicht auf mein Konto, und es würde mich interessieren, mehr darüber zu erfahren.«

Bequem nach Hause gefahren werden, ha! Ich schaute aus dem Fenster, und verdammt, es stimmte, wir fuhren in Richtung auf den Palmers's Run. Dann schaute ich mir Denton an. Das kantige Gesicht unter dem schwarzen Haar war nicht weicher geworden, doch es sah auch nicht mehr bedrohlich aus. Es war an diesem Tag einfach zuviel los, und mir reichte, was Tom mir gesagt hatte, durchaus als Denkpaket, ich brauchte nicht auch noch Denton, um meiner allgemeinen Verunsicherung noch eins draufzupacken.

»Drogenhandel«, sagte er. »Dann erzählen Sie mal.«

Und ich tat es.

Der Mercedes schwebte an meine Haustür, und Denton griff mir über den Schoß, um mir die Tür zu öffnen. »Sie bleiben besser bei Ihrem Job als Steuerhyäne«, riet er mir. »Darin sind Sie wirklich gut.«

Ich stieg aus, ehe er es sich anders überlegen konnte.

»Ich weiß, daß Ihr Geld in dem neuen Parkhausprojekt steckt«, schmetterte ich ihm zum Abschied hin.

»Das ist was ganz Neues für mich, meine Teure.« Er rutschte auf dem Sitz zurück. »Und jetzt machen Sie bitte die Tür zu und betragen sich wie eine Lady.« Ich knallte die Tür zu und schaute dem davonrauschenden Mercedes nach.

Also, was zum Teufel sollte das alles?

Ich trottete zu meiner Wohnung hinauf und warf den Wasserkessel an. Ich war zornig, verletzt und stinksauer auf mich selber. Und wenn Nicholls in diesem Augenblick zur Tür hereingekommen wäre, ich hätte ihn höchstwahrscheinlich zu Tode getrampelt. Aber da ich diese Chance nicht hatte, ging ich in mein Schlafzimmer, riß das ganze Bettzeug herunter und stopfte es in die Waschmaschine, dann schaufelte ich Waschpulver hinein und haute den Kochwäscheknopf rein.

Gegen sieben tauchte Nicholls auf und klopfte an meine Tür. Es ist ein Jammer, daß Geist und Körper sich nie so recht zusammenfinden können, um eine Sache auszudiskutieren. Bei mir kamen jedenfalls unterschiedliche Signale von beiden.

Ich machte die Tür auf, ließ ihn aber nicht herein. Ich habe keine Ahnung, ob er mir die bohrenden Kopfschmerzen glaubte oder nicht, und in diesem Moment war mir das auch völlig egal; jedenfalls mußte er sich damit zufriedengeben.

Er hatte mir gelbe Rosen gebracht. Ich trug sie gleich in die Küche und stopfte sie in den Mülleimer. Aber nach einer kleinen Weile schlich ich erneut in die Küche und rettete sie; schließlich waren ja nicht die Rosen schuld, daß sie als Judasgeschenk mißbraucht wurden.

Gegen neun bereitete ich mir eine Tasse Suppe und ein Knäckebrot mit Käse, und nachdem ich gegessen hatte, hockte ich vor der Glotze und schlang ein halbes Kilo

Sahne-Nuß-Eis in mich hinein. Als tröstendes Manna vom Himmel wirkte das leider nicht besonders.

Die Gedanken in meinem Kopf schossen umher wie verrückte Märzhasen. Jedesmal wenn ich Nicholls gerade als bösen Wolf ans Scheunentor genagelt hatte, fiel mir prompt wieder ein, wie ich mich in seinen Armen gefühlt hatte, und ich suchte nach einer Möglichkeit, der Wahrheit auszuweichen. Aber es gab natürlich keine. Als ich dann endlich schlafmüde war, wickelte ich mich in die Daunendecke und rollte mich auf dem Sofa zusammen; für diesmal erschien mir das als der bessere Schlafplatz.

Eins aber wußte ich mit Gewißheit: Falls jemand glauben sollte, die Sache werde ein gemütliches Ende finden, so irrte er sich. Das Leben hält sich nicht an rosa Strickmuster.

Früh am Morgen nahm ich einen der ersten 125er Busse nach London und erreichte King's Cross schon kurz vor halb zehn. Bei der Abfahrt in Bramfield war das Wetter unentschlossen gewesen, ein blasser feuchter Dunst, von dem man nicht ahnen konnte, ob die Sonne ihn wegbrennen oder ob er sich festsetzen und einen miesen Tag bringen werde. Als ich in London ankam, war die Entscheidung gefallen – es nieselte ohne Unterlaß, und das fühlte sich klebrig an wie feuchte Spinnweben. Ich trabte zur U-Bahn hinunter und lief eine Weile im Kreis herum, bis ich herausfand, wohin ich wollte. Ich bin sicher, Einstein hätte sich mühelos zurechtgefunden, doch ich hatte so meine Schwierigkeiten. Schließlich erreichte ich einen Zug der Northern Line, der in die richtige Richtung fuhr, und schaffte es vor einem halbglatzigen Nadelstreifenanzug auf den letzten Sitzplatz. Finster gesellte er sich zu den Stehschwankern. Manche Menschen reagieren leider sehr ungnädig bei solchen Anlässen.

Als ich an der Station Old Street ausstieg, hing er noch immer an der Schlaufe und schaute sauer drein. Im Vorbeidrängen lächelte ich ihm süß zu.

Das Nieseln hatte sich inzwischen zu einem steten leichten Regen ausgewachsen, immerhin regenschirmwürdig. Ich schüttelte meinen Faltmini aus und trabte weiter über das nasse Trottoir. An der Ecke Old Street/City Road wandte ich mich nach links und begann die Firmenschilder zu studieren.

Das Gesetz schreibt vor, daß Aktiengesellschaften die Namen und Adressen der Anteilseigner eintragen lassen. Also müßte eigentlich »Bramfield City and County Development Company, Limited« registriert sein, oder die Sache war gesetzwidrig. Ich hätte natürlich den langen Umweg wählen und in dem angegebenen Büro der Firma in London auf Fischfang gehen können, doch die meisten Anwälte kneifen den Hintern zu, wenn sie über Klienten etwas sagen sollen, und so erschien es mir als unendlich viel einfacher, mich in die Research-Abteilung in der City Road zu begeben und das Nötige selbst herauszufinden; ich vermeide ärgerliche Mühe stets tunlichst.

Es ist eine unübersehbare Tatsache, daß in diesen unseren interessanten Zeiten alles, was sich nur irgendwie dafür eignet, computerisiert oder miniaturisiert wird, um es für Donald Durchschnitt absolut unzugänglich zu machen. Ich hatte einen echten Heidenspaß, Mikrofilme mit Daten durchlaufen zu lassen, deren Lineatur so winzig war, daß sie jeden abschrecken mußte, der nicht mit einer Lupe ausgerüstet war. Ich hatte auch nicht damit gerechnet, daß es so lange dauern werde, bis Dentons Name auftauchte, doch ich bin großmütig genug einzugestehen, wenn ich mich geirrt habe. »City and County« erwiesen sich nämlich als eine Tochterfirma, die zu hundert Prozent im Besitz einer weiteren Gesellschaft war, nämlich der »Ventura Building Projects, Ltd.« *Hm, hm!*

Die Research-Angestellte, die mir hilfreich beisprang, sah

einer alten Jungfer ausgesprochen ähnlich und war überdies auch noch aufmüpfig. Ich dachte mir, vielleicht hat sie ihre modische Flügelbrille in ihrer Jugend gekauft und hält nun aus purer Sentimentalität an ihr fest. Ihre Stimmung war quengelig, und ich war leider die einzige zur Verfügung stehende Zielperson. Ich verabscheue es wirklich, andauernd angenörgelt zu werden!

»Es ist Ihnen doch zweifellos bekannt, daß Sie vorab beantragen müssen, wenn Sie umfangreichere Recherchen beabsichtigen«, tschilpte sie. »Ich hoffe, Sie beabsichtigen nicht, mich den ganzen Tag lang hinter Ihnen auf und ab laufen zu lassen.«

»Das hoffe ich allerdings auch«, sagte ich wahrheitsgemäß. »Ich würde ganz gern noch ein paar Einkäufe einbauen.« Ich sollte so was wirklich nicht laut sagen, denn die himmlische Vorsehung scheint das stets als eine Herausforderung anzusehen.

Die Firma »Ventura etc.« erwies sich als weit weniger, als es den Anschein hatte (genau wie »City and County«); es war nicht als eine weitere Tochterfirma, die zu hundert Prozent im Besitz einer weiteren Firma namens »Northern Companies Amalgamation, Ltd.« war. Ich riskierte einen Blick auf die Angestellte. Sie schien eifrig etwas an ihrem Tisch zu lesen, doch der Stift in ihrer Hand blieb bewegungslos. Ich schlich auf Zehenspitzen zu ihr hinüber und riskierte einen Blick auf ihre Arbeit. Fans von Heftchenromanen wachsen überall, manchmal scheinen sie regelrecht von den Bäumen zu fallen. Der Busen »meiner Jungfer« jedenfalls wogte in heftiger Empathie, als die Heldin im Weinberg schwach wurde und sich einer hastigen Fummelei auslieferte.

Ich verhielt mich ganz mäuschenstill und hoffte, sie würde umblättern, weil ich unbedingt erfahren wollte, was als nächstes passierte. Aber so ist es nun einmal im Leben:

Zwischen Denken und Tun schiebt sich der Schatten, und diesmal war es meiner. Die Angestellte grapschte sich eine Akte und versuchte damit den Sündenfall der Heldin zu kaschieren – oder auch den Sieg ihrer Tugend, das würde ich leider nie erfahren. Sie blickte mich an, ein wenig rosiger im Gesicht als beim letztenmal. »Ja?«

Ich sagte: »Es tut mir wirklich schrecklich leid. Die ganze Geschichte wächst sich zu einer lästigen Tragödie aus! Würden Sie es für möglich halten – aber auch diese zweite Gesellschaft ist wieder nur eine Tochtergeschwulst.« Sie machte »tsk-tsk« und stand auf.

»Ich habe eigentlich für so was gar keine Zeit«, klagte sie. »Wenn Sie sich erst mal in einer Masche von solchen Schalenfirmen verfangen haben, könnten Sie den ganzen Tag lang herumhängen.«

»Das ist lieb von Ihnen«, sagte ich. »Und ich habe ja gesehen, wie beschäftigt Sie sind. Es ist das gleiche bei mir im Finanzamt. Ich sklave vom frühen Morgen bis spät in die Nacht. Würden Sie mir glauben, daß ich das hier in meiner Freizeit mache?« Sie tat es nicht. Die aus einem Wort bestehende Antwort wog schwer.

»Nein!«

»So wahr Gott mein Zeuge ist«, sagte ich feierlich. »Ich bin offiziell im Urlaub, und da stehe ich jetzt und schufte mir den Hintern wund, also können Sie doch bestimmt begreifen, daß ich hier möglichst bald fertig sein möchte, damit ich mich noch ein bißchen umschauen kann.«

»A-also . . .« Sie legte den Zeigefinger auf den Nasensattel ihrer Brille und versetzte ihr einen Schubs. »Nach welcher Firma suchen wir denn?«

»Northern Companies Amalgamation, Ltd.«, sagte ich.

Diesmal blieb sie unerschütterlich bei mir, bis sich die Firma als eine weitere Tochtergesellschaft auf dem Display entpuppt hatte. Insgesamt gab es da ein ganzes Dutzend von Mantelgesellschaften mit registrierten Niederlassungen über das ganze Land hinweg. Und da wurde mir klar, daß ich auf etwas weitaus Größeres gestoßen war, als ich zu vermuten gewagt hätte. Wenn einer sich solch immense Mühe macht, eine Holdinggesellschaft zu kaschieren, dann war das zweifellos ein Indiz dafür, daß da auch noch eine Menge anderer Sachen versteckt werden sollte.

Kurz nach Mittag gewann ich dann den Jackpot und kam an die Spitze des Leiternsystems. Ich hatte mich geirrt, was Denton betraf; sein Name erschien nicht auf der Liste der Aktionäre der »Pegasus Investment Corporation«.

Aber den Namen an der Spitze dieser Liste, den kannte ich gut.

Ich überflog die Aufzählung der Tochtergesellschaften. Ich wollte die gnädige Frau nicht schon wieder stören.

»Das ist dann das letzte«, sagte ich freundlich. »Ich verspreche es.«

Es war ein sehr merkwürdiges Gefühl, das mich überkam, als ich da vor dem Computerschirm saß und sah, wie nach und nach sämtliche Steinchen des Puzzles endlich ruckartig zusammenfanden.

»Sentinel Security Services, Ltd.« hatten landesweit vierzehn Betriebe. Dem Alphabet nach war »Watchdog Security« am Ende der Liste, doch was die Bedeutung anging, mußte sie eigentlich ganz an der Spitze stehen.

Watchdog-Harry muß sich regelrecht in die Hosen gemacht haben, als er Thorne einstellte und dann herausfand, daß er sich einen Schnüffelhund von der Zoll-Exportüberwachung geholt hatte, der überall seine Nase reinsteckte.

Also schubste ich Denton vom Mittelpunkt der Bühne weg und plazierte Harry an seine Stelle.

Wahrscheinlich war meine erste Empfindung eine Art

von Stolzgeschwelltheit, aber kurz darauf machte sich so was wie Trauer in mir breit. Man sagt, ein fauler Apfel steckt nach und nach alle anderen an, wenn du ihn nicht wegnimmst; Harry war zwar jetzt aus dem Stall ausgeschieden, aber in der Zeit, in der er dort war und sich wie ein guter vertrauenswürdiger Polizist aufführte, war er mit Nicholls in Berührung gekommen. Klar, er mußte auch mit einer ganzen Menge anderer Kripobeamter zu tun gehabt haben, aber für die hatte ich eben nie Kakao gekocht.

Ich schlich mich langsam davon und überließ die Angestellte ihrer schweren »Arbeit«. Ihre Finger, die krampfhaft den Stift umklammerten, zuckten immer wieder einmal vor Erregung, und ich fragte mich, wie sich die Sache im Weinberg nun weiterentwickelt haben mochte. Ich bemühte mich, das Positive an der Sache zu sehen. In der Liebe verpassen ziemlich viele Leute den Zug, aber vielleicht bestand ja noch Hoffnung für sie, solange sie interessiert genug war, über Liebe zu lesen.

Draußen auf der City Road hatte es zu regnen aufgehört, aber die dicke Wolkendecke sah bedrohlich so aus, als könnte es jeden Augenblick wieder losgehen. Ich überquerte die Straße und bog zum Barbican an. Als ich zum erstenmal in London war, war ich elf Jahre alt gewesen, und seitdem hat sich eine Menge verändert. So gibt es beispielsweise unendlich viel mehr Verzweifelte und Arme in der Öffentlichkeit. Von Schuldgefühlen erfüllt; versuchte ich das zu ignorieren, doch je tiefer ich ins Zentrum gelangte, desto zahlreicher krochen sie in mein Gesichtsfeld, die grauen Schemen in Türeingängen, die armseligen Haufen Menschheit auf den nassen Gehsteigen. Falls es tatsächlich so etwas wie den Himmel geben sollte, würde ich der dortigen Verwaltung eine Menge Fragen zu stellen haben, wenn ich dorthin kam.

Ich entdeckte dicht an der Chancery Lane eine Futterstelle, in der die Suppe nach Hausfrauenart *nicht* aus der Tüte kam, sondern selbstgekocht war, die Baguette frisch und kroß und der Salat *nicht* müde und abgeschlafft war. Ich spülte das Mahl mit einem kessen Glas Essig hinunter, der sich als Hauswein ausgab. Als ich wieder auf die Straße trat, bettelte mich eine schmutzstarrende alte Schlampe mit verkrusteten Augen um einen Fünfziger für »'ne Tasse Tee« an. Das Schuldgefühl war prompt wieder da, und ich schüttete ihr das ganze lose Kleingeld aus meinem Portemonnaie in die Hand; dann überließ ich die alte Lady der schwierigen Aufgabe, in ihren Kleidern eine Tasche zu finden, die kein Loch hatte, um das Geld zu verstauen.

Als der 125er in nördliche Richtung kurz nach sieben Uhr aus dem King's Cross rollte, hatte ich für einen »blauen« Tag eine ganze Menge aufzuweisen: ein halb Dutzend Bildpostkarten aus der National Gallery, eine Hemdbluse von Liberty's, die ich wahrscheinlich versichern lassen würde, sobald ich wieder daheim war, und eine kleine Papiertragetasche mit prima symbolischer Schokotröstung. Dies waren die angenehmeren Beutestücke; die ekelhaften Funde ruhten versteckt in meinem Kopf.

In W. H. Smith's hatte ich mir die Penguin-Ausgabe von Patricia Highsmith' *Deep Water* erstanden, und darin vergrub ich auf der ganzen Heimfahrt meine Nase. Die Absicht dabei war, meine Gedanken von all den eventuell riskanten Dingen abzulenken, die ich am nächsten Tag vielleicht würde tun müssen. Die Buchwahl erschien mir als angemessen, wenn ich bedachte, wie vielen Psychopathen ich in letzter Zeit begegnet war.

Daheim in Bramfield war das Wetter schön, aber feuchtkühl. Ich legte also ein scharfes Tempo vor. Kurz ehe ich bei Doras Haus anlangte, sah ich den Wagen von Nicholls vor meinem Haus parken. Das hatte mir gerade noch gefehlt – eine Natter an meiner Brust! In Doras Wohnzimmer brannte Licht, also bog ich scharf nach rechts und klopfte bei ihr an die Tür; es ist so angenehm, wenn du Freunde hast. Wir planschten gemütlich im Tratsch herum, bis Nicholls schließlich so gegen Mitternacht vom Warten die Nase voll hatte. Inzwischen war die symbolische Mannatröstung längst aufgegessen. Ich sagte Dora gute Nacht und begab mich heim. An meiner Tür lagen keine Päckchen, nur ein zweiter in Zellophan verpackter Strauß gelber Rosen. In den Faltschlitz geschoben eine kleine Schachtel Aspirin, auf die Nicholls ein großes Fragezeichen gemalt hatte.

Wie erfreulich, daß er sich Sorgen machte.

Manchmal bin ich wirklich stinkfaul. Ich brachte mich einfach nicht dazu, das Bett frisch zu beziehen, wo es doch soviel leichter war, in die Daunendecke gerollt noch eine Nacht auf dem Sofa zu verbringen. Ich schlief auch sofort ein, und sollte ich überhaupt Träume gehabt haben, dann in einem Winkel meines Unbewußten, wo sie mich nicht störten. Andererseits war ich froh, daß ich es mir zur Gewohnheit gemacht hatte, früh aufzustehen; das ersparte einem das ganze ärgerliche Getue mit Weckern.

Ich könnte nicht behaupten, daß ich beim Erwachen mit fröhlichem Eifer dem neuen Tag entgegenblickte. Als ich ins Bad tapste, um zu duschen, hatte ich jenes Gefühl, das sich einstellt, wenn ich einen Termin beim Zahnarzt habe.

Ein paar von meinen Logiksprüngen würden überprüft werden müssen, wenn sie vor Gericht standhalten sollten ... aber he! ... wann hätte ich mich denn je wirklich geirrt? An jedem Ort, wo es Kunstdiebstähle gab, hatte »Sentinel Security« eine Zweigstelle sitzen, und nicht einmal »William Hill's« würden blöd genug sein, eine Wette zu akzeptieren, in welche Richtung das deutete.

Eins allerdings war sicher – es hatte Thorne nicht an einen Ort gebracht, wo er gern sein mochte.

Ich zog mir ein marineblaues Sweatshirt und ein paar alte Jeans an, die ausgeleiert genug waren, um bequem darin herumzusitzen. Die Laufschuhe waren eine Vorsichtsmaßnahme; ich wußte schließlich nicht, wie schnell ich mich davonmachen mußte. Nach dem Frühstück brühte ich mir eine Thermoskanne Kaffee und machte mich zu meinem Bastard auf. Alles wird dem Menschen zur Gewohnheit, so auch die beiläufige sorglose Art, wie wir in unsere Autos steigen und den Zündschlüssel drehen. Genau das wollte ich gerade tun, als mir einfiel, wie leicht »entsorgbar« ich geworden war. Mein Herzschlag schaltete auf Bossa-Nova-Tempo um, und ich stieg eilig wieder aus.

Es ist recht nützlich, wenn man weiß, wie ein Auto funktioniert, ganz besonders dann, wenn du nach irgendwelchen Teilchen Ausschau hältst, die eigentlich nicht zu einem Auto gehören. Ich kroch fünf Minuten lang herum, fand aber nichts Ungehöriges. Dann stieg ich wieder ein und drehte den Zündschlüssel. Falls ich etwas übersehen haben sollte, würden die Grundstückspreise in der näheren Umgebung gewaltig absacken.

Der Motor sang freundlich-vertraut, und ich fuhr los und hoffte, daß sich mein Zittern bald legen werde. Vielleicht waren es ja solche Umstände, mit denen sich entschuldigen ließ, daß Marlowe einen derartigen Whiskyverbrauch hatte.

Ich setzte mich auf der Seitenstraße gegenüber der »Kapelle« der »Watchdogs« hinter einen roten Fiesta und machte mich auf eine lange Wartezeit bereit. Ich hatte keine sehr klare Vorstellung, worauf ich wartete, aber es war die einzige halbwegs konstruktive Idee, die ich zutage gefördert hatte.

Mir kommt es wirklich so vor, als hätten die Privatdetektive in den USA einen unfairen Vorteil: Du würdest doch nie im Leben Detektiv Rockford oder Magnum ohne einen hübschen kleinen Witwenmacher herumlaufen sehen. In der Regel stehe ich durchaus auf der Seite der Waffengegnerlobby, aber in diesem Augenblick fiel es mir doch ein wenig schwer, objektiv zu bleiben, besonders als ich mir in Erinnerung rief, wie Murray in der Leichenhalle ausgesehen hatte.

Es wurde zehn und später, und es passierte nicht viel, außer daß ab und zu Firmenwagen ein- und ausfuhren. Ich fing an, die Backsteine am Terrassenhaus am Straßenende zu zählen, doch das erwies sich als keine gute Idee, und ich mußte das Fenster runterkurbeln, um wieder wach zu werden. Gegen elf stakste das Mädchen mit dem Igelschnitt auf dolchspitzen Absätzen schwankend zu dem Laden an der Ecke; fünf Minuten später stelzte sie wieder zurück und trug etwas in einer weißen Tüte. Ich hielt die Spannung kaum aus.

Gegen halb eins hatte ich schon eine halbe Stunde lang ein Bein übers andere geschlagen, und wenn ich nicht bald mal irgendwohin verschwinden konnte, würde doch tatsächlich ein feuchtes Unglück passieren. Wäre ich ein Mann, ich hätte eine alte Milchflasche (sofern vorhanden) benutzen können; ich glaube, die Kerle wissen gar nicht, wie schweinisch im Vorteil sie sind!

Die Terrassenhäuser standen mit der Rückseite zueinander, und im Abstand von je sechs Häusern führte ein Durchgang zur nächsten Straße. Darüber war ich froh, denn es ersparte mir den Bravourakt, direkt an Harrys Bürofenster vorbeimarschieren zu müssen. Ich spurtete also zu den »Three Tuns« und hinein.

Gegen zwei war ich vor Langeweile fast besoffen. Ich hatte mir im Pub ein Sandwich gekauft, und jetzt hockte ich noch immer da und pickte die Weißbrotkrumen auf, nur um wenigstens irgendwas zu tun. Die Hoffläche auf der anderen

Straßenseite war leer, kein einziger »Watchdog«-Wagen in Sicht, und es war ruhig wie auf einem Friedhof.

Ich war schon beinahe entschlossen, zu verschwinden und lieber noch einmal mit Tom zu reden, als Clifford auftauchte. Ich kroch hinter meinem Lenkrad zusammen; doch ich hätte mir die Mühe sparen können, denn er strebte direkt in das »Bethaus«, ohne nach links oder rechts zu schauen. Und ich wartete, was sich als nächstes tun würde.

Zwanzig Minuten später kam er aus dem Seiteneingang wieder heraus; Harry war bei ihm, und sie sahen beide recht kumpelhaft aus. Ich dachte darüber nach, und je länger ich darüber nachdachte, desto glücklicher fühlte ich mich. Ich überlegte, wo die zwei hingingen. Sie waren gerade zehn Minuten weg, als das Stachelköpfchen auftauchte und dem Laden an der Ecke zustrebte. Ich stieg aus, schloß geräuschlos ab und strebte dem Ende der Straße zu. Von einem Hund, der schiefhintrig und wie besoffen dahintrottete, abgesehen, war die Straße am unteren Ende leer. Ich überquerte die Straße und schob mich durch die Eingangstür der »Watchdogs«, durchaus bereit, sofort zu fliehen, falls da jemand in den Räumen sein sollte. Die magentaroten Wände waren inzwischen auch nicht attraktiver geworden, seitdem ich sie zum erstenmal erblickt hatte. Aber wahrscheinlich steckte dahinter ein Prinzip: Niemand, der in Geschäften hierherkam, würde auch nur ahnen, wie umfangreich Harrys »Geschäfte« wirklich waren.

Das vordere Büro war leer, also trabte ich weiter an die Tür am anderen Ende, wo ich in einen gleichfalls leeren Korridor spähte. Es ist ein erhebendes Gefühl, sich einzubilden, daß die Schicksalsgöttinnen auf deiner Seite sind. Ich ließ die Treppe links liegen; was da droben war, wußte ich ja bereits. Meine Strategieplanung war nicht das intelligenteste Projekt, das mir jemals aus den Hirnzellen zuckte, aber andererseits hatte ich ja auch nicht übermäßig viel Zeit für die Planung gehabt. Zunächst würde ich mir ein Versteck suchen, und dort wollte ich dann bleiben, bis alle nach Haus gegangen waren.

Ich war ziemlich selbstsicher. Wie sagt doch der Volksmund: Geht's dem Esel zu wohl, geht er aufs Eis.

Ich hatte mich zu zwei Dritteln vorangearbeitet, als ich eine Tür zuknallen und dann Harrys Stimme hörte. Die klang ziemlich nahe, was bedeutete, daß er wahrscheinlich wieder durch die Seitentür hereingekommen war. *Wundervoll!* Jetzt konnte er im nächsten Moment auftauchen und mich freudig überrascht begrüßen.

Wenn einem nur eine Möglichkeit bleibt, spart man sich eine Menge sinnloser Entscheidungsfindungen.

Der Korridor war an der einen Seite vollgepackt mit unterschiedlich großen Kisten und Kartonstapeln; und es lauerten da auch weniger leicht identifizierbare Sachen unter verdrecktem Segeltuch. Dem Aussehen nach stand das alles schon lange da so herum. Lange genug, daß sich da auch anderes lauernd einnisten konnte, haariges Zeug mit acht Beinen. Ich mühte mich, nicht an so was zu denken, es war einfach nicht erfreulich genug, um länger dabei zu verweilen.

Es roch hier schwer nach altehrwürdigem Staub und muffigem Wandanstrich, und darüber lagerte sich der Duft von altem Öl. Mich überkam ein starker Niesreiz. Harrys Stimme rückte näher und strich an mir vorbei, und ich dachte intensiv über die wenigen Worte nach, die ich mitbekommen hatte: » . . . die Sache muß heut nacht erledigt werden . . .« Ich drehe durch, wenn ich bloß Bruchstücke eines Gesprächs mitkriege.

Ich hob die Plane, spähte in beide Richtungen, und ich war ehrlich froh, als niemand zu sehen war. Es hielt mich dort wirklich nicht länger. Der Drang, mich hier zu verstecken, bis alle fort wären, war verschwunden, und mich beherrschte in diesem Moment nur ein Gedanke, nämlich schleunigst von hier zu verschwinden. Dieser Gedanke trieb mich an die Tür, die Harry benutzt hatte, und hinaus auf den alten Schulhof. Ich konnte drüben meinen Bastard stehen sehen, er sah wirklich wie ein hübscher kleiner Wagen aus, und ich wünschte mir nur eins: ihn zu erreichen und einzusteigen. Es wäre mir auch fast gelungen, wenn mich nicht einer von Harrys Mannen aufgehalten hätte. Ich erkannte das Flachgesicht nicht, aber etwas am Körperbau erinnerte mich an Netzstrümpfe. Ich gewann den Eindruck, daß er wünschte, ich solle wieder ins Haus gehen, und es fällt schwer, sich den Wünschen eines Mannes zu widersetzen, ganz besonders wenn er dich am Wickel hat.

Er schubste mich eine Kellertreppe hinab; etwa auf der sechsten Stufe über dem Boden versetzte er mir einen gemeinen Stoß. Mir blieb nichts weiter übrig, als mich abzurollen. Dann sagte Harry:

»Denny ist leider ein wenig nachtragend. Ich hab' ihm schon oft gesagt, daß so was nicht die feine Art ist.«

Ich rappelte mich auf und massierte ein paar frische Schmerzstellen.

»Ich wette, genau das haben Sie ihm gesagt.«

Ich wich bis an die Wand zurück. Ich wußte nicht, was sie da drunten gelagert hatten, aber es standen ziemlich viele Packkisten herum, einige davon so groß wie Särge. Am anderen Ende stand unter geschlossenen Klappen ein eiserner Warenaufzug im Ruhezustand, und eine Treppe führte zu einer Außentür.

Anscheinend waren die hier gelagerten Dinge zum Teil gewichtig. Unter der Decke lief auf einer schrägen Schiene ein Flaschenzug mit einem Haken und Kette.

Ich sagte: »Lassen Sie's, Harry. Eine ganze Reihe Leute wissen, daß ich hier bin. Sie sind doch bestimmt nicht so dumm, daß Sie mich hier festhalten wollen.«

»Rechnen Sie damit nicht zu sehr«, sagte Harry ölig. »Ich hab' extra eine mobile Behausung für Sie maßanfertigen lassen. Zeig's ihr, Denny!«

Denny glitt von seiner Position am Fuß der Treppe heran, und ich bewegte mich ein wenig, als er vorbeikam. Er tänzelte seitwärts weg, die Arme flogen abwehrend hoch.

Ich sagte: »Warum lassen Sie ihn die Netzstrümpfe nicht die ganze Zeit tragen, Harry? Er sieht viel besser aus, wenn seine Visage bedeckt ist.«

Denny gefiel das Kompliment nicht, und er machte wieder kehrt. Ich balancierte mein Gewicht und wartete. Ich war nicht übermäßig zuversichtlich, daß es mir ein zweites Mal gelingen könnte, ihn außer Gefecht zu setzen, aber darin schien so ziemlich meine einzige Chance zu liegen.

Harry befahl: »Laß das, und bring die Kiste!«

»Haben Sie Angst, ich könnte gewinnen? Sie sollten sich bessere Helfer suchen.« Ich löste mich von der Wand. Wenn ich plötzlich auf ihn losging, würde er vielleicht zurückweichen, und ich konnte es bis oben an die Treppe schaffen.

Er zog sich außer Reichweite zurück. »Ich *habe* gute Helfer«, sagte er.

Ich betrachtete die stumpfnasige Waffe, die so gemütlich in seiner Hand ruhte. Er hielt sie ausgesprochen profihaft, und ich zweifelte nicht daran, daß er ohne die geringsten Schwierigkeiten ein schönes rundes Loch in einen Kopf schießen konnte. Drüben auf der anderen Seite verlagerte Denny eine sarggroße Kiste aus der vertikalen in die horizontale Position. Na prächtig! Ich stellte Vermutungen an, wie lange sie mich aufbewahren konnten, bevor sie den Gestank nicht mehr würden ertragen können.

Ich weiß nicht, warum ich immer wieder derartiges Zeug denke, es ist ja wirklich nicht gerade aufbauend. Ich blickte zur Treppe. Aber eine Kugel im Rücken wäre wahrscheinlich schmerzhafter als eine in den Kopf. Dafür hatte ich zwar keinen Beweis (dem Himmel sei Dank!), aber es kam mir nur logisch vor. Ich wandte mich wieder Harry zu, der mir zunickte.

»Sie haben völlig recht, ich würde nicht vorbeischießen. Aber versuchen Sie es, wenn Sie wollen.«

»Danke, lieber nicht. Und wo befindet sich Mike Perryman derzeit?«

Er lachte.

Ich sagte: »Also, wenn Sie mich sowieso umlegen, könnten Sie mir wenigstens sagen, ob ich das Ganze richtig aufgedröselt habe. Thorne hat die Nacht vor seinem Tod mit Mike verbracht, stimmt's? Um eine alte Bekanntschaft wieder aufleben zu lassen. Und Mike hat das Insulin ausgetauscht. Keine besonders liebevolle Art, mit einem Freund umzugehen.«

Harry zuckte die Achseln. »Das war übereifrig. Ein Unfall im Dienst wäre sehr viel besser gewesen. Michael hat eine Menge zu verantworten.«

Irgend etwas an der Art, wie er *Michael* sagte, rückte plötzlich für mich die Beziehung zwischen den beiden in ein völlig neues Licht. Diese schwebende nachdrückliche Betonung der Namenssilben – wie ein Finger, der über eine Wange streichelt.

Ach, Scheiße! Also deswegen war Mike nicht verheiratet gewesen. Mir fiel ein, für wie tolerant ich mich in derlei Dingen stets gehalten hatte . . . leben und leben lassen etc. . . . nur, bei diesem liebenden Paar hieß es wohl mehr »sterben und sterben lassen« . . .

Ich sagte: »Da haben Sie aber ein sauberes Ding am

Laufen gehabt, gestohlene Bilder im Tausch gegen Drogen; und außer Landes gebracht als drittklassiges Dilettantenzeug aus unbedeutenden örtlichen Kunstgalerien. Thorne hat sich keinen guten Ort ausgesucht, um zu sterben, wie?«

Harry sagte: »Sie hätten für mich arbeiten sollen. Es ist eine Schande, ein gutes Gehirn brachliegen zu lassen.«

»Machen Sie mir ein Angebot.« Ich warf unter gesenkten Lidern einen Blick zur Seite. Denny hatte die Kiste inzwischen flach auf dem Boden, seine Augen klebten an mir. Er sah erwartungsvoll aus, irgendwie so wie ein Streunekater, der auf einen Fischkopf wartet. Ich sagte:

»Sie werden den Laden dichtmachen müssen, Harry. Vielleicht wird ja der Parkturm nie gebaut; die Sache hat mich nämlich auf Ihre Spur gebracht, wissen Sie? Diese ganzen Tarnfirmen. Was für eine Vergeudung! Ich wette, Sie hatten genug beiseite geschafft, damit Sie glücklich bis ans Ende Ihrer Tage leben können ... Sie und *Michael.«*

Er hob die Kanone und zielte. »Adieu, Miss Hunter.«

Immer wenn Detektiv Rockford in eine beschissene Situation gerät, so wie ich es jetzt war, taucht prompt sein Freund von der Polizei auf und haut ihn raus. Ich konnte den Mann mit der Sense dicht hinter mir spüren, wie er mir Eis ins Genick atmete, und ich hatte doch so gar keine Lust, jetzt schon tot zu sein, wo ich noch so viele Dinge vorhatte.

Aber bei Nicholls ist es immer das gleiche, der Mann wählt sich wahrhaftig seine Auftritte geschickt aus. Kurz bevor ich endlich die Wahrheit über das Himmelreich herausfinden konnte, kam er durch die andere Tür herein. Harry fuhr herum und zog sich ein Stück zurück. Vermutlich dachte er, daß Denny Manns genug sein würde, mit mir in meinem momentanen Zustand fertig zu werden, falls es hart auf hart kam.

Nicholls sagte: »Das Ding runter, Harry. Es ist aus.«

Etwas Blöderes, Unoriginelleres hätte ihm schwerlich einfallen können! Und Harry war gar nicht bereit, das »Ding« runterzunehmen, das konnte ich an seiner Körperhaltung erkennen. Er fuhr in Nicholls Richtung herum, um ihn zuerst zu erwischen, ehe er dann auf mich schießen würde.

Ich schickte ein erneutes Stoßgebet irgendwo hinauf – irgendwann *mußte* ich doch einmal vom Glück gesegnet sein – und sprang hoch und packte den Kettenhaken. Mein Gewicht brachte die Apparatur zum Rollen, und ich zog die Beine an und traf Harry damit ins Kreuz. Er war ein ziemlicher Brocken, und er knallte heftig auf den Betonboden; ich ließ den Transporthaken los und benutzte Harry als Punkt für eine weiche Landung. Dann schnappte ich mir sein Schießeisen, nur so, für den Fall, daß er nicht ganz so platt und luftleer war, wie ich dachte.

»Wieso hast du eigentlich nicht auch so ein Ding?« brüllte ich Nicholls an. »Er hätte dich glatt umbringen können. Ich hab' immer gedacht, Polypen sind so was wie intelligente Wesen!«

»Na isses nich' wunderbar!« brüllte er zurück. »Wahrscheinlich wär's dir lieber gewesen, wenn ich bloß so herumgehangen und abgewartet hätte, bis *du* ein paar Luftlöcher mehr hast?«

Es war ein wundervolles Gefühl, daß wir wieder Freunde waren.

Die Verwahrungszellen der Bramfielder Polizei waren in dieser Nacht ziemlich voll. Ich dachte kurz darüber nach, wie Clifford sich fühlen mochte, als er auf einmal auf der anderen Seite des Spionlochs in der Zellentür saß. Vielleicht hatte er ja Glück, und ein Fliegenpärchen leistete ihm Gesellschaft.

Nicholls' Akte war inzwischen dick angeschwollen, und ich wußte nur zu genau, was es heißt, so einen Berg Papier zu bearbeiten. Nicholls war gar nicht so blöd gewesen, wie ich von ihm gedacht hatte; er hatte von einem Zimmer im Obergeschoß des Eckladens gleich vom ersten Tag an eine durchgehende Beobachtung durchführen lassen. Das war auch der Grund, wieso er dermaßen prompt zur Stelle sein konnte, als ich in Schwierigkeiten steckte. Ich nahm ein paar kleine Korrekturen in meiner Bewertung seiner Effizienz vor.

Am Freitag abend lud Nicholls mich erneut zum Dinner ein, und ich überlegte ziemlich lange hin und her, was ich anziehen sollte; so etwas ist nämlich manchmal gar nicht leicht. Ich beabsichtigte nicht, als dummes Pfauenhuhn zu prunken, falls es wieder mal der nächste stinkende Frittenstall werden sollte, aber andererseits wollte ich auch nicht zu mottenzerfressen aussehen, sollte ihm etwa einfallen, uns in eine Nobelkneipe zu schleppen. Ich entschied mich schließlich für schlicht, sexy und semi-kurz – um seine Gedanken in die erwünschten Bahnen zu lenken.

Ich stieg also züchtig in seinen Wagen und arrangierte mich sittsam auf dem Beifahrersitz. Nicholls grinste wie ein selbstgefälliger Superkater, und ich fragte mich, was das sollte. Ich sagte: »Laß mich mal raten; heut nacht ist es McDonald's, ja?« Er warf mir einen Seitenblick zu und griente noch breiter.

»Rate noch mal.«

»The Pizza-Hut?«

Er schüttelte den Kopf und fuhr auf den Parkplatz vor dem »Silver Dragon«. Und da war ich doch ganz froh, daß ich nicht das nächstbeste Fähnchen angezogen hatte. In diesem China-Restaurant servieren sie erstklassige Kanton-Küche in einem erstklassigen Ambiente, zu erstklassigen Preisen und garantiert *ohne* Monosodiumglutamat.

Wir wanderten durch das Drachentor und wurden zu einem Tisch gebuckelt. Auf den rotseidenen Sitzen waren noch mehr Drachen, und es war deutlich, daß sie tagtäglich gereinigt wurden.

Die leisen Küchendüfte erinnerten mich daran, daß ich am Verhungern war. Aber dann landeten nach und nach immer mehr Schüsseln voller interessanter Sachen auf unserem Tisch. Ich wollte mich gerade darauf stürzen, um sie der Reihe nach zu probieren, als der Chinese zu uns an den Tisch trat und sich höflich verbeugte. Ich riß meine Augen von dem Essen los. Nicholls neigte ebenfalls ein wenig den Kopf, und der Mann verzog sich wieder. Ich sagte:

»Nicholls, mein Junge, du bist ein Scheißkerl! Du hast die ganze Zeit gewußt, wer mein Chinese war.«

Ich finde es widerwärtig, wenn er dermaßen selbstzufrieden grinst!

Ich fütterte ihn mit *Wan-tan* und streichelte gleichzeitig mit der anderen Hand seinen Oberschenkel. »Iß, mein Lieber, du wirst heut nacht 'ne Menge Energie nötig haben.«

So, und hier ist *es* nun alles, säuberlich niedergeschrieben von mir höchstpersönlich, bereit, zu den Akten zu wandern. Das einzige, was an Information noch aussteht, ist, was aus Mike Perryman wurde, und ich vermute, ich habe die Pflicht, das aufzuklären. Sagen wir es mal ganz ehrlich so: Ohne Mikes gemeinen Trick wäre ich nie in diese Sache verwickelt worden.

Man sagt, jeder Gauner hat seinen Schwachpunkt. Und bei Harry war es eben Mike gewesen. Wie sich das nun mal für einen anständigen Liebenden gehört, hatte Harry versucht, ihn in Sicherheit zu bringen, und für ihn ein hübsches Plätzchen gekauft, wo er sich verstecken konnte. Es war wirklich zum Heulen und eine Schande, daß Mike jetzt von der kleinen Insel unter südlicher Sonne weggerissen werden sollte, bloß damit er hier mindestens zwanzig Jahre hinter Schloß und Riegel verbringen sollte. Und da ich mir so etwa vorstellen kann, wie sie im Knast mit korrupten Gesetzeshütern umgehen, dachte ich, daß er sich bestimmt manchmal neidvoll an die Stelle eines gewissen Thorne wünschen würde.

Aber so ist das Leben nun einmal – hart!

Krimis im ECON Taschenbuch Verlag

Diane Mott Davidson

Partyservice für eine Tote

320 Seiten

Einen Leichenschmaus nach dem Tod der Lieblingslehrerin ihres Sohnes Arch auszurichten, empfindet Goldy Bear, Inhaberin von »Goldilocks Partyservice«, nicht gerade als Vergnügen. Besonders als ihr Ex-Schwiegervater dort nach dem Genuß des Kaffees beinahe stirbt. Jemand muß Rattengift in seine Tasse geschmuggelt haben – in einer Kleinstadt wie Aspen Meadow können solche unerwarteten Dinge schon mal geschehen. Da Goldys Partyservice daraufhin vorläufig geschlossen wird, beschließt Goldy, selbst die Initiative zu ergreifen und die Ermittlungen zu beschleunigen. Schließlich kann die Aufklärung eines Mordes auch nicht schwieriger sein, als einen Kuchen ohne Rezept zu backen. . .
Ein Kriminalroman mit vielen Kuchenrezepten und einer Detektivin, die wie eine Miss Marple der Neunziger auftritt.

Diane Mott Davidson ist eine der vielversprechendsten Neuentdeckungen der amerikanischen Krimi-Szene. Geboren in Honolulu, lebt sie jetzt in Evergreen, Colorado, und engagiert sich mit dem Verkauf von selbstgebackenem Brot für soziale Zwecke. Zur Zeit arbeitet sie an ihrem dritten Goldy-Bear-Krimi.

ECON Taschenbuch Verlag · Postfach 4 04 03 · 40474 Düsseldorf

Carole Nelson Douglas

Neun Leben sind nicht genug

360 Seiten

Mitten auf der ABA in Las Vegas stolpert Temple Barr, 29, und für die PR auf der Buchmesse engagiert, über einen toten Taschenbuchverleger, als sie eine Katze verfolgt. Den einzigen Hinweis auf den Mörder gibt ein Zettel, den der Tote bei sich trägt und auf dem das Wort STET steht. Aber das ist noch lange nicht alles. Zwei Katzen, die Unternehmensmaskottchen der Firma Baker & Taylor, werden entführt und müssen noch lebend gefunden werden. Doch die etwas eisige Lieutenant Molina ist von der Dringlichkeit der Lage nur schwer zu überzeugen. So ist es ein Wunder, daß Temple bei ihren zeitraubenden Nachforschungen überhaupt noch dazu kommt, den interessanten Matt Devine zu bemerken.
Erzählt wird die spannende Handlung teilweise von einem hartgesottenen Kerl mit behaarter Brust – dem Detektivkater Midnight Louie, der Temple nicht nur zu der Leiche führt.

Carole Nelson Douglas wird eine der »First Ladies der Krimi-Szene«, prognostiziert die Romantic Times. Früher arbeitete sie als Journalistin, jetzt lebt sie als freie Schriftstellerin in Fort Wort, Texas.

Annette Meyers

Wall Street Blues

360 Seiten

Mitten im Broker-Milieu der Wall Street sind Smith und Wetzon als Headhunterinnen auf der Jagd nach Spitzenleuten. Eine Verabredung Wetzons jedoch mit einem smarten jungen Klienten nimmt ein eher ungewöhnliches Ende: Er wird tot in einer Telefonzelle des Hotels aufgefunden, während Wetzon im Restaurant mit seinem unerfreulichen und gefährlichen Nachlaß zurückbleibt: In seinem Aktenkoffer finden sich genügend Tabletten, um eine Apotheke zu eröffnen. Weiter enthält der Koffer noch eine besprochene Kassette, eine Waffe und einen Schlüssel, der offensichtlich zu einem Schließfach gehört. Doch zu welchem? Zusammen mit Smith versucht Wetzon diesen Fall, in den sie immer tiefer hineingerät, aufzuklären.

Annette Meyers war Senior-Vizepräsidentin bei Michael King Ass., einer Wirtschaftsforschungs- und Management-Consulting-Firma, die sich auf Wall-Street-Geschäfte spezialisiert hat. Die frühere Assistentin des Broadway-Produktionsdirektors Hal Prince arbeitete mit ihm an Projekten wie »Cabaret«, »Follies« und »Fiddler on the Roof«. Sie lebt in Manhattan und schreibt an ihrem vierten Smith-&-Wetzon-Krimi.

ECON Taschenbuch Verlag · Postfach 4 04 03 · 40474 Düsseldorf